二見文庫

夜の果ての恋人

アリー・マルティネス／氷川由子＝訳

The Truth about Lies
by
Aly Martinez

Japanese translation rights arranged with
BROWER LITERARY & MANAGEMENT, INC.
through Japan UNI Agency, Inc., Tokyo

夜の果ての恋人

登　場　人　物　紹　介

コーラ・ゲレーロ	アパートメントの世話人
ペン・ウォーカー	アパートメントの管理人
マニュエル・ゲレーロ	シカゴの裏社会の顔
ダンテ・ゲレーロ	マニュエルの長男
マルコス・ゲレーロ	マニュエルの次男
ニック・ゲレーロ	マニュエルの三男。コーラの夫。故人
カタリーナ・ゲレーロ	マニュエルの長女
リヴァー	コーラの同居人
サヴァナ	コーラの同居人
アンジェラ	娼婦
ドリュー・ウォーカー	ペンの弟
リサ・ウォーカー	ペンの妻。故人
ラリー	警官
トーマス・ライアンズ	カタリーナの元夫。地方検事

プロローグ

ペン

彼女を失う一分前……

「リサ！」誰もいない寝室に向かって叫んだ。両手に握りしめた携帯電話ががくがくと激しく震える。携帯電話の小さな画面の中ではリサが床に倒れ、喉から血が噴きだしていた。画面に目が釘付《くぎづ》けになったまま、おれは檻《おり》の中の動物みたいにうろうろと行きつ戻りつした。「くそったれめ！」わめき散らした。自分の中にかろうじて残っていた人間性が憤怒と苦悶《くもん》にもみ消される。「ぶっ殺してやる！」

連中におれの声は聞こえない――リサの携帯電話にはまだイヤフォンが接続されたままだからだ。聞こえたところで何か変わるわけでもない。

いきなりリサが咳《せ》き込み、口から血の泡を吹く。おれの心臓は静止した。

「リサ、リサ」声を絞りだし、床に膝をついた。それで彼女に近づけるかのように。

リサはいまどれほど壮絶な苦痛に襲われているのだろう。全身切り傷まみれなのはおれではない。だが、火で炙《あぶ》られるような激痛が自分の体中の毛穴から噴きだすのを感じた。「大丈夫だ、ベイビー。おれはそばにいるからな。きっと助かるから」嘘《うそ》だ。「がんばってくれ」声が割れた。「あと……あとほんの数分だ」

リサは横向きに倒れている。ベッドで眠るときのいつもの姿勢。彼女の前に体を滑り込ませて自分も横たわれば、永遠の眠りに落ちることができそうに見えた。リサの力ない腕はおれの胸に置かれ、彼女の脚はおれの腰にのせられ、彼女の胸はおれの胴にぴたりと押し当てられる。そうしてふたり一緒に深い、深い眠りにつくんだ。できるのなら喜んでそうする。リサといられさえすればそれでいい。

おれは必死になって頭を働かせ、携帯電話の中へ潜り込み、彼女を安全な場所へ運び去る方法を百万通りも考えるが、どれもうまくいかない。

おれは理性を失ったのか？　いいや。理性はおれの体から手脚を引きちぎっていた。ふたりの男が何かを探して彼女の所持品を漁《あさ》り、室内を荒らしているのは頭の隅で意識していたものの、体内で荒れ狂うアドレナリンがおれの視野を狭め、リサの姿にしか焦点が合わない。

おれは何度も、何度もまばたきし続けた。

目をつぶれば、この瞬間までの二十九分を消し去ることができるとでもいうように。

時間を巻き戻し、はじめからやり直し、魔法のごとく現在を変えられるとでもいうように。

リサを救うことができるとでもいうように。

突然、ホテルのドアがバンと開いた。拳銃を掲げ、引き金に指をかけた警察官二名が飛び込んでくる。

打ちのめされていたおれの体が生気を取り戻し、希望が血管に送り込まれる。携帯電話のスピーカーから銃声が鳴り響き、おれは思わず立ちあがった。

茶色がかった金髪の男はその場で倒れた。

汚れたTシャツを着ているほうが、警官たちに突進しようとする。警官はそれに銃撃で応じた。

勝利の咆哮《ほうこう》がおれの喉からほとばしる。男はがくんと床に膝をついた。その体が左右に揺れて、握りしめられたナイフが床に落ちる。そのあと、男はナイフの上に倒れ伏した。

「やったぞ！」おれは叫んだ。全身の緊張が一気に解ける。「ああ、神様、感謝します」めまいがして息を吸い込んだ。

大丈夫。

これでもう大丈夫だ。

警官たちは死んだ男ふたりの体を拘束してから、リサのかたわらに膝を落とした。ふたりが彼女の脈を確かめるさまに、おれは目を凝らした。肺は酸素を求め、喉の奥から胆汁が込みあげる。

希望がどくどくと鼓膜に轟《とどろ》く。しかし、警官たちはリサの横にしゃがみ込むと、首を横に振った。

この二十九分間、何千キロも離れた場所から、おれの心臓はあの部屋で彼女とともに鼓動を打っていた。

警官が肩に装着した無線機に向かって、〝被害者は死亡〟と報告した瞬間、おれの心臓はあの部屋で彼女とともに鼓動を打つのをやめた。

「嘘だ！」――おれはわめいた。魂が体からもぎ取られるかのように視界がぶれた。

リサが死ぬはずがない。間違いだ。警官たちはきちんと脈を確かめていない。

角で指が切れるのもかまわずに携帯電話をきつく握りしめた。「嘘だ、嘘だ、嘘だ」

携帯電話の画面が暗くなれば、この悪夢から開放されるはずだ。

そしてリサから電話がかかってきて、〝もう、心配性なんだから。あなたは騒ぎすぎよ〟と、笑い声が聞こえてくるはずだ。

だから、ホテルの床で血溜まり――くそっ、血の海じゃないか――の上に横たわる彼女を凝視し続けるのをやめなくては。

しかし、おれにはわかっていた。崩れそうな骨の髄からわかっていた。電話を切ったら、もう彼女を見ることは二度とないと。

よろよろとあとずさりすると、ベッドの縁に脚が当たり、そこに腰を沈めた。

画面を凝視し続けた。

まばたきし続けた。

起きることはないとわかっている奇跡を願い続けた。

しばらくすると体の感覚が麻痺《まひ》し、それと同時に、人間がとうてい生き抜くことができるとは思えない痛みにのまれた。

やがてアドレナリンが引いて現実が頭に沁《し》み込んだ。自分が生きていたいのか、もはやわからなかった。

四年後……

1

コーラ

「いやだっ！」上掛けをはねのけ、わたしはベッドから飛び起きた。

目覚まし時計の耳障りなアラームが部屋中に鳴り響いている。ベッド脇に並んでいる不ぞろいのナイトテーブルの上に目覚まし時計を置くなんて間抜けだった。しかも、スヌーズモードに設定してアラームが繰り返し鳴ろうと、ぐっすり眠っていられる技をついに身につけてしまったらしい。

「いやだっ！」会計学のテキストを踏みつけ、その言葉を繰り返す。そう言えば、勉強している最中に寝落ちして、テキストがベッドからばさりと落ちる音を聞いたような。

ああもう、何やってるのよ。こんなこと二度としてはだめ。もし――。

いいえ、〝もし〟はなし。わたしは今日を生きている。過去でも未来でもなく、大切なのは今日よ。

床に直《じか》に置いているマットレスを持ちあげ、その下にテキストを足で押し込んだ。盛りあがっているのがわからないよう、しっかりと奥へ入れる。

そして、〝まだ清潔な服〟置き場になっているおんぼろのロッキングチェアからターコイズ色の新しいシルクガウンをつかみ、羽織った。このガウンはやっぱり余計な出費だったかもしれない。ディスカウントストアで手に入れたとはいえ、結構な値段だった。でも、眠るときにはタンクトップとパンティーだけと決めている。深夜の〝非常事態〟にちょくちょく呼びだされ、裸も同然の格好で寝ているのを忘れてそのまま飛びだすことが何度もあったから、せめてお尻ぐらいは隠せるものに投資することに決めたのだ。

長いブロンドをポニーテールにまとめ、バタバタと寝室のドアへ向かった。強情なかんぬきを両手で押してなんとか動かし、次にドアチェーンを外した。潤滑スプレーを買ってくることと、地球をおおよそ二周できる長さに伸びているやることリストの優先事項セクションに頭の中でつけ加えた。

短い廊下の古びた堅木を素足で踏んだ。古い床板のおかげで狭いアパートメントがアンティーク風のおしゃれな空間に見えるなんてことはなく、三十年以上踏みつけられてばかりなのが一目瞭然なだけ。ここまで古いと、オイルを塗り込むぐらいでは焼け石に水だ。ここに暮らして十二年、わたしもやれることはすべてやってみたのだが。

片方の手でガウンの胸もとを押さえ、子どもたちの部屋のドアをノックした。ふたりは狭苦しい部屋をシェアするのをいやがっている。だけど、ギャーギャー、ワーワーとふたりが口論するのをこの六週間、聞かされ続けているわたしのほうがうんざりだ。七十平方メートルちょっとに寝室ふたつのアパートメントに三人で暮らするると、部屋の割り振りは限られてくる。

「ふたりとも起きて！　寝坊しちゃったわ。学校に遅刻するわよ」

しーん。深夜二時にふたりがヘアアイロンの取り合いをしていたとき、この静けさはどこへお出かけしていたんだか。

「リヴァー、サヴァナ。いますぐ起きなさい！　スクールバスに乗り遅れても、今朝は送ってあげられないわよ」ドアをどんどんと叩《たた》く。でも十三歳と十六歳では、鉄球でドアをぶち破られてもすやすやと眠っているだろう。「ふたりとも！　起きてったら。時間がないの。さっさと着替えなさい」色褪《いろあ》せたドアノブをつかむと、手の中でノブが回った。

ドアがすっと開く。肌が粟立《あわだ》ち、わたしはパニックに襲われた。

鍵がかかっていない。かんぬきも、ドアチェーンもだ。

わたしたちのまわりをうろつくモンスターどもから、無力な子どもふたりを守るものが何もない。

心臓が喉までせりあがり、わたしは部屋へ飛び込んだ。枕の上に広がるリヴァーの茶色い髪、水玉模様の羽毛布団からのぞく彼女のピンク色の頬にほんの一瞬、わたしの恐怖はやわらいだ。

けれど、床に並ぶおそろいのマットレスの上はからっぽだ。わたしの心臓はすくみあがった。

「サヴァナはどこ！」叫びながらリヴァーの毛布をつかんで引っ張った。ブリトーみたいに中にくるまっていたリヴァーの体がころころと床に転がる。

「ちょっと、ひどいよ、コーラ」リヴァーはぶつぶつ言って、大きな茶色い瞳を眠たげにこすった。

わたしはリヴァーの前にかがむと、片手で彼女の顎をつかんでこちらを向かせ、ゆっくりと繰り返した。「サヴァナ、は、どこ？」

リヴァーの視線が隣のベッドへさっと飛ぶ。見開かれたその目に浮かぶのは、わたしの胸の中でとぐろを巻いているのと同じ恐怖だ。「わかんない……」

「誰か来たの？」

リヴァーは首を横に振った。

「本当に？」

か細い声には、ここ何年か聞いたことのなかった子どもっぽい響きがあった。「うん、絶対に誰も来なかった。まさか、あいつに……」

その悪夢のシナリオは、言われなくてもわたしのほうがいやというほど知っている。気持ちを静めたくて息を吸い込んだ。一番論理的な真相に意識を集中させよう。だけど、わたしたちが営んでいるのは論理的な暮らしではない。ふつうのことよりも、恐ろしいことやとんでもないことのほうがはるかに多い暮らしだ。

うちへ来て六週間、サヴァナがこっそり抜けだしたのはこれが初めてではなかった。神様、今度も勝手に抜けだしただけでありますように。

「サヴァナはすぐに見つかるわ」安心させるために、リヴァーに嘘をついた。

リヴァーが長くて黒いまつげをぱちぱちさせてうなずく。「きっと一階へ遊びに行ってるんだ」

ああ。今度は彼女のほうがわたしを安心させようとしている。

リヴァーの頰にそっと触れて立ちあがった。「あなたは着替えて。わたしはサヴァナを探してくる。彼女の分のランチも用意してもらえる？」

「うん」いつもの口答えもなりを潜めていた。

クローゼットへ寄り道して耐火金庫からビルの合鍵の束を取り、玄関を出た。足の裏に冷たいコンクリートを感じながら、階段を駆けおりる。二階を通り過ぎかけたところで、名前をまだ覚えていない新顔がわたしを止めようとした。

「コーラ！」

「あとにして」

彼女は金属製の手すりから身を乗りだし、下へと急ぐわたしに向かって声を張りあげた。「部屋の天井から水がポタポタ落ちてくんの」

わたしは顔をしかめた。ただでさえこのビルは崩壊しかけているのに。水漏れなんかされたら、ビルの寿命が余計に縮まるじゃない。

「ヒューゴに言ってちょうだい！」足をゆるめることなく言い返した。

「ケリの部屋のエアコンを直すので手いっぱいだって」

「エアコンは後回しよ。水漏れの修理が最優先だって言ってやって」

「はあい」彼女はせせら笑って姿を消した。

一階に着くなりあわてて向きを変えたものだから、階段の手すりが脇腹にぶつかった。季節外れの真夏日のおかげで早くも肌が日焼けしているけれど、青あざになるだろう。でも痛みには慣れている。青あざだって、わたしには珍しいものじゃない。

「コーラ！」開けっぱなしのドアの前を急いで横切るわたしに、中からブリタニーが声をかける。

「あとにして！」

彼女は小走りでわたしの横に並んだ。「エイヴァが帰宅してないんだってば」

視線を通路の端にあるアパートメントに固定して、わたしは言った。「彼女なら、あのはぶりのいいヒスパニックの男性とお泊まりよ」

「はあ？」ブリタニーが金切り声をあげる。「エイヴァのやつ、なんであたしには何も言わないのさ？」

わたしはうんざりとして天を仰いだ。「その、ほら、お金持ちのその彼、ちょっと前にあなたとお泊まりしたけど、ゆうべマルコスにメールを送ってきたときは、あなたを指名しなかったから」

「あのくそ女！」

ちらりと視線をうしろへめぐらせると、ブリタニーは通路の真ん中で唇を引き結び、立ちすくんでいる。

これは大もめになるのは必至だ。

「あとで話しましょう」わたしは一〇八号室のドアに拳を打ちつけた。ドアの下の隙間から漂い出るマリファナのにおいにわずかな希望が芽生える。「クリッシー、ドアを開けて」鍵束をまさぐって部屋の合鍵を探した。

隣のアパートメントからアンジェラがしゃなりしゃなりと現れて、ドアの側柱に肩を預けてもたれた。かろうじて腰を覆っているだけのスカートにおへそを出したタンクトップという、夜の仕事の格好をしたままだ。

「どうかしたの、コーラ？」

もう一度クリッシーのアパートメントのドアを叩き、アンジェラに尋ねた。「サヴァナを見なかった？」

「ううん。あたし、戻ってきたばかりなんだ」ふっくらとした赤い唇が開いて輝く笑みを描く。「ゆうべはクレイジーなくらい忙しくって」

アンジェラは仕事ぶりを認めてもらうことを求めていた。いつもなら、がんばってるじゃないと手放しで褒めてあげるところだ、そんなことを言う自分にどれほど吐き気がしようとも。心配でどうにかなりそうなときに、お世辞にまでは頭が回らなかった。

ようやく部屋の合鍵を見つけ、解錠して中へ突入する。というか、突入しようとした。チェーンロックに邪魔をされ、わたしは木製のドアに顔面から衝突した。
「いたたた……」顔に手をやると、鼻から血が垂れている。何も考えずに鼻血を袖で……買ったばかりのガウンの袖で拭いていた。

ああ、もう、最悪！

鼻血は出るわ、頭に来るわで、わたしはドアの隙間から怒鳴った。「クリッシー！このいまいましいドアを開けなさい！」

狭い隙間から彼女のそばかすだらけの顔がのぞいた。「ギャーギャーうるっさいな。安らかなひとときってもんぐらい楽しませて……。なあんだ、コーラじゃないの」猫撫《な》で声に変わり、黄色い歯を見せて笑う。

わたしは体の横で両の拳を握りしめた。あの口に一発お見舞いしてやりたい衝動に負けそうだ。「ここにサヴァナはいる？」

クリッシーは紙巻きタバコ《ジョイント》状のマリファナを口へと持ちあげて一服すると、煙を吐きながら言った。「その鼻、どうしたの？」
「いいから答えなさい、クリス。サヴァナはいるの？」

喫煙者特有のしゃがれた声が甘ったるい響きになる。「あの娘《こ》をあたしの部屋に入れちゃいけないとは、言われてないよね」

この性悪女。

「返事になってないわよ」わたしは怒りをたぎらせた。

何ごとにも動じないのは、得意とするところだ。日によって人数は変わるけれど、三十人を超える売春婦が暮らすビルで寮母のまねごとをやっていたら、いちいち喧嘩《けんか》なんかしてはいられない。お金がなくなった？　じゃあ、みんなで探しましょう。口紅がなくなった？　きっとどこかから出てくるわよ。客の取り合い？　それはふたりで解決してちょうだい。客の取り合いで、片方が肉切り包丁を持ちだしてもう片方をビルの外で追いかけ回してる？　わたしが水まき用のホースを引っ張ってきて転ばせるから、みんなで取り押さえて。

女同士の陰険さには慣れている。とりわけクリッシーの陰険さには。だけどいまは、わたしの中で怒りの火山が噴火寸前になっていた。クリッシーのゲームにつき合っている時間はない。もしも彼女がゲームをするつもりなら……絶対に勝つ自信はある。

「三つ数えるあいだにサヴァナがいるか答えなかったら、ダンテを呼ぶわ」

これは脅しではない。死刑宣告だ。そして死刑宣告は軽々しく出されるものではない。けれどサヴァナのためなら、わたしはなんだってする。

クリッシーはまばたきした。その顔から笑みが消える。「あっちが夜中に遊びに来たんだ。追い返すわけにもいかないじゃない」

安堵《あんど》と怒りがない交ぜになって、喉から息が漏れた。

「中へ入れてちょうだい」わたしは要求した。

「ねえ、コーラ、何もそんなに――」

にらみつけて彼女を黙らせた。「同じことを二度言わせないで」

ドアが閉まり、チェーンが滑る音がしてからふたたび開いた。

わたしはわざとクリッシーに肩をぶつけて中へ入った。何これ。足の踏み場もないじゃない。三階建て、総数十五戸のアパートメントビルは快適な環境とはとても言えない。だけど入居している女性たちの多くはささやかな住まいに誇りを見いだし、住み心地のいい場所に変えていた。でもクリッシーは例外だ。床にモップをかけたことぐらいあるのかしら。キッチンやバスルームについては考えたくもない。

マリファナと汚物のにおいに鼻が曲がり、胃袋がよじれる。

次に胃袋がよじれたのは別の理由からだった。

かつては茶色だったが、合成皮革がほとんど剝《は》がれていまでは白いメッシュ地になったソファの上で、サヴァナはビール缶やファーストフードの包み紙に囲まれ、手にパイプを握ったまま眠っていた。

わたしはサヴァナの母親ではないが、こんな場面は親にしてみれば最悪の悪夢だろう。でも、うちへ来たときのような真新しい注射痕は腕になく、酒に酔ってマリファナでハイになっただけなら、わたしから見れば大勝利だ。サヴァナの目が覚めたら、帰宅を祝うパーティーを開いてあげようかしら。そう思ったのは一瞬で、胸とお尻がどうにか隠れているだけのスパンコールの黒いドレスと床に脱ぎ捨てられた赤いピンヒールを目にして、わたしの胃はずんと沈んだ。

血液の流れる音が耳に響き、わたしはくるりと振り返って、クリッシーと向き合った。「この娘を街頭へ連れだしたの？」

彼女はひらひらと手を振ると、灰皿でマリファナをもみ消した。「プロと一緒に街角に立つ経験をしたいって、この娘に言われてね」

稲妻のような怒りがわたしの体を駆け抜けた。「街角に立つ？　ふざけてるの？　あなたが最後に街角に立ったのはもう十年以上前じゃない。いまはマルコスからメールが来るのを待つだけでしょう」

クリッシーがにらむ。「そりゃそうだけど。でも最初はみんな街角に立つところから始めるよ。この娘だってそうさ」

わたしは足を踏みだして顔を近づけ、わめいた。「この娘は十六よ！　学校へ通っている年齢で、街頭で働く年じゃない！」

クリッシーは小首をかしげて目を見開くと、おかしそうに口もとをゆがめた。「いいニュースを教えたげる。サヴァナは街頭に立っただけだよ、プリンセス・コーラ。働いちゃいないって」

全身がぶるぶると震えだす。ダンテの屋敷からひそかにサヴァナを連れだしたことがばれたとき、マルコスから受けた暴行はかつてないほどひどかった。そしてこの六週間は彼女の扱いにほとほと手を焼いているが、それでも決して後悔していない。これからの二年間で、わたしは不可能なことをやり遂げ、救いがたいサヴァナを必ず救ってみせる。クリッシーがサヴァナを不幸の道連れにするのを、何もせずに見ていたりなどするものですか。

「サヴァナにかまわないでって、何度言えばわかるの？」

「あたしがちょっかい出してるみたいに言わないでよ。あの娘のほうがかまってほしがってるんじゃない。夜な夜なあたしのとこへ来て、仕事へ連れてってとせがんでさ。あの娘は一階の住人だよ、コーラ、三階の象牙の塔じゃなくってね」

象牙の塔。ここで暮らす女たちはみんな勝手にそう思っている。彼女たちと同じ苦労をわたしは背負っていないのだと。たしかに、わたしは体を売って家賃を払っているわけではない。だけど、ゲレーロ・ファミリーの奴隷であることに変わりはなかった。

とはいえ、違うところもある。ある意味、わたしはプリンセスだ。そしてそれは、キングへ直談判することができるからにすぎない。差し出がましいことをすればひどい目に遭う。でもサヴァナのためなら……。

クリッシーの挑むような視線を受け止め、わたしは開いたドアから呼びかけた。

「アンジェラ、ちょっといい？」

「なあに、コー」すぐに返事があった。クリッシーとの口論が本日最初のゴシップネタになるのはこれで決まりだ。

「サヴァナを三階まで連れていってもらえる？」

「ええ、お安いご用よ」アンジェラは手を貸すことに乗り気だ。

わたしはクリッシーに向かって最後の微笑《ほほえ》みを投げかけ——これで最後にしてみせる——彼女のアパートメントをあとにした。数週間ぶりに心が軽くなった気がした。

二歩進んだだけで、誰かに呼び止められた。

「コーラ、天井から水が漏れてくるんだけど」

そしてこれは別の誰か。「コーラ、ヒューゴが電話に出ないのよ」

また別の誰か。「コーラ、あの嘘つきエイヴァをあたしのアパートメントから叩きだしてよ！」

「コーラ……」

「コーラ……」

「コーラ……」

コーラの合唱に終わりはない。

わたしは目をつぶり、階段をのぼっていった。頭の中で午前中のやることリストに順番をつける。優先順位は不変だ。第一が安全対策。第二がビルのメンテナンス。第三が精神衛生関連。誰かの命に関わる危険はとりあえずないから、水漏れを真っ先に片づけよう。

ため息をつき、女たちに問いかけた。「ヒューゴはどこ？」

三つの声がそろって返事をした。「ケリのとこ」

別の誰かがつけ加える。「部屋へ行くのはやめといたほうがいい。ヒューゴのケツを見たいんなら別だけど」

わたしは階段をのぼる途中で凍りついた。胸がキリキリと締めつけられるのを感じながら振り返る。「それ、どういうこと？」

新顔が——ああもう、名前ぐらいちゃんと覚えてあげないと——女たちを押し分けて前に出た。「ちょっと、わかってんでしょ、コーラ。あたしはここへ来てまだ日が浅いけど、ちゃんと動いてるエアコンなんて一台もないじゃない。あのケツの重いヒューゴが朝の七時からケリのエアコンを修理してると思うわけ？　まさか。あたしはあの汗っかきのブタのために膝をつくのは願いさげだけどね。部屋ですいすいクロールできるくらい水が溜まったって、いやなものはいやだから」

わたしは年齢二十九歳、性風俗産業に足を踏み入れて十四年。いまさら何を聞いても驚くはずはなかった。男が自分の立場を利用して女に奉仕させるのはこの世界では当たり前のこと。なのに思わずきき返していた。「膝をつくって、どうして？」

新顔はまわりの女たちを見回した。「だって……そうしないと、あいつは何ひとつしてくれないじゃない」

わたしは目をぱちぱちさせた。完全に面食らっていた。

女たちも目をぱちぱちさせる。わたしが面食らっていることに、みんな面食らっていた。

嘘でしょう。みんなわたしが知っていると思っていたのだ。しかも、知っていて、ヒューゴに好きにさせているのだと。

肺の中の空気が汚染され、頭がズキズキとうずきだした。

毎日。

毎晩。

これがわたしの暮らしだ。

ストレスと責任と失敗。

誰もがわたしにあれやこれやと求め、その重圧で窒息しそうだ。朝陽がのぼるたびに投げだしてしまいたくなる。でも、この暮らしからはそう簡単には足を洗わせてもらえない。これまで何度も失敗した。

鼻のつけ根をつまんで上を見あげ、来るはずもない助けをくださいと懇願した。

少なくとも、わたしには来るはずがない。

「コーラ？」

はっと視線を転じると、リヴァーが階段にたたずみ、コーヒーの入ったマグカップを差しだしていた。

「キッチンの壁から水が染みでてるよ」軽い口調で言う。「床にタオルを敷いておいたけど、早いとこヒューゴに見てもらわなきゃ」

わたしはリヴァーのまなざしを探った。ヒューゴが修理と引き換えに女たちにフェラチオをさせているのを、この娘は知っているの？　よかった、何も知らないようだ。

リヴァーはできるだけ学校にいるようにさせ、この世界からは遠ざけている。それでも、年の割に男女のことを知りすぎていた。茶色い髪は頭の上で無造作にまとめられ、かっこよく破けたジーンズ、〝まったく気にしてない《アイ・リアリー・ドント・ケア》〟と書かれたぶかぶかのTシャツの上にバックパックを背負っている。このかわいい少女は、多くのアメリカ国民が社会のクズと呼ぶ者たちの手で育てられていた。売春婦、デリヘル嬢、ホテヘル嬢、いまのはやりの呼び方はなんであれ、性を売る商売の者たち。一方で彼女たちはみんな、泥沼にはまり込み、頼れる人がほかに誰もいない。

わたしのほかには。

毎日のように自分の魂を犠牲にしている理由を不意に思い出した。

みんなには自分の魂を犠牲にしてほしくない、その一心からだ。

深呼吸をひとつし、肺の中の空気だけでなく決意も新たにして、コーヒーを受け取り、リヴァーに宣言した。「サヴァナは無事だったわ」

「そうだってね」リヴァーの視線はわたしの背後でちりぢりになる女たちへと流れた。彼女たちの問題はほぼ未解決のままだけど、ここではそれが常態だ。

わたしは顎をぐいとあげて階段を示した。「行きましょう。下まで送るわ」

リヴァーは片眉をひょいとあげた。「キッチンはどうするの？」

「ヒューゴを呼んだところですぐには来てくれないでしょ。あなたを見送るぐらいの時間はあるから」

彼女は黒のコンバースを履いた足もとへと唇を突きだし、階段をおり始めた。「鼻血が出てる。どうしたの？」

空いている手で鼻に触れてみた。血は乾いている。「真実か嘘か、聞きたいのはどっち？」

「真実」

「ドアにぶつけたの。ついでに嘘のほうも教えてあげる。クリッシーを床に押し倒して手脚を縛りあげたときに肘鉄を食らった。でも、そのあと彼女の髪をモップ代わりにして、汚れた床をごしごしこすってやったわ」

リヴァーは静かに笑った。ふたりでレンガ造りのビルの入り口まで肩を並べて歩いた。コンクリートの端で足を止める。ここがわたしたちの暮らす地獄と外界の境界だ。リヴァーは顔をあげ、わたしの視線をとらえた。彼女の笑みが揺らぐ。オリーヴ色のなめらかな頬に不安が忍び寄るのが見えるかのようだ。

「どうしたの？」わたしは彼女の肩をつかんでそっと握りしめた。

「わかってるよね。クリッシーはちょっかい出すのをやめないよ」リヴァーはひそひそと言った。「ほかのみんなはサヴァナを相手にしないようにしてる。でもクリッシーは――」

胸が締めつけられた。肋骨《ろっこつ》が折れそうなぐらいに。クリッシーみたいな人のためにリヴァーが悩まされるのは間違っている。だけど、そのことにどれほどわたしが胸を痛めようと、これが彼女にとっての現実だ。

「なんとかするわ」

リヴァーの顔から血の気が引く。「マルコスに連絡するのは絶対にやめて、お願いだから」

わたしはあきれた顔をしてみせた。「あわてないで。マルコスのことなんて何も言ってないでしょう」

牝鹿《めじか》を思わせる大きな目がわたしの表情を探って嘘を探す。リヴァーには見つけられないだろう。けれどそれはたしかにそこにある。恐怖と後悔の山の中に上手に隠されて。

リヴァーの肩に片腕を回して抱きしめた。どちらにとっても短すぎるハグだが、いまのわたしにはそれしか与えられない。「行ってらっしゃい。バスに遅れるわよ。クリッシーのことはわたしに任せて。あなたは幾何学の勉強の心配でもしておきなさい」

「コオオラ」勉強のことなんて思い出させないでよとばかりに彼女はわたしの名前を伸ばして呼んだ。

「リイイヴァー」わたしもまねをし、未舗装の駐車場のほうへ彼女をそっと押しやった。

リヴァーはうしろ歩きをした。茶色の瞳はわたしのブルーの瞳を見据えている。

「あたしが学校から帰ってきたら、コーラはうちにいる？」

わたしはふんと鼻で笑った。「いつもいるでしょ？」

「これまでのところはね」彼女はぼそぼそと言った。

うしろめたさが胸を焼いたものの、わたしは痛みをこらえてにっこりした。「じゃ、また三時にね」

リヴァーはこちらをじっと見ている。

わたしも見つめ返した。

黙りこくった一瞬のあいだに、百万もの言葉が交わされる。約束、懇願、謝罪、説明、そしてそれらのはざまにあるすべてのものごと。

そのどれもが紛れもない真実だ。

動かしようのない真実だから、リヴァーの頬に涙がふた粒こぼれ落ちた。彼女は片手を振ると、くるりと背を向けてバス停へ走り去った。

2

コーラ

「クリッシーには出ていってもらってちょうだい！」要求した次の瞬間、マルコスの平手がわたしの頬へ飛んできた。

頭ががくんと横に傾き、ソファでサヴァナの悲鳴があがる。わたしの顎は肩にぶつかり、首に痛みが走った。

マルコスはひょろりとした体を曲げ、モンスターよろしく顔をゆがめた。「おれに意見するな！」

はるか昔、わたしはマルコスの美しさに畏敬の念を抱いたものだ。まっすぐな黒髪。目を縁取るまつげは黒目が隠れるほど黒々としている。もっとも、ゲレーロ兄弟は三人が三人ともゴージャスだ。

ダンテ、マルコス、そしてニコラスは、すべての貧しい少女が胸に抱くあこがれそのものだった。細身の長身できりっとした顎。たくましい肩はセクシーなだけでなく、権力のオーラをまとっている。派手な車に高価な衣服、よどみなくささやかれる約束の言葉がそこに加われば、彼らがゴールドチケットに見えてしまうのも無理はなかった。けれどその輝きは、ゲレーロの男たちが生まれ持つ邪悪さに気づいたあとではあっという間に褪せた。

ニックだけは別として。

わたしは倒れそうになるのを踏ん張り、胸を張ってもう一度マルコスに顔を向けた。

「クリッシーはわたしの手に負えない。警告したわよね、マルコス。何度も繰り返して。今夜彼女を追いだして。さもないと――」

言い終えることはできなかった。彼の手がわたしの頭頂の髪をむんずとつかむ。頭皮ごと引き剝がされるのではないかと思った。火がついたように痛み、わたしは悲鳴をのみ込んだ。マルコスがわたしの顔を無理やり横へ向ける。

「さもないとなんだ？　おまえにいったい何ができる、コーラ？」

何も。わたしには何もできない。

だけど彼の手がわたしの髪をねじあげるように、わたしにもマルコスの胃をねじあげる奥の手がある。「サヴァナがクリッシーに連れられて街角に立ってるところを見つけたら、ダンテはなんて言うかしら？　サヴァナがどうしてそこにいるのか、あなたを問い詰めるんじゃない？」

マルコスの顎がこわばり、黒い瞳がすっと細くなる。

ダンテ・ゲレーロ。みんなの絶対的な切り札。売春婦たちは彼の名を使って客をおとなしくさせる。マルコスは彼の名を使ってわたしをこの牢獄に閉じ込め続ける。そしてわたしは彼の名を使い、マルコスの肝を冷やす。

誰もがなんらかの形でダンテを恐れている。サヴァナも含めて。彼女はソファの上で両脚を抱え込んでいた。メイクはほとんど剝げ落ちている。ダンテの名前を耳にしただけで、その体がこわばった。

彼の好みのタイプであるサヴァナにとって、ダンテはとりわけ恐ろしい存在だった。彼は赤毛の美人好きで、相手が未成年であろうと関係ないらしい。

幸い、ダンテは女とドラッグに不自由することはないから、サヴァナが彼の目に触れないようにさえしていれば、彼女のことはいずれ忘れる可能性が高かった。

一方で、酔うか、ハイになるかして深夜に現れてサヴァナを見つけ、ひとりで何もできずにいるわたしの前から彼女を連れ去る可能性もあった。

わたしはあと二年、ダンテの毒牙からサヴァナを守ると心に決めていた。二年経《た》てば法律上、サヴァナは成人になる。二年のあいだに、もっと快適な暮らしを望んでもいいのだと彼女にわからせなければ。二年過ぎれば、子どもを虐待する両親のもとへサヴァナが送り返される心配はなくなる。あと二年すれば彼女はついに自由になれる――わたしとは違い、なんに縛られることもなく。

マルコスがわたしをねめつける。全身がズキズキと痛むが、わたしは恐れることなくにらみ返した。

わたしがダンテに電話をするような命知らずでないことを、マルコスは理解している。だが彼の名を出すからには、わたしがよほど切羽詰まっていることも彼は理解していた。

「くそったれ！」怒鳴り声をあげ、わたしを部屋の向こうへ突き飛ばした。

サヴァナが即座に反応し、壁にぶつかりそうになるわたしを抱き留めた。「コーラ」泣きじゃくってささやく。

わたしは彼女に寄りかかって体を起こし、微笑した。そのせいで切れた唇が死ぬほど痛む。「大丈夫。わたしは大丈夫だから。安心して」

サヴァナはうなずいた。もつれた赤毛が彼女の肩をこする。身長百六十八センチの彼女はわたしの上背を優に十センチは超えている。けれど、一緒にマルコスに向き直りながら、サヴァナは幼い少女のようにわたしの指を握りしめ、そんな彼女のしぐさにわたしの心はまた少し砕けた。

わたしはひるむことなく食いさがった。「マルコス、クリッシーはここには置いておけない。わたしのためでも、サヴァナのためでもなく、このビルで暮らす女性たち全員の安全のために」

マルコスはため息をつき、目頭を指でもんだ。「何を大げさな。おまえが騒ぐのにいちいちつき合っていられるか」

「いいこと、わたしの手に負えるのなら、あなたに電話をかけはしない。クリッシーは昔から危なっかしいことを繰り返してる。それはあなただって知ってるはずよ。わたしたちはもういい加減に彼女と手を切るべきでしょう」

悪意の滲《にじ》むマルコスの視線がわたしの目へと注がれる。冷ややかな空気が流れて彼がささやいた。「わたしたちだと?」

わたしは深く息を吸い込んだ。発する前からその言葉は山火事のごとくわたしの唇を焼いた。いまとなっては真実であってほしくない言葉。十年以上、毎日のように変えたいと願ってきた事実。

だけど、わたしが生きながらえているのは、その事実のためだけであるのもたしかだった。

苦いものをのみ込んで、忌まわしい事実を息とともに吐きだした。「わたしの名前はコーラ・ゲレーロよ」

鼻がつんとしたが、涙をこぼすようなまねはしなかった。泣くのは自分の寝室の中でのみ許されている。鍵を三重にかけたドアに椅子を立てかけ、床にしゃがみ込んで壁に寄りかかり、枕を顔に押しつけて。誰にも——とりわけゲレーロの人間には——涙を見せるわけにいかない。

次の言葉を口にすると喉が締めつけられた。「ニックがいまも生きていたらどうするかはわかるでしょう」

一瞬、気づかないほどわずかだが、マルコスはたしかに身じろぎした。

見えたのではなく、わたしはそれを感じ取った。

そして満足した。

マルコスはわたしをぶつことができる。

わたしを支配できる。

死ぬまでわたしを彼の世界に閉じ込めておくことができる。

だけどわたしは指一本動かすことなく、ひとことで彼の骨まで切り裂くことができる。亡くなって十三年になるが、ニックだけはいまもわたしを守ってくれている。

マルコスは大きなうなり声を漏らした。「この話にニックの名前を持ちだすんじゃない」

「ニックはいまもわたしの夫だわ」

マルコスの顎がぴくりと痙攣《けいれん》し、鼻孔が広がる。「クリッシーをここへ連れてきたのはあいつだ」

「それは知ってるわ。そしてニックなら、ファミリーのメンバーの直接命令にそむいたとして、彼女をここから追いだすことも」

マルコスは首をかしげ、ゆっくりと接近してきた。

わたしはサヴァナを自分の背後へ隠した。鼓動が速くなり、アドレナリンが血管を駆けめぐる。だけど彼には何ひとつ悟らせないようにした。

マルコスはすぐそばで足を止め、背をかがめて自分の顔をわたしの顔へすっと近づけた。「おまえはニックの売春婦だったんだろうが、コーラ。大勢の中のひとりだ。あいつからその手に指輪をはめられたからって、おまえもファミリーの一員ってことにはならないぞ」

「そっちが絶縁してくれるのなら、こんなにうれしいことはないわ」

マルコスはいきなり背中を起こした。振りあげられた手がふたたびわたしの顔へと向かう。

内側では、わたしはうずくまった。

内側では、悲鳴をあげた。

内側では、お願い、もうやめて、と彼に懇願した。

けれど外側では、わたしはすべての機能を停止させていた。

ぴくりとも動かなかった。まばたきさえしなかった。弱さを見せれば、つけ込まれるだけだ。マルコスは粉々になるまでわたしをぶつことができる。けれども嵐が過ぎ去ってしまえば、わたしはふたたび立ちあがる。自分の破片をかき集めてつなぎ合わせ、今日一日を生きていく。わたしの世話をしてくれる人はいないのだから。

人生の大半をそうして生きてきた。何度も何度も心を紙くずのように引きちぎられてきた。けれど、わたしを壊すことは誰にもできない。

がたがた震えるサヴァナの前に立ち、わたしは堂々と顔をあげてマルコスの悪魔のような黒い瞳を見据えた。彼の怒りを受け止める覚悟はできている。生きる道はそれしかない。ただそれだけだ。

わたしの頰に当たる数センチ手前でマルコスの手が止まった。彼が唇の片端を吊《つ》りあげて、悪意の滲む笑みを見せる。それから顎でサヴァナを示した。「ぶたれてまでこいつを守るのか？　こいつにそんな価値があるか？」

背中に押しつけられたサヴァナの額が熱くなり、わたしの腰をつかむ手に信じられないほどの力がこもった。サヴァナは自分の価値を認めてもらったことが一度もないのだろう。

とはいえ、それはわたしに出会う前の話だ。

「もちろんよ」

嗚咽《おえつ》をこらえてサヴァナの肩が震える。わたしは手をうしろへやり、彼女の太腿をそっと叩いた。そうしながらもマルコスとにらみ合ったままでいる。

心臓がいくつか鼓動を打つあいだ、マルコスは視線を動かさなかった。彼のまばたきひとつひとつが挑発で——そして命令だった。

でも、わたしはぶつのはやめてと懇願しなかった。

涙を流さなかった。

彼に取引を持ちかけなかった。

けれど、マルコスが求めるものは与えてやった。

わたしは床に視線を落とすと、力なく肩を丸め、ぶたれた頬に手をやった。たったそれだけの動作。わたしが失うものは何ひとつない。でもそれは、マルコスが喉から手が出るほど求めている支配権を返すという、服従の証《あかし》だった。

わたしの全ワードローブを合わせたよりも値の張る黒のドレスシューズが視界から消え、マルコスは戸口へと歩いていった。

「クリッシーを追いだす」まるで自分がそう決めたかのように彼は宣言した。

静かな安堵感が胸に広がり、わたしは必死で微笑《う》まないようにした。「わかった」

ところが、あっという間に隠すべき笑みは消え失せた。

「部屋の割り当てを調整しろ。何日かしたらクリッシーのあとに新しいのをふたり連れてくる」

わたしは胃が沈むのを感じた。新たな女たちは新たな厄介ごとを意味する。新たなトラブル。新たないさかい。何より最悪なのは、この地獄へ引きずり込まれる女たちがさらに増えることだ。

むかむかと吐き気が込みあげるが、マルコスを止める手立ては何もない。わたしにできるのは、抜けだせるものなら魂だって売るこの暮らしに、両腕を広げて彼女たちを迎え入れることだけだ。

彼女たちを哀れんだところで、守ってあげられるわけでもない。

でもわたしにできることもある……。

「ヒューゴをメンテナンスの仕事から外して」

マルコスは不愉快そうな表情でゆっくり振り返った。「調子にのるんじゃないぞ」

わたしは肩をすくめた。「ごめんなさい。だけど、ヒューゴは部屋の修理と引き換えに、女の子たちに奉仕させてるわ」

マルコスの体がぴくりと動く。続いてうなじの筋肉が盛りあがって、白いシャツの襟が引っ張られた。

ヒューゴの問題を先に持ちだしていたら、クリッシーの話にたどり着くことは永遠になかっただろう。ここの女たちが利用されようと、マルコスは歯牙にもかけなかった。だが、彼の大事なルールのひとつをいとこが公然と破っているとなれば、見過ごすわけがない。

ゲレーロの男たちにとってプライドと支配力がすべてだ。ゲレーロをコケにすることは――ファミリーであろうとなかろうと――大罪だった。

クリッシーのことはマルコスに任せておけばいい。ニックがよく言っていたように、彼女はこれから〝野に放たれる〟だろう。要するに、二度と戻ってくるなと言い渡されて街頭へ置き去りにされるのだ。もっとも、クリッシーなら、日が沈む前に別の店へ転がり込んでいそうだ。ヒューゴがどうなるかは……マルコスの今日の気分次第だ。

マルコスはアパートメントからずかずかと出ていった。戸口の外に待機していた四人の男がすぐあとに続く。側近はころころ変わるから、わたしはいちいち名前を覚えようともしなかった。覚える必要もない。彼らはわたしには話しかけてこないのだから。

「クリッシーのことを忘れないでね！」わたしはマルコスの背中に向かって声を張りあげた。

マルコスはそれには反応せずに、階段をおりながら左手にいる恰幅《かっぷく》のいい男に指で合図した。

「ああ、コーラ」ふたりきりになるとサヴァナは大きく息を吐きだした。「本当にごめんなさい。大丈夫？」

「ええ、なんでもないわ」自分の体を確認するよりも先に反射的に答えていた。頭はガンガンしている。ぶたれたほうの目は痛み、視界に黒い点が散っている。そして今朝ぶつけたばかりの鼻はまだ腫れていた。だけどこれぐらいならいつもとたいして変わらない。

「自分の部屋へ戻って中から鍵をかけなさい」わたしは命令した。

「でも、あ、あたし……」サヴァナは言葉に詰まった。

わたしは薄いピンク色のタンクトップを撫でつけてぴしゃりと言った。「話はあとよ」

「でも――」

「あとよ」わたしは繰り返した。「さあ、行きなさい」

ありがたいことに――わたしの忍耐力もさすがに限界だ――サヴァナはそれ以上反論しなかった。彼女が廊下を歩み去る足音をわたしは背中で聞いた。ドアが閉まる音に続いて、ドアロックを回す音、かんぬきをカチャリとかける音、それからドアチェーンがスライドする音が聞こえた。サヴァナの部屋が施錠されたのを確認してから、ようやくアパートメントの外に出た。

通路にたどり着く前にわめき声が耳に入ってきた。いつもなら怒声や悲鳴は聞くに堪えないが、今日みたいにいろいろあったあとでは、音楽のように耳に心地いい。

クリッシーが叫ぶ。

マルコスがののしる。

ヒューゴが嘘をつく。

美しい嵐のさなかに荒れ狂う風のようだ。

みんながわたしにつけたプリンセスというあだ名よろしく、錆《さ》びた手すりのそばにたたずみ、三階のバルコニーからお城の駐車場を見おろした。くるりとカールした金髪が風に躍る。体が痛むが、心のほうがずっと痛い。大きく息を吸い、わたしの王国で繰り広げられるドラマに見入った。

ヒューゴの顔面にマルコスが次々と拳を振りおろすのを見ても、何も感じなかった。ヒューゴが何発かやり返していれば、さらに痛快だっただろうけれど。

「コーラ！」マルコスの側近に髪をつかまれ、車へ連れていかれるクリッシーが叫んだ。「コーラ、助けてよ！」

うしろめたさを感じたかった。どれだけ真剣にサヴァナを更生させようとしているのか、クリッシーにわからせるわたしの努力が足りなかったのかもしれない。けれど、〝かもしれない〟と後悔の海に溺れるのを拒絶した。

どれほどがんばったところで、全員を助けることはできない。クリッシーみたいな女性はいずれ自爆する運命にある。飛んできた金属片にここの女たちが切り裂かれるのを、黙って見ているつもりはなかった。

わたしは何も感じないまま、クリッシーが黒いメルセデスの後部座席に投げ込まれるのを見守った。そのすぐあと、意識のないヒューゴの体がトランクの中へ無造作に放られる。

騒ぎを耳にして、女たちのほとんどがアパートメントから出てきていた。

誰ひとりしゃべらない。

クリッシーをかばおうと前に進みでる者もいない。

一階にいる何人かの女たちは、チームのようにみんなパジャマを着て髪は頭の上でまとめ、顔はすっぴんで、身を寄せ合っていた。

すべてのいさかいは一時的に水に流された。

トラブルは忘れられた。

敵だった相手が姉妹になった。

埃《ほこり》を巻きあげて車が走り去る。これでわたしたちはひとり失ったが、その分これまで以上に強くなった。

少なくとも彼女たちは。

「コーラ」誰かが呼びかけた。

「コーラ」別の声があがる。

さらに別の声。「コーラ」

百万もの方向から頭を引っ張られるかのようだ。わたしは自分を呼ぶ声を無視してアパートメントへ引き返すと、まっすぐ寝室へ向かった。

そっとドアを閉めて鍵を三重にかけてから――サヴァナに物音を聞かれないよう気をつけ――ロッキングチェアをドアノブの下に立てかけた。

ベッドから枕をつかみ取って顔へ持ちあげるなり、涙が堰《せき》を切って溢《あふ》れでた。壁に寄りかかってずるずると沈み込む。嗚咽が込みあげて肩ががくがく震えたが、音はひとつもたてなかった。どんなに激しくむせび泣こうと、長年こうしてきたから、涙は完璧にコントロールされている。感情を一気に解放したせいで、胸が苦しくてたまらなかった。本当はひとときでいいから安心感に包まれたいだけなのに。

涙のひと粒ひと粒が心を砕き、気力を奪い、魂を削り取る。

そうやって十三年も泣き暮らしてきたが、何ひとつ変わらなかった。

これからも永遠に変わることはない。

3

ペン

「ペン」ドアの反対側からドリューが呼ぶ。「いいか?」

自分の足の下にある安っぽいカーペットを見つめ、おれは目をしばたたいた。

ここは前とは違う人生の中の、前とは違うホテル。おれもいまでは別の人間だ。だがカーペットは相も変わらずおんなじだった。

薄汚れた醜い粗悪品。

胸が張り裂けそうなほど美しい……。

彼女。

額に浮かぶ汗の玉をぬぐって声を張りあげた。「ドアは開いてるぞ!」靴下をはいていると、ドアが開いてドリューの細身の体が視界の隅に入ってきた。コーヒーカップをふたつ持っている。

ドリューはドア枠に肩をもたせかけた。「少しは寝たのか？」

おれはベッドから立ちあがり、薄暗いバスルームへ行ってブーツをつかんだ。「トラックの中で少しは」

「女は深夜には帰ったんだ。戻ってきてもよかったんだぞ――」

「ホテルの部屋じゃ眠れない。知ってるだろ」ベッドの端に腰を沈め、二度と視線をカーペットへさまよわせることなく、茶色い革のブーツに足を滑り込ませた。「それに、おれがここで寝ていたら、おまえがシカゴの女を手当たり次第口説いてベッドに連れ込む邪魔になるかもしれなかっただろう」

ドリューは笑い声をあげて部屋へ入り、足でドアを閉めた。「二年も塀の中にいて、おっぱいらしきものは、体重百三十キロのババってやつのしか見てなかったんだ。その分を取り戻させてくれ」

おれは差しだされたコーヒーを受け取り、ナイトテーブルに置いた。「まさかシャワー室でババのおっぱいをじっと眺めてよだれをだらだら垂らしてたんじゃないだろうな？」

ドリューが飲む手前でカップを止める。「おいおい、そりゃ、ジョークのつもりか？」

おれは靴紐《くつひも》を結び終えると背中を起こし、太腿に肘をついて両手を脚のあいだに垂らした。「そいつのおっぱいをおまえがどれだけ気に入ってたかによるな」

ドリューはこっちを見て目を丸くした。やがてその顔に〝ドリュー・ウォーカー・スマイル〟が広がるが、まなざしは翳《かげ》りを帯びた。「ああ、くそっ。こうしてまた顔を見られてうれしいよ、ブラザー」込みあげる感情に声を詰まらせる。

おれは視線を脇へそらし、ドリューの喜びように胸が苦しくなるのを押し隠した。鏡に映る自分の顔を見ても、うれしさなど感じられないのはたしかだ。「外で朝食をとってくる。約束の時間は何時だ？」

ドリューが近づいてくるのを感じたが、腰をあげて財布と鍵を取り、目が合うのを避けた。

「ペン、あんたは無理してやることはないんだ」

おれはさっと顔をあげた。「あるに決まってるだろう」

ドリューはおれの行く手をさえぎり、立ち止まらせた。「家に戻ればいい。家はまだそのままなんだろう？」

ふたつ年下のくせして、こいつの身長はおれよりもある。

だがほかは何を取ってもこっちのほうが上だ。

おれは相手の胸板をてのひらで突いた。「どけよ」

ドリューは首を横に振った。「おれを迎えに来てくれたのには感謝してる。だけどあんたは戻るんだ。また新しく会社を興せばいい」

「そしてまたつぶすのか？　そいつはいいアイデアだ」

「つぶしたんじゃない。あんたは彼女が死んだ日に会社を捨てたんだ」

おれはドリューのTシャツの胸ぐらをつかんだ。「黙れ」

「本当のことだ。自分でもわかってるはずだ」

「いいや。おれにわかってるのは、おれには仕事が必要だってことだ、ドリュー。おまえと同じようにな。塀の中のお仲間がおれたちに仕事を見つけてくれたとおまえに聞いてから、まだ二十四時間も経ってないぞ。ここまで来て〝家へ戻れ〟なんて言いだすな」

どちらも引きさがらず、ドリューの茶色い目がおれのブルーの目を見据える。「ここはあんたの居場所じゃない」

「居場所なんてどこにもないだろうが！」おれは吠《ほ》えた。ドリューの胸ぐらを一度揺さぶってから手を離す。

撃たれたかのように、怒りが無感覚を引き裂いて解き放たれ、リサを救えなかったあの日のすべての感覚が生々しくよみがえった。息が荒くなり、胸郭の中で心臓が暴れる。両手を組んで頭を抱え込み、見たくもないカーペットを見据えた。

ひとつ吸って。ひとつ吐いて。

「お願い！」リサが悲鳴をあげ、銀色に光るナイフの刃が彼女の腹の中へ消えた。

ひとつ吸って。ひとつ吐いて。

「あなたをひとりきりにはしない」結婚の日、彼女は誓いの言葉とともにそうささやいた。

ひとつ吸って。ひとつ吐いて。

「もう少しだけだから」あの日、彼女はそう言っておれをなだめた。走り去る彼女の車を見送るのはそれが最後となった。

ひとつ吸って。ひとつ吐いて。

おれは固く目をつぶり、視界を埋める闇に意識を集中させた。

ひとつ吸って。ひとつ吐いて。

なじみ深い無感覚が力場《フォースフィールド》のようにじわじわとふたたび体を覆い、防御力が回復し、おれは呼吸を取り戻した。

「おれにはこの仕事が必要だ、ドリュー」

「わかったよ。くそっ、落ち着いてくれ。だがいいか、これは売春宿のメンテナンスの仕事で、一方あんたはエンジニアリング専攻のマサチューセッツ工科大学《MIT》卒だ。せっかくの学位が泣くぞ」

おれは目を開けてかぶりを振った。「いまのおれはその男じゃない。そいつははるか昔に死んでる。ここによく似た安ホテルの部屋で」

「だったらそいつを生き返らせればいい」ドリューは唇の片端を吊りあげて微笑した。

「イエスさまは生き返っただろう」

おれは神様じゃない、ドリュー。

おれは首をぼきりと鳴らし、震えそうになる唇で息を吸い込んだ。「もういいだろう。今日はこの話はやめにしろ」

ドリューは頬をふくらませて、荒々しいため息をついた。「了解」おれの肩をぐっと握る。「だけどな、こんなざまを見たら、彼女はあんたの尻を蹴り飛ばしただろうよ」

「わかってる」詰まった喉から笑い声が漏れた。「言われなくてもわかってる。そろそろ時間だ」

ナイトテーブルからおれの分のコーヒーをつかみ、ドリューはもう一度こっちへ差しだした。自分のカップを掲げて笑う――おれには何年も形づくることのできない本物の笑みだ。「新たなはじまりに乾杯」

おれは自分のカップを触れ合わせた。「終わりに乾杯」

4

コーラ

「そう、それでヒューゴは正式に追い払われたわ」肩に挟んだ携帯電話に向かって話し、自分のアパートメントへと階段をのぼりだす。両腕にさげた買い物袋がずしりと重い。三階が一番安全だとはいえ、毎週毎週、食料品を三階まで運ぶのは重労働だ。

「よかったじゃない」カタリーナの返事のあと、不自然な間が空いた。

次に何を言われるかは察しがつく。見知らぬ番号から電話がかかってくるたびに同じことが繰り返される。わたしからカタリーナに連絡を取るすべはなかった。知っているのは街の反対側にあるコインロッカーの場所と暗証番号だけ。そこに彼女に渡す現金入りの封筒を預けることになっている。

「その、頼みづらいんだけど、先週からイザベルが病気になってしまって――」

「いくら必要?」誰かに聞かれるかもしれないと、あたりを見回しながらささやいた。返事をするカタリーナの声は震え、くぐもっている。「二百ドルか、それぐらい。融通できるのであれば、いくらでもかまわないわ」

五百ドル渡そう。

「それならすぐに用意できる。今夜、子どもたちが眠ったらロッカーに預けるから」

カタリーナの声がさらに震える。茶色い瞳からはきっと涙がこぼれ落ちているだろう。「あなたにはどうやって感謝すればいいのかわからない」

「無事でいて。わたしが望むのはそれだけ」

「愛してるわ、コーラ」

「わたしもよ」彼女の名前は口に出さなかった。

裁判で実父のマニュエル・ゲレーロに対して不利な証言をしたその日から、カタリーナは潜伏生活を送っている。万が一にも見つかれば命はない。彼女を執拗《しつよう》に探しているのは実兄のダンテとマルコスだけではなかった。彼女の夫も――かつてはマニュエルと協力関係にあったが、のちには地方検事として彼を刑務所送りにしている――カタリーナを見つけだそうと躍起になっていた。

わたしにとって、彼女はこのビルの外との唯一のつながりだ。カタリーナが隠れ続けていられるかどうかに、わたしの未来はかかっていた。追跡者たちから彼女を守り通すためならなんでもする。彼女のために危険を冒してお金を運ぶことも。いつの日にか、彼女はわたしがこの悪夢から抜けだすたったひとつの手立てとなるのだから。

三階にたどり着くのと同時にカタリーナが通話を終了した。わたしは息を吸い、彼女からの電話がよみがえらせた感情を胸の底にしまい込んだ。自分の感情にかまけていては身の破滅を招く。

ウエイトリフティングのエクササイズ代わりに買い物袋をエイヤっと持ちあげて、肩に挟んだ携帯電話を指先でつまみ取り、アパートメントのドアを蹴った。「手を貸して!」

鍵をすべて開ける音がしたあと、サヴァナがドアを開けた。

カビくさい空気が一気に溢れでる。「うわっ、ひどいにおい」

「買い物に行ってるあいだは窓を閉めるよう言ったのはコーラだからね」サヴァナはわたしが伸ばした腕から買い物袋をつかんだ。

ふつか前にクリッシーがここを追いだされてからというもの、サヴァナはお行儀よくしている。錆びた水道管からの水漏れのために、ビルの半分で水道を止めねばならなくなったのだ、カビくさいのは仕方がない。三十人の女性がふたつのバスルームをシェアし、リヴァーとサヴァナの肺がカビに冒される高い危険性があるときには、猫の手だってありがたかった。

わたしが脇を通り過ぎても、リヴァーはシリアルのボウルから顔をあげなかった。サヴァナと違い、リヴァーはクリッシーがいなくなってからわたしを避けている。より正確に言うと、マルコスがわたしの頬に残した特大のあざを目にしたときからだ。

これはリヴァーのお決まりのだんまりで、わたしはその終わり方もよく知っていた。二、三日ほどだんまりが続いたら、わたしはお手製のラザニアとガーリックブレッドを焼く。わたしが料理をしているあいだ、リヴァーはキッチンに座っている。まだ口は開かないが、もうわたしを避けてはいない。皿がからになり、炭水化物摂取後の眠気に襲われる頃、リヴァーは真実をわたしに伝える。ほかのみんなをかばうために、わたしがマルコスの暴力に甘んじるのがどんなに悔しいかを。

そのあとわたしは彼女に嘘をつく。二度とそんなことは起きないからと。

嘘と真実——それがわたしたちのやり方だ。

「リヴ、ちょっといい?」買い物袋をカウンターに置いて呼びかけた。「車のトランクから漂白剤を取ってきてくれる? ドアは開けておいて。空気の入れ換えをしなきゃ」

リヴァーは無言で立ちあがると、ガチャンと音をたててシンクにボウルを置き、足を踏み鳴らしてアパートメントから出ていった。

「おしゃべりできて楽しかったわ！」その背中に向かってわたしは声を張りあげた。

「また話しましょうね」

サヴァナはすぐにわたしの横へ来て、食料品を出すのを手伝ってくれた。「今晩あたしからリヴァーに話してみる。リヴァーだってそろそろ機嫌を直すよ」

わたしは一笑して牛乳を冷蔵庫に入れた。「リヴァーの前に、話をすべき相手がほかにいるんじゃない？」

サヴァナは豆の缶詰ふたつを手渡しながら、完璧に描かれたとび色の眉を、いつもの人を見くだしたそぶりで吊りあげた。「それ、どういう意味よ？」

わたしは食料品を片づける手を休めない。「この前のこと、わたしには何も話してないでしょう」

「あれは謝ったじゃない」

「今回は謝るだけじゃすまないわよ」冷凍ブロッコリーの下にミントチョコレート・アイスをささっと隠した。夜中までちゃんとここにありますように。

サヴァナがふんと息を吐く。「ほかにどうしろって?」

わたしは食料棚へ移ると、少なくとも三年前からそこにあるレーズン入りグラノーラのうしろへチョコチップクッキーを押し込んだ。「そうね、まずはその偉そうな態度をどうにかしたら」

「あたしのどこが偉そうなの!」

忍耐力が尽きそう。そういう態度が偉そうなのよとばかりににらみつけると、指をパチンと鳴らして豆の缶詰を身ぶりで示した。

サヴァナは缶詰をひとつずつわたしのてのひらに打ちつける。「話すって言ったって……あたしは別に悪くない。だってクリッシーが——」

「そうやってすぐに人のせいにするところがあなたの悪い癖よ!」わたしは怒鳴った。

サヴァナが体をこわばらせる。

わたしは豆の缶詰を積みあげたあと——子どもたちには隠しているクッキーのさらなるカムフラージュだ——彼女とまっすぐ向き合った。

サヴァナの濃緑色の瞳は大きく見開かれ、彼女らしくもなく涙をいっぱいに湛《たた》えていた。マルコスとわたしがやり合うのを目の当たりにしたあの日は別として、サヴァナはかつてないほど感情を剝《む》きだしにしていた。

真剣に話すならいまだ。「サヴァナ、あなたはここに移り住んでから、考えるのは自分のことだけで、まわりのことは何も考えていない。夜中に抜けだすわ、わたしに食ってかかるわ、リヴァーとは言い争ってばかりだわ、あなたの世界は自分を中心に回ってる」

「そんなことない！　なんでもかんでもあたしのせいにして。そもそもあたしは好きでここに来たんじゃない」

「わたしは好きでここに来たと思う？」両腕を広げ、狭いキッチンでくるりと回った。両方の指先がカウンターをなぞる。「わたしがここにいたがっているとあなたは一瞬でも考えるわけ？　わたしたちは選択したのよ、サヴァナ。ここへ来るという選択ではなかったかもしれない。だけどね、どのみちその選択がいまこの瞬間へわたしたちを連れてきた」サヴァナのほうへ指を突きだす。「わたしもあなたと同じ立場にいたことをあなたは忘れてる。あなたがダンテと一緒にあの車に乗り込んだ日、あなたは自分の運命を選択した。それはニックがわたしのためにしたのと同じ選択よ。そのわたしがこうしてあなたに言ってるの、あれは最低最悪の選択だったとね。だけどわたしはダンテじゃない。マルコスでもない。あなたのろくでもない親じゃない。何より……わたしはあなたの敵ではないの」

わたしは足を踏みだすと、サヴァナの顔を両手で挟んで声を落とした。「こんな掃き溜めでの生活、誰も望んでないわ、ベイビー。でも、わたしたちにはこれしかないの。認めるのはいやでたまらないけど、たぶん、わたしの手に届くのはこの暮らしだけ。だけどあなたは？　あなたは十六でしょう」

サヴァナが言い返そうと口を開くが、わたしはその間を与えなかった。

「若すぎるって言ってるんじゃないわ。あなたには時間がある。まだここから出ることだってできる。その日が来るまで、わたしはあなたの世話をすると誓うわ。けれど、あなたの協力が必要なの。街頭に立とうとするのはやめなさい。ここの女たちと一緒に酒を飲むのや、マリファナを吸うのはやめなさい」彼女の両腕を取って注射痕を身ぶりで示した。「そんなことをしていたら麻薬中毒に逆戻り――」

玄関ドアが叩き閉められ、お説教の続きは舌の上で消えた。

「コーラ！」リヴァーは両腕を広げて背中をドアに押し当てた。まるでドアに爪を立てる野獣の群れを押し戻そうとするかのようだ。

次にリヴァーが口にした言葉で、彼女はまさにそうしているのだとわかった。

「あいつら……あいつらがいる」リヴァーは蚊の鳴くような声で言った。

それ以上の説明は必要ない。怯《おび》えきった様子だけで、誰を指しているのかは明確だ。

リヴァーはドアの前からどいて、わたしを通した。

わたしは駐車場を見おろすバルコニーへまっすぐ進んだ。

後部座席付きの赤いおんぼろのピックアップトラックから、見覚えのないふたりの男が降りてきた。

その横にあるのはマルコスの黒のメルセデスだ。

それに……。

わたしは息をのんだ。

ダンテ。

彼がやってくることは滅多にないし、昼日中となればなおさらだけど、過去になかったわけではない。

わたしはアパートメントへ駆け戻り、リヴァーとサヴァナの両方に向かって声を張りあげた。「行きなさい。早く」

ふたりともまごつくことなく廊下へと駆けだした。やることはふたりともわかっている。サヴァナがやってきた日に、入念に打ち合わせしておいた。

わたしは目をぎゅっとつぶると、胸もとにさがるシルバーの星を握りしめた。ニックからこれをプレゼントされたのは百万年も昔に思えた。「助けてちょうだい」天に向かって懇願する。「あなたの助けが必要なの、ニック」

わかってはいたけれど、亡き夫からの返事はなかった。深呼吸を何度か繰り返したあと、いつものようにふるまった。覚悟を決めて、食料品をしまう作業に淡々と戻る。玄関ドアを悪魔がノックしようとしていることなど知らないかのように。

「ダンテ」数分後、わたしは偽りの笑みを明るく輝かせて彼を迎えた。

サングラスの奥から、ぞっとする視線がわたしの体をなぞる。わたしは豊かな胸と平らなおなか、丸みのあるヒップ、それにきちんと機能する女性器を持っているから、彼にしてみれば自分の好きにしていい女ということになる。亡き弟の妻だろうと関係ない。ダンテがわたしに情けを示したことは一度もなかった。ニックとわたしの結婚が発覚したあの日もそうだった。ダンテはわたしのシャツを引き破ると、おまえの居場所はここだと街角に放りだした。葬儀場でわたしを追い詰めたあの日もそう。ダンテからみぞおちに膝蹴りを食らい、わたしは嘔吐《おうと》した。そしてニックの死から五年目のあの日だってもちろんそうだ。ダンテはなんであれ当時お気に入りのドラッグでハイになり、寝室へふらふらやってきてわたしをぶちのめした。数時間後、彼は去り際によろめきながら、弟を死なせた罰だと吐き捨てた。

わたしの世界はダンテ・ゲレーロのてのひらにのっている。彼はときおり姿を見せては、わたしがその事実を忘れられないようにして楽しむのだ。

ダンテは彫像みたいに身動きしないわたしへ近づき、カールした毛先をつかんだ。「コーラ。久しぶりだな」ダンテの視線はわたしの胸に向けられている。彼の唇が描く曲線は、ほかの男の顔であればさぞや魅力的な笑みに見えただろう。

わたしは吐き気をこらえた。手をひらひらさせてあとずさる。彼の指からわたしの髪がすり抜けた。「そうね。どうぞ入って」

中へ入りながら、ダンテは黒いスラックスのポケットに片手を入れ、レイバンのサングラスを頭の上に押しあげた。「リヴァーはどこにいる?」

全身の筋肉が硬直した。わたしはダンテのうしろに続くマルコスに視線を投げた。きつく引き結ばれた唇にいやな予感がした。マルコスの顎がそれとわからないほど動いて、ダンテに返事をしろと命じる。

二度の試みのあと、ようやく返事の言葉が口から出た。

「部屋にいるわ」

ダンテはわたしにウィンクを送り、部屋へ向かった。

恐怖がわたしをひとのみにする。けれど彼のあとを追いながら、それを表に出さなかった。「たぶん、お昼寝中よ」

ダンテはわたしを無視し、リヴァーの部屋の前に来るとドアノブをひねった。ドアが開く。鍵はひとつもかけられていない。わたしは死んでしまいたかった。

だけどこのほうが安全なのだ。鍵がかかっていたらダンテを怒らせるだけだ。

「えっ、ああ、こんにちは、ダンテ」リヴァーが蛍光グリーンのイヤフォンを片方だけ外し、明るく挨拶する。

打ち合わせどおり、ぶかぶかのパーカーを着込み、髪は頭の上でルーズにまとめている。サヴァナのベッドがからっぽなのを目にして、わたしの唇からほっとため息が漏れた。

「くそみたいな格好だな」ダンテがうめく。

リヴァーは足首を交差させ、汚れた靴下をはいている足をもぞもぞと動かした。

「だってこんな場所に暮らしてるんだもの、プロム用のドレスは要らないよね。それに〝くそみたいな格好〟」引用符のしるしに両手の指を動かす——ちょっと、何を大人ぶってみせるの。「を卒業するにはお金がかかるの。いくらお金になっても、あたしはロリコンの相手はいやだからね。くそみたいな格好をしてるほうがまし」

怒りにダンテの体がふくれあがり、わたしは身構えた。

「このガキ——」

「なあ」わたしを押しのけてマルコスが割って入る。「そんなガキ、放っておけよ」うしろポケットを探って財布を引きだし、札束をひとつかみ、リヴァーの足もとへ投げる。「服を買ってこい。それにシャワーぐらい浴びろ」

リヴァーは首をかしげて反撃した。「水道管を直してくれるってこと？　それともこのお金で新しい服と水浴び用のバケツを買えってこと？」

マルコスがにらみつける。

ダンテはののしりの言葉を続けざまに吐いた。

わたしは歯を食いしばった。リヴァーったら、この部屋で終身幽閉の刑にしてやろうかしら。

当のリヴァーは平然としてにっこりすると、お金を拾ってパーカーのポケットにしまい、イヤフォンを耳に戻した。音楽に負けじと声を張りあげる。「会えてうれしかった！　また来てね！」

「くそガキが！」ダンテはマルコスに部屋の外へとうながされてうなった。

わたしは肩の力を抜いて廊下からリビングへと急いだ。ふたりがあとに続くよう必死で願う。

彼女から引き離さなくては。

彼女たちから引き離さなくては。

一応玄関広間ということになっている剥げかかったリノリウムの上に新たな男ふたりが立っているのを見て、わたしはあわてて足を止めた。

背の高いほうは、どこにでもいそうな三十男に見える。平凡な茶色の髪。平凡な茶色の目。鼻があって、唇があって、耳まであるけれど、平凡そのものの顔にこれといった特徴はない。どこにでもある白いTシャツ、どこにでもあるジーンズ。それに――そう、予想したとおり――どこにでもある茶色のワークブーツ。平凡でぱっとしない、まるで危険な感じのしない男性。信用できないわ、とわたしは即座に判断した。

隣にたたずむ男性はまったく別の話だった。連れより身長が数センチ低いにもかかわらず、強烈な存在感が実際よりもはるかに大きく見せている。肌は日焼けし、短い茶色の髪には、太陽のもとで労働しているかのような、赤褐色と栗色《くりいろ》の自然な筋が入っている。瞳の色はブルーとはいえ、わたしのインディゴブルーとは違う。彼の色は……そう、深く、虚《うつ》ろで、悲しげなブルー。鼻筋が通り、おそらく喧嘩でわずかにゆがんだ鼻は古代ローマの剣闘士のものだ。一方、濃い無精ひげに覆われた鋭い顎の線には王者の風格が滲む。対照的な無数の要素が、なぜかはっとするほど見事な全体像を形づくっている。衣服は同じく白いTシャツにジーンズだが、それに覆われた厚みのある筋肉と、腕から手の甲まで入り組んだ模様を描く黒いタトゥーには、平凡なところはまったくない。

存在すべてがゴージャスな男性。だけど前科者っぽい、少し怖そうな雰囲気がある。刑務所では囚人四〇一号だったというところか。

とはいえ、何より興味深いのは、ふたりの男性がどちらもゲレーロではないことだ。このビルは男性立ち入り禁止だ。それはわたしが賛同する数少ないルールのひとつで、住人にも徹底的に守らせている。警官に——ダンテが意のままにできる汚職警官ではなく、まともな警官に——売春行為で通報されたら、わたしを含む住人の大半は手錠をかけられてしょっぴかれるのだから。そしてわたしの場合は今度逮捕されたらスリーストライク。二度と外の空気は吸えなくなる。

「えっと……」わたしはもぐもぐと言った。「あなたたちは?」

マルコスがわたしの横で立ち止まる。ダンテはソファへ移動すると、ポケットから取りだした粉末コカインをテーブルに広げて吸引の準備をしだした。

マルコスは嫌悪の目を向けながらも注意しなかった。咳払《せきばら》いしてかぶりを振る。

「新しいメンテナンススタッフだ。ドリュー・ウォーカーと兄貴のペンだ」

わたしはマルコスに顔を振り向けた。「わたしの知らないうちに、ゲレーロ一族は疫病で滅びでもしたわけ？」

「おやじからじきじきの命令だ。ムショの中でドリューと親しくなったらしい」

あら、大当たり。やっぱり彼は囚人四〇一号だ。

マルコスは黒いまなざしをわたしに転じた。「ウォーカー兄弟は建築関係の仕事の経験があるそうだ。ヒューゴの……不運なトラブルの話を耳にして、おやじはこのふたりをここで雇うよう伝言を寄越《よこ》してきた」そこで言葉を切り、歯がすり減りそうな勢いで歯ぎしりする。「ドリューのことは自分の息子みたいに信頼してると、おやじは言ってる」

その言葉の真意は、囚人四〇二号ことマニュエル・ゲレーロは、愚かな実の息子ふたりより、このドリューという男性を信頼しているということだ。驚くには当たらないし、いい気味だ。わたしはにんまりしそうになるのを隠すためにドリューとペンに視線を戻した。

「おまえの問題を教えてやれ」マルコスが命じた。

「わたしの問題？」おうむ返しに繰り返した。まじめな話、もっと具体的に言ってくれないと。わたしがどれだけの問題を抱えていると思っているの？

ふんん、と吸引する大きな音がソファのほうからしたのに続き、ダンテが言った。

「おまえのとこの水漏れだ。この埋め立てゴミみたいなにおいの原因をなんとかしろ」男たちに向かって指を鳴らし、廊下を指さす。「さっさと自分たちの仕事をやれ。何が問題か見てこい」

よき子分らしく、ふたりそろって廊下へ向かいだした。

「水が漏れてるのはキッチンよ」わたしはふたりの背中に向かって言った。ペンとおぼしき長身のほうが言い返す。「壁の様子から見て、水漏れの大元はバスルームだろう」

まずい、まずい、まずい！

ああ、まずいわ。

サヴァナ。

わたしの得意なこと。計算、デューイ十進分類法、それに時間管理《タイムマネジメント》。

わたしの不得意なこと。十六歳の少女をサイコパスから隠すこと。

この日に備えてできる限りの策を練っていた。ダンテはうちに来ると、必ずリヴァーの部屋へ行く。そしてわたしが認めたくも思い出したくもないほど頻繁に、わたしの部屋へ入ってくる。どのクローゼットにもドアはついていない。そしてマットレスはすべて床に直に置かれている。身を隠せる場所などなきに等しい。

けれど、わたしがこのアパートメントで暮らしだしてから、ダンテがバスルームを使ったことは一度もなかった。

水漏れの原因はバスルームにあると、余計なことを言いだした男たちのせいでパニックに陥った。

小走りでふたりのあとを追いかけた。「バスルームはなんともないわよ」

ふたりは足を止めない。

わたしは半狂乱だ。

「本当に大丈夫だから」背後にちらりと目をやる。よかった、マルコスはついてきていない。

バスルームにたどり着いた頃には、わたしの心臓は震度計で観測できそうなほどばくばくと高鳴っていた。ふたりは先に中へ入った。ペンの細身の体のあとに、ドリューのレンガ造りの家みたいな体が続く。

狭苦しいバスルームに三人も入ればぎゅうぎゅう詰めだけれど、わたしは無理やり体を割り込ませて、タトゥーの入ったドリューの体とシャワーカーテンの隙間になんとか入った。

「水が漏れているのは洗面台の裏かもしれないな。二階と一階まで壁伝いに流れ落ちてるんじゃないか」ペンが見当をつける。

彼の弟は同意のしるしにうなっただけだ。

「洗面台ね！」この狭いスペースには大きすぎる声でわたしは繰り返した。「きっとそうだわ！」そうかは知らないけれど、シャワー以外の場所ならどこでもいい。

「シャワーへの配管から漏れてる可能性もある」どちらかがそう言いだした。わたしは自分の不運を呪うのに忙しく、どっちだったかに気づくどころではなかった。

「シャワーじゃないったら！」

ふたりともわたしを振り返った。ペンの目は驚きのあまり大きく見開かれ、ドリューの目は疑わしげに細められた。

わたしはぎこちなく笑った。「えっと……できたら一時間後ぐらいにもう一度来てくれないかしら？　わたし、ここを使いたいから……やめて！」

ドリューがカーテンをつかんで引き開け、浴槽の中にしゃがみ込んでいるサヴァナの姿を露《あら》わにした。彼女は膝をきつく抱え込み、恐怖に満ちたまなざしをドリューからわたしへと移した。

「おいおい、驚いたな」ペンがつぶやいた。

ドリューは顔色ひとつ変えずに黙している。

突然、ダンテの声が廊下の奥から聞こえ、足音が近づいてきた。「おい女、何をわめいてるんだ？」

わたしは震える手でカーテンを閉め、ささやいた。「お願い、この娘がここにいることは言わないで」タトゥーが刻まれた上腕を握り、虚ろなブルーの瞳を見あげた。「黙っていてくれたら、なんだってするわ」悪魔に体を売ることだってできる。一度ぐらいで死にはしない。少なくとも肉体的には。

それでサヴァナを助けられるのなら。

返事がないので、わたしは胸が彼の腕をかすめるまで体を近づけた。「ドリュー、お願い」

ドリューはまるで殴られたみたいに全身の筋肉を硬直させた。

サヴァナがうしろに隠れているカーテンへ視線をゆっくり動かしてからわたしへ戻し、何も言わずに説明を待つ。けれど、彼に与えられる説明はひとつもなかった。少なくとも、ダンテがここへ着くまでの数秒間で説明できるものは。

「ドリュー」わたしは焦ってせかした。

予想に反して、ドリューは一度もわたしの胸へ視線をさげなかった。〝なんだってする〟というわたしの約束に関心を示すふうもない。こちらをじっと見つめるまなざしの圧倒的な強さに、わたしは動けなくなった。それから彼はようやく、魅力的であるのと同じくらい威圧的なかすれ声でささやいた。「おれはペンだ」

わたしはぽかんと口を開けた。えっ。そうなの？　つまり、マニュエル・ゲレーロのムショ仲間は、ミスター・平凡のほうってこと？

わたしは目をしばたたいた。

〝自称〟ペン・ウォーカーもわたしを見返してまばたきする。そしてダンテが戸口に姿を現したところで、わたしの手を振りほどいてバスルームから出ると、首をうしろへめぐらせて言った。「水漏れの場所はキッチンだ」

わたしの中で安堵感が広がり、鳥肌が立った。ダンテがじろりとこちらを見据えてからペンのあとに続くあいだも両手が震えたけれど、かまわなかった。

ニックが自分の体を楯《たて》にして銃弾の雨から守ってくれたあの日以来、わたしのために何かをしてくれた人はひとりもいなかった。

代償なしには。

報復なしには。

いまこのときまでは。

5

ペン

「あれはまだ子どもだったぞ！」おれはうめいて道具箱《ツールボックス》を古いフォードの荷台から持ちあげ、後部開閉板《テールゲート》を叩き閉めた。

ドリューは唇からタバコをおろしてあざけった。「この仕事が必要だって言ったのは自分だろ、忘れたのか？」

「ああ、そしておまえは売春宿での仕事だと言った。だが子どもに売春させるのは違法だ」

「あんたはいまならまだやめられる」ドリューはおれの両手を覆うタトゥーにちらりと目をやった。「カントリークラブに入会するのは無理かもしれないが、友だちならほかで作れるだろう」

「ふざけるな」

「だったら四の五の言うのはやめろよ。彼女は理由があってあの娘をバスルームに隠してたんだろう。まだ見習いだとか、そんなことじゃないのか」

「見習いだと？　それならましだと言うのか？」

背後から聞こえた土と小石を踏む音がおれたちの注意を引いた。マルコスとダンテが近づくのを見て、ドリューは居住まいを正したが、おれは三階へ視線を向けた。ブロンドの女はバルコニーにたたずみ、まるでそれだけが支えであるかのように小さな手で手すりを握りしめている。

目が合うなり、彼女はおれを破壊する力を持つ言葉を唇で形づくった。〝お願い〟

ひとつ吸って。ひとつ吐いて。

おれはすぐさま目をそらした。熱いナイフで腸《はらわた》を切り裂かれたかのようだ。

「ドリュー」マルコスが呼びかけた。

「もう帰るのか？」ドリューはタバコをくわえ、握手のために片手を伸ばした。

マルコスは一瞥《いちべつ》をくれただけで両手をポケットに滑り込ませる。「ルールは覚えてるだろうな？」

ドリューは深く息を吸うと、煙を空へ向けて吐きだした。「修理が必要なものを直す。ゲレーロの所有物にはなんであろうと手を出さない」にやりとしてタバコを地面に落とし、ブーツのつま先で踏み消す。「念のために確認させてくれ。自分でしごくのはいいんだよな？　厳密に言えばシャワーだってゲレーロの所有物ってことになるが、心配するな、あとでちゃんときれいにしておくよ」

ダンテが体を突きだして胸板をドリューの胸にぶつける。

おれは動かなかった。だが、持てる筋肉すべてが収縮し、臨戦態勢を取っていた。

その日の午前中に顔を合わせたときから、ゲレーロ兄弟は爆発寸前の状態にあった。面識ひとつない男ふたりを自分たちの下で働かせるよう、父親から指図されたのがおもしろくないのだろう。だが、ふたりは怒りをどうにか抑えていた——まあ、だいたいは。

「しゃらくさい野郎が」マルコスがうめく。

「おい、くそったれども」ダンテが吠えた。「おまえらがいるのはおれのテリトリーだ」ドラッグのやりすぎで濁った目をおれに向ける。「ゆうべおまえらふたりのために墓穴を掘っておいた。ハゲワシが屍肉《しにく》をゆっくりついばめる静かないい場所だ」

ドリューは昔から生意気で、口の減らないやつだった。誕生したときから自分を取りあげた医者に向かって、〝どうもごくろうさん〟と言っていそうだ。だが、以前は少なくとも時と場所をわきまえていた。刑務所がそれを変えたのは明らかだ。

「つまり、穴には埋められないんだな？」ドリューは胸を撫でおろした。「ひゅー、助かった！　塀の中に数年閉じ込められてたせいで、急に閉所恐怖症になったもんでね」

ダンテがおもしろがる様子はなかった。次の瞬間にはズボンのうしろから拳銃を引き抜き、ドリューの眉間に押し当てる。

おれはほぼ同時にツールボックスを手から離し、マルコスの首に腕を回した。ドリューに何かあれば、一瞬の躊躇もなくこいつの首をへし折ってやる。

マルコスが瞬時に自分も拳銃を出し、おれの顎の下に突きつける。おれは首をさらに絞めあげた。

「おい、おい、おい！」ドリューはすっとんきょうな声を出した。「みんな落ち着けよ」笑い声をあげる。「これはファミリーの中のちょっとしたいさかいってやつだろ」

自分の眉間とおれの顎に銃口が突きつけられているときに、こいつときたら、本当に笑いやがった。

不意にドリューに対する殺意がむらむらと込みあげた。

だがそれは後回しでいい……。

「誰がファミリーだ」ダンテが怒りをたぎらせる。

ドリューは体の脇で両腕をあげてみせた。降参のポーズかと思いきや、ダンテのほうへ足を踏みだし、銃口を額にめり込ませる。「おれのファミリーネームはゲレーロじゃない。だがな、あんたのおやじさんはおれをファミリーに迎え入れた」さらに一歩前に進んでダンテをあとずさりさせる。「撃ってみろよ。おれの頭に弾をぶち込んだと、おやじさんに報告してみろ。ハゲワシにつつかれるのはあんたになるぞ」両手をさげる。「あんたはおれに指一本触れることはできない。おれもあんたには指一本触れられない。だから、さっさと車に乗って行ってくれ。おれには仕事があるんだ」

こいつ、これで喧嘩をやめさせようとしてるつもりか。

息を殺したせいで、肺が焼けるように熱くなった。今朝おれが想像していた新たなはじまりとはずいぶん違う展開になっていた。これではむしろ危険なほどおしまいに近い。

ダンテはにらみつけ、はなをすするたびに引き金にかけた指がぴくぴく動いた。

それを見つめ返して、ドリューはむかむかするほど自信満々な顔でにやりとした。

結局、この緊迫状態を終わらせたのはおれに首を絞められたままのマルコスだった。

「兄貴がなんかやらかしたら、おれがまたおやじから説教を食らうんだぜ。こいつらのことは放っておいて、さっさと行こう」

ダンテはすぐには動かず、一秒、また一秒と時間が進んだ。こいつ、動く気がないんじゃないか。おれがそう考えたとき、ダンテはいきなり笑いだして拳銃をさげた。

そしてドリューの鼻に頭突きを食らわせた。

「くそっ！」ドリューがわめいた。

おれは視界が赤く染まり、純粋な本能からマルコスを脇へ押しのけ、ダンテのほうへ飛びだしかけた。

ドリューがそれを片手で制止する。「手を出すな、ペン」

これがじっとしていられるか。それは誰よりもドリューがよくわかっているはずだ。おれにはこいつしか残されていない。

ダンテはズボンの腰に銃を突っ込むと、最後にドリューをじろりと一瞥し、踵《きびす》を返して歩きだした。マルコスがその横に並び、スーツの上着を整えながら黒のメルセデスへと去っていく。

憤懣《ふんまん》の塊と化したおれを残して。

メルセデスが角を曲がって消えると、ドリューはおれの隣へやってきた。鼻から垂れる血がTシャツを濡《ぬ》らしている。「うまくいったな」

おれは歯を食いしばった。「気はたしかか？」

ドリューは鼻血を止めようと上を向いた。「よせよ。ダンテなんぞかわいい猫みたいなもんだぜ。おやじに会ってみるんだな。マニュエルは獣だ。あのおやじの言うことに逆らいでもしたら、息子だろうとなんだろうと背骨をつかまれて一気に引き抜かれるぞ」

そんなはずがあるかとおれが顔をしかめると、ドリューはばかみたいに笑いだしただけだった。こいつ、正真正銘のばかか。

「やるじゃない」女の声が会話に加わる。「やっとわかった」さっきのブロンドの女が肩にタオルをかけて走り寄り、おれを見あげた。

なんて美人だ――いや、そんなことはどうでもいい。

おれは胸の上で腕組みし、彼女の肩の上に視線を据えた。「わかったって、何がだ？」

「あなたたちのふたりを取り違えていたのよ」彼女は片手をかざして日射しをさえぎった。「あなたが兄で」ドリューに向き直ってタオルを差しだす。「囚人四〇一号、マニュエルの新しい息子はあなたのほうね」

ドリューは小さく笑ってタオルを受け取った。鼻を押さえ、くぐもった声で言う。

「脛《すね》に傷があるのがばれたな」

「わたしはコーラ」声を落として名乗り終える。「ゲレーロ」

くそったれ。

そうだ、そうに決まってるじゃないか。

彼女はゲレーロ・ファミリーのひとりだ。

五月はじめのシカゴにしては暑い陽気だが、冷や汗が噴きだした。

おれはからっぽの駐車場を見やって目をしばたたかせたあと、自制する間もなく彼女へ視線を戻していた。

そしてすぐさま悔やんだ。

コーラは黒く塗られた濃いまつげの下からこっちを見あげていた。好奇心に困惑を混ぜ合わせた不思議な表情が、美しいブルーの瞳の中で揺れている。「どうしてあの娘のことを黙っていてくれたの？」

彼女のまっすぐな視線を受け止めきれず、ツールボックスを拾いあげた。「子どもをバスルームに閉じ込めるのはあんたの勝手だ」トラックへと歩いてツールボックスを荷台におろし、ドリューに呼びかける。「ホームセンターに行くぞ」ここはさっさと退散だ。

車のドアを開けようとすると、きれいにマニキュアを塗られた手が背後からウィンドウへと伸びてドアを押さえた。「閉じ込めてなんかいない」ウィンドウに映るコーラの姿に目を奪われないよう、車内を見据えようとした。だが、どうやっても彼女へ視線が吸い寄せられる。

あのブルーの瞳のせいだ。

おれはドアハンドルを引いた。「おれには関係ないことだ」

彼女のあたたかい体が背中にぶつかった。コーラは小柄だ、おれが百八十五センチあるのに対して、せいぜい百五十そこそこだろう。背中に彼女のやわらかなふくらみが当たり、ぞくりとした。

「どいてくれ」

コーラは筋肉ひとつ動かさない――動いたのは口だけだ。「あの娘は、ダンテがインターネットに出したモデル募集の広告を見てやってきたの」注意深く声を低めたまま続ける。「それが新人を仕入れるやり方よ。ダンテは応募してくる娘はみんな雇い、ドラッグを与え、大金をちらつかせ、愛してるとベッドへ引っ張り込み、殺してやると手をあげる。相手が彼なしでは何もできなくなるまで、なんだってやるわ。そのあとは街で体を売らせてもうけを横取りする」コーラがさらに体を近づける。おれは肺の中で息が凍りついた。「バスルームにいたあの娘はね、どこへも行くところのない十六歳の家出娘で、男を信じてはいけないのを身をもって学んだ。それを教えたのはダンテで、彼女は本当の意味で身をもって学ばされた。わたしと同様に」

体が石と化した。ドアハンドルを握る手に殺意がみなぎる。だが、悪夢のおとぎ話はまだ終わりではなかった。

「わたしがあの娘を見つけたのは二カ月ほど前。ダンテの家で腕に注射針が刺さったまま、半死半生で床に倒れていた。新しい娘を迎えに行ったところだったけれど、ダンテはベッドでつぶれていたから、わたしはその隙にサヴァナも一緒に連れだしたわ。ここにいるのがばれたら、ダンテに何をされるかわからない」コーラの声に決意が滲む。「でもわたしが必ずサヴァナを守る。だから、あなたにも言っておくわ。あなたたちがどんな人間かは、わたしにはわからない。率直に言うと、あなたたちが何者だろうとどうだっていいの、うちの娘たちに手を出さない限りは。でも、さっきのことには感謝してる。言葉では言い表せないぐらいに。だから……」しばらく間が空き、ウィンドウに映る彼女のまなざしがおれの視線をとらえた。あのブルーの瞳がおれを射抜いて頭の中にまで入り込む。「ありがとう」

コーラから逃れたい一心でおれの体から魂が飛びだしかけたとき、彼女があとずさった。

コーラは、テールゲートのそばに突っ立ったままのドリューに視線を転じた。「それに……あなたにもお礼を言うわ」

ドリューが顔からタオルをどかし、ぽかんと開かれた口が露わになった。「えっ、おれ？　おれが見えるの？　なんだ、ついに透明人間になれたと思ったのに」

コーラはおもしろそうに首をかしげた。「あなた、本当にマニュエルと同房だったの？」

「そのとおり」

「それで、彼に気に入られたの？」

ドリューはにやりと笑い、ダンテとマルコスが去った方向へ親指をぐいと動かした。

「ばか息子たちよりよっぽどな」

そのとき空が割れて天の光が降り注ぎ、もう何年も前からうすうす勘づいていたことを神がようやく宣告した。ペン、わたしはおまえなんぞ大嫌いだ。

なぜなら、コーラが笑ったのだから。

しかも、それはアパートメントのドアを最初に開けたときに彼女が浮かべていたような作り笑いではなかった。マニュエルがドリューのことを息子と考えているとマルコスが言ったときに、彼女の唇がぴくりと動いたのとも違う。

その笑みは特別だった。

魂を覆い尽くす闇を切り裂くことができるたぐいの笑み。

そうだ、おれにはわかる——自分の闇に初めて亀裂が入るのを感じたのは、まさにその瞬間だったのだから。

ペン

6

「ここなの」コーラが詫《わ》びるように言う。おれたちにあてがわれた新たなアパートメントの中を見回すと、理由は一目瞭然だった。

どこもかしこもヒューゴが残していったゴミだらけだ。汚れた衣服に食器、ピザの空箱が、リノリウムが剝げてコンクリートが半分剝きだしになった床に散乱していた。カーペット敷きじゃないのがせめてもの救いだ。

ドリューはぐるりと回ってみせた。「すてきな住まいじゃないか」

「寝室はひとつだけ」コーラがまたも詫びる。

彼女の視線がおれの上に落ちるのを感じた。羽根のようにやわらかで、尋問のように棘《とげ》がある。コーラがいるほうへは目を向けないようにした。あの目で見つめられるのは二度とごめんだ。少ない着替えと洗面道具一式が入った黒のダッフルバッグを反対の手に持ち替え、彼女から逃げるように廊下を進んだ。おれがいなくなった隙間をドリューの早口が埋める。

「あいつのことは無視してくれ」ドリューがコーラに言う。

そうだ。頼むから無視してくれ。

「彼、どうかしたの？」

それを説明するには永遠の時間を費やしても足りないだろう。それにドリューが説明するはずもない。

ふたりのおしゃべりに耳を傾けつつ、薄汚い寝室をのぞき込んだ。マットレスは染みだらけ、それにビールの空き缶が山積みになっている。

「生まれたときから人格ってものが欠落してるんだ。そのうち慣れる」ドリューが応じた。

数拍の沈黙があった。気の毒なやつだとふたりで顔を見合わせているんだろうが、振り返ってその様子を確認するつもりはなかった。

「じゃあ、荷ほどきがあるでしょうから、わたしはもう行くわ。ビルの正面側はまだバスルームが使えるの。一〇二号室にいたふたりには部屋を空けさせたわ。ドアには鍵が三つついてるから、使用中は忘れずに鍵をかけてちょうだい。逆に、鍵がかかってるときは誰かが中でシャワーを浴びてるってことだから」厳しい口調になる。「その場合は中に入ろうなんて絶対に考えないで」

ドリューは大笑いした。「かわいいコーラ、おれたちは女目当てでここに来たんじゃない」

「ヒューゴも表向きはそういうことになってた」

部屋の片隅にある中身が半分しか残っていないお徳用コンドームの箱から判断するに、たしかに表向きだけだったようだ。いまさら彼女に指摘する必要もないだろう。おれはそのままふたりの話を聞いていた。

「そうか、でもこれならいいよな。女のぬくもりが恋しくなったら、おれたちは街へ繰りだしてバーに入り、高給取りだと嘘を並べて、おれたちをお持ち帰りしてくれる女を見つける。そして、朝方相手が目を覚ます前に、ベッドを抜けだして戻ってくる」

「まあ、いいアイデアね」コーラは皮肉で切り返した。こらえようとしたが、おれの唇はぴくりと動いた。

「自分たちにできることをやってるまでだ」ドリューが言った。

「いいわ。どこかよそでやる分には見逃してあげる」

ドリューが笑い、その後ふたりの声は遠のいていった。しかし、おれは振り返らなかった。そこに立ち尽くし、拳が白くなるまでダッフルバッグの持ち手を握りしめ、寝室を凝視した。恐怖と焦燥が腹に忍び込んで居座る。

どうしておれはここにいる？　どうしてこんなことになった？

まぶたが閉じ、二十九分間の記憶が襲いかかる。

「やめて、お願い！」絶叫とともに、ベッドの足もとへリサが崩れ落ちる。淡いピンク色のシャツに鮮血が広がる。

ひとつ吸って。ひとつ吐いて。

鼻孔に満ちるよどんだ空気は悪霊を鎮める助けにはならないが、自分がどこにいるのかを――何より、自分があの事件の現場にいるわけではないことを思い出させた。

このアパートメントにはリサの香水の残り香は漂っていない。

クローゼットは彼女の服で埋まっていない。

リサがこよなく愛したハーブガーデンは、ここの裏手で荒れ果て、雑草が伸び放題になってはいない。

屈託のない笑みを浮かべておれを苦しめる彼女の写真は、ここの壁にはかかっていない。

そうだ。悪臭のするこの薄汚いアパートメントこそ、おれがいるべき場所だ。

ひとつ吸って。ひとつ吐いて。

ドリューに肩をつかまれ、ぎくりとした。

「おいおいどうした。耳が遠くなったのか？」

ごくりと唾をのみ込んだ。四年分の後悔を胸にしまってから振り返る。「すまん。コーラは行ったか？」

ドリューが太い眉をひそめた。「ああ……行ったよ」

「そうか」廊下を引き返してカウンターにバッグを置き、木製のバースツールに尻をのせた――それ以外の場所には触れる気にもなれない。

「女ボスにあんなつっけんどんな態度を取って、ここでの仕事をどうやってやるつもりだ？」

「仕事ならできる」

「頼むから、うまくやってくれよ」ドリューは頭を振ると、カウンターを回り込み、七十年代の遺物のような細長いキッチンへ入った。「まあ、おれの引き立て役として、無愛想なままでもいいけどな」低く口笛を吹く。「コーラのヒップを見たか？」

「ゲスなことは言うな」

ドリューは大きな笑い声を響かせた。「お堅いペンも、彼女のヒップには目が行ったってわけか？」

いいや、目が行ったのはそこだけじゃない。

たとえば、ターコイズ色のシンプルなタンクトップに包まれた、小柄な体には不釣り合いなほど豊かなふくらみ。それに彼女のブラは生地が薄く、ビル内を案内しているときの一番の見物はつんと尖《とが》った胸の頂だったこと。膝丈のタイトなジーンズは股上が浅く、階段をのぼると日焼けしたヒップがちらちらとのぞいて飢えた男を――おそらくドリューも――刺激したこと。

あの女性は必ず来るとわかっている天災だ。用心しないと、おれが被災者第一号になりかねない。

「おれはそんなことのためにこの話にのったんじゃない」

「落ち着けよ。コーラのことは任せておけってば」ドリューは自分の頬を手でこすってみせた。「これだけの男ぶりだ、彼女だって抗《あらが》えないさ」

コーラが抗えないのはこいつの顔ではないだろう。ドリューは人好きがする、しかも女からは特に好かれる。長年トラブルのもとになってきたこいつのウィットと愛《あい》嬌《きょう》も、ここではおれたちの役に立つだろう。

もっとも、コーラがおれを見つめる目つきは、それらがたいして役に立っていないことを物語っていたが。

彼女がそばに来るたびにおれの心拍が速まるのも仕事の役には立たない。

だがそれはまた別の話だ。今後それが問題になることはない。

「もっとも、彼女、そのタトゥーに見とれてたよな。あんたが長袖を着て隠すか？おれがタトゥーを入れてもいいが」

とにかく話題を変えるために、わざとらしく大笑いした。「おまえが殺される前にか、それとも殺されたあとでか？」

「は？　なんのことだ？」

「おまえは今日、ガキみたいにダンテを挑発した」カウンターを回ってドリューの胸板に自分の胸をぶつけた。「家族を埋葬するのはもううんざりだ。おれにおまえの埋葬までさせるな」

愉快そうな表情が消え、ドリューは青ざめた。「ペン、おれはちゃんと状況を掌握してた。どうってことなかっただろう」

「おれは違う。銃口がおまえの眉間に突きつけられてたんだ……」おれは頭をぶるりと振った。「ここには仕事で来たんだ、ドリュー。ドラッグで頭をやられた売春の元締めと喧嘩するためじゃない」言葉を切ってドリューの目を見据え、懇願するのと同時に命令した。「おまえには仕事がある。おれにも仕事がある。以上だ。わかったか？」

ドリューは憤懣の渦巻く目でしばらくおれをにらみつけた。「わかってるさ、ブラザー」自分より五、六センチ背の低い安物の冷蔵庫へまっすぐ向かい、深く息を吸い込んで扉を開ける。途端に緊張感が溶けて消えた。

「女狂いのデブ野郎、ヒューゴに幸あれだ」ビールの六缶パックをつかみだして歓声をあげる。

ドリューはこっちへひと缶投げてから缶を開け、口へ運ぶと満足げなうめき声をあげた。おれがふた口目を飲むより先に二缶目を開けている。

冷蔵庫のモーター音がふたりのあいだでブーンとうなった。沈黙を破ったのはドリューのほうだ。「認めろよ。彼女、爆竹みたいに刺激的だ」

やめろ。コーラのことを思い出させるな。忘れていたわけではないにしろ。

「彼女はクレイジーだ」おれはぼそりと言った。

「いいや、逃げようとするあんたをトラックに押しつけてまで礼を言ったんだ。度胸があるし、見あげたもんだ」

おれはブーツをいじり、背中に押し当てられた彼女の胸のやわらかさ以外のことを考えようとした。そのあとは、浴槽に隠れた少女を守るためならなんだってすると約束した彼女の、絶望と恐怖に満ちたダークブルーの瞳を脳裏から消すのに躍起になった。本音を言えば、お願いという言葉をコーラがささやいた瞬間、おれが本当にやりたいのは彼女を守ることだけだったが。

リサを亡くして四年が過ぎても、懇願する彼女の声は昼も夜も耳にこびりついたままだ。おのれの無力さを思い知らされるばかりのあの声に、コーラの声を加える必要はない。それとも、すでに加わってしまったのだろうか。

おれは咳払いし、ドリューに視線を戻した。「ほかの男相手にあんなまねをしたら、自分から面倒を招くようなものだ」

「彼女、自分の身の安全は二の次なんじゃないか。顔に青あざがあるのに気づいたか？」

ああ、気づいた。そして怒りに体が熱くなった。「おれには関係ない。とにかく、コーラをおれに近づかせるな」

「何も嚙《か》みついてくるわけじゃないだろ」

「あんなまねを続けられたら誰のためにもならない」

ドリューは口に当てたビールを傾け、頬をゆるめた。「あんなまねってのは、とびきりセクシーな女が背中に胸を押しつけてくることだよな？　悪いが、〝そりゃあ気の毒に〟とは言えないな」にやりとする。「だけどまあ、なんとかするよ。さしあたり、寝室は使ってくれ。二年も監房にいたあとじゃ、あそこと大差ない部屋で寝る気にはなれない」

おれは廊下の奥へ目をやった。塀の中にいたわけじゃないが、この数年は牢獄で暮らしているようなものだった。奥行きと間口がそれぞれ三メートルもなく、不潔なマットレスがかろうじて収まるだけの薄汚れた寝室は期待していた避難場所とは違う。

だが、わが家へ戻るよりはましだ。

7

ペン

予想どおり、その夜はどこにも安らぎを見つけることはできなかった。睡眠には横になれる場所が必要だというが、ヒューゴが使っていた不潔なマットレスは見るだけで吐き気がした。シーツや毛布を何枚もかけようと、ビニールシートでくるもうと、無理なものは無理だ。結局、数時間かけてゴミを片づけ、床を掃き、モップをかけたあと、マットレスは壁に立てかけ、トラックの座席の下に入れっぱなしにしていた寝袋を取ってきた。スウェットの上下に着替えて明かりを消し、横になって天井をにらみつける。時刻は深夜。正気を失うことなく五分が経過したところで、ドリューがドアをノックした。

「なあ、ペン？　起きてるか？」

おれは体を起こして肘をついた。「ああ」

ドアが開き、光が流れ込んで黒い人影を縁取る。ドリューはドアの側柱に寄りかかって腕を組んだ。「このあたりに体がすっぽり入るコンドームは売ってると思うか？」

おれはまぶしい光を手でさえぎった。「この近所でか？　ああ、売ってるんじゃないか」

ドリューは小さく笑った。「あのソファで寝るのは無理だ。絶対、中に何かの死骸が入ってる。まだ開いてる店にエアマットレスが売ってないか見てくる。部屋に置くものをいくつか買うことを考えたほうがよさそうだな」

「ここにはそんなに長くいるわけじゃないだろう」

ドリューは肩をすくめた。「インテリアデコレーターを雇って寝室を増築するのは我慢してやってもいいが、ほかのやつの汗染みに覆われていないマットレスと、ちゃんとつくテレビぐらいは贅沢《ぜいたく》とは言えないぞ」

おれはやれやれと頭を振り、床を見つめて笑みを漏らした。「おまえは昔から女王様だな」

「そうだとも。明日の朝には、アスファルトみたいな味じゃないコーヒーを寄越せと騒いでやる」

クレイジーなやつだ。だが、この二年間はこいつのことが懐かしくてたまらなかった。心に深い傷を負っていたときに日々の暮らしからドリューがいなくなり、おれの怒りと孤独はその分手に負えなくなった。ドリューがいるとこっちは神経を逆撫でされっぱなしだが、おれに人間らしい感情を与えてくれるのもこいつだけだ。

リサを失ったあと、おれの人生に残された人々はたいしていなかった。両親はふたりともおれが大学を卒業してほどなく他界した。彼女を思い出させないほんのひと握りの友人たちは、おれが無様な廃人になりさがるや賢明にも背を向けた。あとは何日も暗い日々が続いた。

何週間も。

何カ月も。

何年も。

だがドリューは誰とも違い、おれが心を閉ざしても責めることはなかった。おれが怒りで息ができないほどだったとき、前へ進めと無理強いすることはなかった。ほかの誰にもできないほど深く、おれの痛みを理解してくれた。その事実ひとつだけを取っても、こいつには計り知れない恩義がある。

「おれのトラックのキーをもらえるか？」ドリューが言った。「夜中に通りを歩いて襲われる気はないんでね」

「おまえのトラック？」

「おれに売っただろ？　はっきり覚えてるぜ。おれは一ドル渡し、あんたは売渡証を書いた」

「ふざけるな、あれはまだおれの車だ。おれに何かあったら、おまえには新しい車を買うことができないから、おまえの名義に変えただけだ」

ドリューは目を細めた。「ああ、そうだ。けどな、どう転んだってあのトラックは最後はおれのものになる」にやりとする。

あきれたやつだ。おれはバッグからキーを引っ張りだし、ドリューへ放った。「ほざいてろ。大事に扱え。何かあったら買い取らせるぞ。今度は正規の価格でな」

ドリューは片手でキャッチした。生意気な笑みがその口に広がる。「買取契約書を用意しとくよ。あのトラックだと、二十五ドルも払えばいいだろ」

足音が廊下を遠ざかり、玄関ドアがバタンと閉まる音がするのを合図に、おれはひとりになり、自分の頭の中にふたたび閉じ込められた。そこはおぞましい場所だ。無力さと敗北感の上に築きあげられた、血と絶望だらけの場所。

この四年間、すべての夜をそこで過ごした。そこから逃れようとあがき続けた。

「お願い！」

ひとつ吸って。ひとつ吐いて。

やがて体の疲れが勝ったらしく、いつの間にかうとうとしていた。寝返りを打つと時計は三時を示していた。ドリューが帰宅した気配はない。あいつが探しに出かけたのはエアマットレスだけじゃなかったらしい。裸の女がおまけについてくる、あたたかなベッドでも探してるのだろう。

とやかく言う資格はおれにはない。かつてのドリューのそれのように、女たちが次々と入れ替わり立ち替わりする暮らしとはいまも昔も無縁だが、リサを失ったあと、泥酔して気づいたら、見知らぬ女とベッドの中にいたことは幾度かあった。たいていは空虚で無意味な一夜限りの関係で、肉体的な欲求を処理しただけだ。もっとも、おれは聖人ではない。行きずりの女を抱いたのは事実だ。だからドリューが女の肌を欲する気持ちは理解できた。憎悪と苦痛とで心がすさんでいるときに、つかの間でもすべてを忘れることができれば、それは神の救いに等しい。

そしてそれこそいまのおれに必要なものだ。頭の中の混沌《こんとん》から救いだしてくれるもの。

丸みのあるコーラのヒップが脳裏をよぎった。

「くそっ」そのイメージを頭から消そうとするかのように、両手で顔をこすった。

眠るのはあきらめて体を起こすと、背中が抗議の叫びをあげた。三十七にもなれば、かつてのような無理はきかない。食事に気をつけ、運動し、このすばらしき地球で健康的に長生きするためのコツとやらはすべてやっているが、それがなんだ。精神的には優に二百歳は超えたように感じ、しかも心は死んだも同然だ。

Tシャツを頭からかぶり、キッチンへと廊下を進んだ。ヒューゴが残していったゴミは散らばったままだ。ドリューのやつ、全然片づけてないじゃないか。持参した食料品の袋を開けてプロテインパウダーを探していると、階段を踏む足音が聞こえ、動きを止めた。階段をのぼっているのか、くだっているのか？　次の瞬間、玄関ドアがどんどんと叩かれた。

「開けて！　開けてちょうだい！」女の声は半狂乱で、おれは背筋が総毛立った。

袋を落として玄関へ急ぎ、ドアを開けた。

前の日にコーラから、〝この娘には目を向けるのも禁止だから〟と紹介された娘がおれを押しのけた。「ボルトカッター」

「なんだって？」

娘はパジャマ姿で、茶色い髪は頭の上でひとつにまとめられている。最初に紹介されたときにもずいぶん若い印象を受けた。バスルームにいた娘よりさらに年下だろう。だが、怯えた目をし、恐怖が刻まれた顔で室内をきょろきょろ見回すさまはまるで幼児だ。

カウンターに置かれたツールボックスを見つけると、少女は飛んでいって蓋を開け、中を漁りだした。「ボルトカッターがいるの」

「何に使うんだ？」

少女がその質問に答えるよりも先に、どこか遠くからコーラが叫んだ。「リヴァー、早くして！」恐怖に満ちた声がビルの壁に反響し、四方八方から切りつけてくる。

「いま探してる！」返事をする少女の声が割れた。工具を取りあげては脇へ放り、必死になって探し続ける。

「いったい何が起きてるんだ？」

「わかんない。でもドアを開けなきゃ、彼女、死んじゃう」

アドレナリンが噴きだして体を揺さぶり、おれは一歩あとずさった。「誰がだ？」

少女は答えるあいだだけ手を止め、涙の溜まった茶色い瞳をまっすぐ向けた。「それって重要？」

いいや。少しも重要ではない。混乱がようやく目的意識へと変わった。

「どいてくれ」彼女の横から手を伸ばした。ボルトカッターはなく、一番近いのはケーブルカッターだ。これでどうにかするしかない。おれは工具をつかんで外へ向かった。

「二階へ行って！」少女が叫び、おれのあとを追って走る。耳鳴りがしてその声はろくに聞こえなかった。

なじみ深い胆汁の苦味に駆り立てられて三段飛ばしで階段をおり、踊り場へジャンプした。そこからまた下の階へ急ぐ。一階の床に着地するのと同時に、昨日と同じジーンズとタンクトップ姿のコーラがアパートメントのひとつの前に立っているのが見えた。顔は五センチほどの隙間に押し込まれ、内側からかかったドアチェーンが彼女の入室を阻んでいる。

「ああ、アンジェラ、お願い、がんばって！　すぐに助けるから。わたしはここよ」

「どいてくれ」おれはうなった。

コーラ越しに手を伸ばしてチェーンを工具で挟んだが、びくともしない。

「急いで！」彼女は叫んで、おれの前からどいた。

「やってるだろう」切断できないのはコーラのせいだとでも言うように怒鳴り返した。

太腿を押し込んでドアに体重をかけ、チェーンをぴんと張る。そして両手を使いケーブルカッターを全力で握りしめた。腕がぶるぶると震え、筋肉が悲鳴をあげる。工具のほうが先に壊れると思ったそのとき、いきなりドアが開いておれは中へ転がり込んだ。

だが、単にアパートメントへ転がり込んだのではなかった。

おれは時の流れを転がり、さかのぼった。

正確には四年三カ月、二週間と四日前に。

みすぼらしい灰色のカーペットに覆われた床に女がうつ伏せで倒れ、まわりに血溜まりが広がっている。

肌は青白い。

髪の色は茶色。

おれは身動きできなかった。

苦痛と記憶、過去と現在、苦悶と後悔、それらすべてが百万もの錆びた剃刀《かみそり》の刃さながらに降り注いで無感覚を切り裂く。

スローモーションのように、コーラがおれの前を走り過ぎ、女のかたわらに膝を落とした。

リサを失ったあの夜の結末を変えようと何年もあがいてきた。もしも、もしもとあの夜の出来事を頭の中で何度も何度も繰り返し、もはや何が現実なのかほとんどわからない。大半の筋書きでは、おれは彼女を救出する。いくつかの筋書きでは、おれは彼女の隣に横たわってともに息絶える。だがどの場合でも、おれは実際になんらかの行動を取っている。

ところが、いまは玄関先に呆然《ぼうぜん》と立っていた。

いまいましいカーペットを裸足《はだし》で踏み、微動だにせず、目の前の見慣れた惨状に頭が真っ白になって。

「手伝って！」コーラが叫んだ。

強いられたかのようにおれの目は彼女へと動いた。

その瞬間、コーラは発射された銃弾のごとく、おれのさらに深いところを破壊できる唯一の言葉を口にした。「お願い！」

おれの心は破裂した。時間が崩壊して折り重なる。現実と〝もしも〟が衝突する。

出し抜けに前へ飛びだした。「リサ！」

コーラ

ペンが発した大声が壁を揺るがした。だけど、そんなものはわたしの頭の中で反響する悲鳴と比べたらなんでもない。心臓はマラソン中の速さで脈打ち、肺は必死でそのペースに合わせている。

ペンは目を剝いて駆け寄ると、アンジェラの肩と脚の下へ腕を差し入れて床から抱えあげた。

「動かさないで!」わたしは怒鳴った。

彼に抱えられたアンジェラの体は力がなく、頭はだらりとうしろへのけぞり、長い茶髪が彼の太腿をかすめる。それでもペンはただそこに突っ立って、焦点の合わない目を泳がせていた。

「カーペットの上はだめだ」彼はぶつぶつと言った。わたしには目もくれずにソファへ向かい、アンジェラを仰向けに横たわらせて、もう一度繰り返す。「カーペットの上はだめだ」

カーペット。何が? 死にかけている女性にとってそれが重要なこと? 彼を問い詰める暇はなかった。

ペンは使命を負った男に変身した。わたしを押しのけて頭からTシャツを脱ぐと、縫い目のところで引き裂き、二本の長い紐を作る。すばやく的確な動きでアンジェラの手首の傷にきつく巻きつけ、反対の手首も同様にした。

気持ちを紛らわせるものは何もなく、現実がわたしを押しつぶす。ペンが脈を探り、アンジェラが息をしているか耳を澄ますのを見つめていると、涙が目を刺したものの、彼女が死ぬことなど認められなかった。

「何があったの？」ソファの上で死に瀕《ひん》する美しい女性に向かってささやいた。混乱の中でも、わたしは彼女に怒りを覚えた。

もっと早く相談してくれなかったことに。
わたしに助けを求めなかったことに。
わたしをここへ置き去りにすることに。

アンジェラは根っからの〝一階の女〟だった。学校へ復帰するつもりも、この暮らしから抜けだすつもりもなきに等しい。この仕事が気に入ってるの、とたびたび話していた。楽にお金を稼げるでしょ、と。わたしにはもっともな理由だとは思えないが、長いこと体を売っている女たちはたいていそう言う。でもアンジェラは——こんな商売をしているにしては珍しく、やさしい心を持っていた。彼女なら中年男の自慢の妻となり、マティーニ片手にヨットで寝そべる人生も送れただろう。薄汚れたソファに横たわり、手首から命が流れ落ちるのではなく。

自分のせいではないとどれほど心に言い聞かせても、やはり責任を感じずにいられない。

ニックを失ったときとまるで同じだ。

痛みが胸の奥を突き、一瞬、膝から崩れそうになった。

「コーラ！」ペンに呼ばれて、わたしははっと顔を向けた。「彼女の腕を持ちあげろ。心臓より上にあげておくんだ。それに手首を押さえてくれ。とにかくきつく押さえろ」わたしをずたずたにしているのと同じ絶望が彼の表情をこわばらせていた。胸が張り裂けそうな混乱の最中にいながらも、わたしは不思議でならなかった。

瀕死の女性を男性が救おうとするのは、当たり前だと言う人もいるだろう。

けれど、わたしたちの世界では違う。

ここでは、女はガラクタにすぎない。

体はただの商売道具。

魂は支配されるだけのもの。

使い捨ての商品。

なのに、彼はそんな目ではアンジェラを見ていない。

そんなふうに彼女のことを扱っていない。

わたしのことを扱っていない。

ペンはアンジェラの両腕を頭の上にあげて押さえ、自分の手と胸を血で汚しながら、彼女をひとりの人間として扱っている。どのみちろくな死に方をするはずのない、ただの売春婦のひとりとしてではなく。

そんなささやかなやさしさだけで、わたしは声をあげて泣きそうになった。

でも、泣きはしない。やるべき仕事がある。

アンジェラの手首の片方をつかんで身を乗りだし、即席の包帯の上から握りしめ、ソファの背もたれに押しつけた。

ペンが心肺蘇生《CPR》を始めるが、生きる見込みが少しでもあるとしても、ここでできる救助には限界がある。

「リヴァー！」わたしは声を張りあげた。「マルコスに電話して！」

離れたところでリヴァーが息をのむのが聞こえた。

「大丈夫」首をめぐらせて振り返る。「マルコスは何をすればいいか知ってるわ。この前みたいに、彼がラリーに連絡する。何も心配することはないから」

リヴァーはピンク色の頬を涙で濡らし、すがるような目でこっちを見つめた。怯えているのだ。

でも、それはわたしも同じこと。

「マルコスの相手はわたしがするから」わたしは説得しようとした。

彼女はぶるぶると首を振った。「コーラ、あいつを呼ぶのはやめて」

「リヴァー。お願い。死なせるわけにはいかないのよ」ごくりと息をのんだ。「わたしたちは彼女を死なせるわけにはいかない。死にかけてるのはアンジェラなのよ。あなただって彼女の世話になってきたでしょう」

リヴァーの顔がくしゃくしゃになる。その表情をぬぐい去ってあげたいが、一度に助けられるのはひとりきりだ。

「行きなさい、早く」ぴしゃりと言った。

ありがたいことに、リヴァーは戸口から出ていった。

一世紀にも感じたあいだ、ペンはひたすらアンジェラの蘇生《そせい》を試みた。人工呼吸と心臓マッサージを交互に施す彼の額に汗が噴きだす。

ペンは決して手を休めない。

決してあきらめない。

わたしにわかる限りでは、あきらめることは頭にさえない。

三十分後、救急車が到着した。

アンジェラはすでに息を引き取っていた。

8

コーラ

誰かを失ったのは初めてではない。

だけど、アンジェラの死は？人の最期を目の当たりにしたのはこれが初めてだ。

ニックを数に入れなければ。

ドアに鍵をかけて寝室でしゃがみ込み、枕を顔に押しつけ、嗚咽の代わりにあえぐような呼吸を繰り返しながら、頭に浮かぶのはニックのことばかりだった。

「コーラ」ドアの反対側からリヴァーが呼びかけた。「警察が話をしたいって。あの、……それと、ドリューとペンも来てる」

慎重に息を吐きだし、声が震えないように気持ちを引き締めた。「すぐに行く。ちょっとだけ待って」赤く染まったタンクトップと凝固した血に覆われた肌を見おろし、息をのんだ。「服を着替えたいから」

「わかった。伝えてくるね」

リヴァーから姿は見えなくても、ドアを一枚隔てただけだから、少しでも弱さを露わにしたら勘づかれる。わたしは彼女の足音が廊下の奥に消えるのを待ち、それからようやく生まれたてのキリンみたいな脚で立ちあがった。

「あなたならできる」自分に向かってつぶやいた。これは激励じゃない。神経系への直接命令だ。「しっかりなさい」ブラを剝ぎ取り、ジーンズを脱いだ。何に着替えよう。何を着るのであれ、明日になったら焼き捨てることになるだろう。

救命士たちが引きあげたあと、リヴァーとサヴァナはわたしにシャワーを浴びさせようとしたが、そんな気力は残っていなかった。

わたしはこのビルから逃げることはできない——ここが象徴する暮らしからも。階段を駆けあがって、自分の寝室に鍵をかけて閉じこもり、二度と涙を流すことのない女性のために泣くことしかできなかった。自分の大人げなさとうしろめたさに打ちのめされながらも、しばらくすると涙の合間にうらやましさが胸を刺した。アンジェラはついにここを抜けだした。

わたしを置き去りにして。

ロッキングチェアの背もたれにターコイズ色のガウンがかかっていた。クリッシーが追いだされたあの日に自分の鼻をぬぐった血で、袖がすでに汚れている。もう少し汚れればあきらめもついて、焼却用のゴミ箱行きにできるだろう。ベッド脇にあったタオルと水のボトルを使ってできる範囲で体をきれいにしながら、頭の中では感情が互いに影響しないよう整理した。

すべての感情にはしまうべき場所がある。

怒り。悲しみ。恨み。罪の意識。恐怖。後悔。

頭の中の小さな引きだしへそれぞれをしまい終えたあとは、ガウンをまとい、帯を力いっぱい引き締め、深呼吸をひとつした。さあ、今夜の悪夢を終わらせてこよう。

リビングに入って最初にわたしが目をとめたのはペンの姿だった。ドア横に立つ彼は、まだ体のあちこちに血がついているが、Tシャツはきれいなものに着替えていた。はじめ、彼の重心がわずかに移動した。そのあとわたしへ駆け寄りかけたものの、足を踏みだしただけで急停止する。喉仏がごくりと動き、彼はわたしの頭からつま先へ視線を走らせた。それから暗く悲しげな瞳がわたしの目へと戻った。

「すまなかった」ペンがささやいた。「本当にすまなかった」

胸が締めつけられた。「あなたのせいじゃない」

「そうだろうか」

わたしはペンの面立ちを記憶に刻みつけるかのようにじっと見つめた。知り合ったばかりなのに、今夜の出来事のあとでは、ずっと前から彼のことを知っている気がする。

一日前からではなく、百万年も前から。

こんな気持ちになるなんてどうかしているが、ペンの胸に飛び込んで顔をうずめ、そのまま一週間は泣いていたかった。その衝動をこらえるのに全身に力を込めた。最後に誰かに寄りかかったのはいつだったかも思い出せない。今夜、あの場にいてくれてどれほど心強かったかペンにはわからないだろうけれど、彼はわたしに大きな贈り物をしてくれた。

もう一度人を信じる心を与えてくれた。

陰を帯びたブルーの目が部屋の中へ進むわたしを追う。だが、ソファから立ちあがり、部屋の中央でわたしを迎えたのはドリューだった。

「大変だったな、コーラ」ささやき、三歩で近づく。「気分はどうだ？」

「わたしは……大丈夫」ちらりとペンを見た。彼は体をこわばらせ、その表情は無表情な仮面のようだ。

ドリューがわたしの腕を握った。

なぜか、ペンの視線は彼の弟の手の動きを追っている。

そしてわたしもなぜだかドリューから体を引いた。彼の気づかいは心に沁みるが、触れてほしいのはペンだった。

「こういうことはそうしょっちゅう起きるものじゃないと言えればいいんだけど」咳払いして、感情を抑え込む。「わたしに言えるのは……迷惑をかけてごめんなさい、二度とこんなことが起きないよう心から願っているということだけだわ」

ドリューは腰をかがめてわたしと目の高さを合わせた。「何言ってるんだ。きみは謝らなくていい」彼の声は耳に心地よく、わたしのような立場にいる女性なら誰もが求めるやさしさに溢れている。なのに、わたしはまたもペンに目をやっていた。

「ありがとう。アンジェラを……助けようとしてくれて」

ペンは目をつぶって顔をそむけた。まるで感謝されたのではなく、傷つけられたかのように。「ああ。たいしたことじゃない」苦しげに吐き捨てる。

重くのしかかるぎこちない沈黙を破り、わたしは警察バッジをつけた肥満体へ視線を転じた。

「こんにちは、ラリー」気のない笑顔を向ける。

好色な視線がわたしの素足から胸へと這《は》いあがった。「コーラ」

ラリーは警官の中でも最低最悪の部類だ。左手に結婚指輪をはめ、わたしの祖父であってもおかしくない年齢だというのに、救いようのない女好き。ゲレーロ・ファミリーに顎で使われているのもそれが原因だろう。

ラリーの手に握られた見慣れたマグカップに気づき、わたしはリヴァーを振り返って眉をひょいとあげた。彼女は肩をすくめた。わたしの気持ちが落ち着くまで、ホステス役を務めていてくれたらしい。だけど、彼女はもうお役ごめんだ。

「リビーの様子を見てきてちょうだい」このビルにリビーなんて女はいない。

リヴァーはうつむいて足もとをじっと見つめた。「行かなきゃだめ？　ベッドに入りたいんだけど。ずっと起きてて疲れちゃった」

わたしは目を細くして思案した。リヴァーは何が言いたいの？　そのとき、サヴァナの姿がどこにもないのに気がついた。

サヴァナは子ども部屋にいるのね。

「そうね、もうおやすみなさい」そううながして、廊下を去る彼女の背中を見送った。

リヴァーがそっとノックする音や、サヴァナが鍵を開ける音をラリーに聞かれる前に、会話を始めなければ。「わたしに何ができるかしら？」

ラリーの口にいやらしい笑みが広がる。「おまえにやってほしいことならいくらでも思いつくな」

わたしは胸の上で腕組みし、うんざりした顔でにらみつけた。「わたしには時間も、エネルギーも、バイアグラもないから、それを実現するのは無理でしょうね。だから最初からやり直しましょうか。どうしてまだここにいるの？」

ドリューは空咳をして笑いを隠したが、ペンから発せられるのは怒気をはらんだエネルギーと殺気立った視線のみだった。

ラリーは歯を食いしばって息を吸い、腰の拳銃にてのひらをのせた。「おまえは一キロもの長さがある前科リスト持ちだろうが。次に手錠をかけられてパトカーに放り込まれたら、一生外へは出られないぞ。そろそろ口のきき方を学んだらどうだ」

このおおぼら吹き。わたしの前科はふたつだけでしょう。薬物所持が二度。これまで一度もマリファナひとつ吸ったことさえないのに、笑っちゃう。マルコスとダンテの怒りを買ったためにはめられて、三年間刑務所で過ごしたというのがことの真相だ。彼らにとっては純粋なパワープレイ。十三年ものあいだ、わたしの人生を支配しているのだから効果はあった。けれど、そのせいでいまやわたしの名前はイリノイ州が〝常習犯罪者〟と呼ぶすてきなリストに載ってしまった。あと一回逮捕されたら終身刑となり、人生は終了する。

「そうね、明日から学ぶわ」パチンと指を鳴らし、マグカップを返すよう手を差しだす。「ラリー、アンジェラはもう死んでるんだし」胸がかっと燃えあがる。けれど感情はそれ用の小さな引きだしに押し込み、気を張って続けた。「ほかの警官があれこれききに来たときのために口裏を合わせておくのなら、どこでどうやって彼女を発見したことにするのか、具体的なことはあとで知らせて。とにかく、いまは帰って。わたしはシャワーを浴びたあとコーヒーをがぶ飲みして、ほかの娘たちをなぐさめて回らなきゃ」

ラリーはわたしから目をそらさずにマグカップを手渡した。「用心することだな、コーラ」

嘘偽りのない返事がわたしの口をついて出た。「わたしはいつだって用心しているわよ」

ラリーは唇をきつく引き結び、数秒のあいだにらみつけた。

わたしはドアのほうへ顎をぐいとあげた。「おやすみなさい、おまわりさん」

ラリーはぶつぶつとののしり、踵を返すと、ふてくされたティーンエージャーみたいにドアを大きく開けっぱなしにして出ていった。

彼の姿が消えたあと、わたしは重い息を吐いて目頭を指で押さえようとした。爪の中に血が固まっているのを見て、あわてて手を引っ込める。胃が波打ち、吐き気がした。

「わたし、ほんとにシャワーを浴びてこなきゃ」ペンへと視線をあげる。「あなたもよね。急いでシャンプーを取ってくるから、待ってて。もう一方のバスルームはあなたが使えるよう空けさせるから。せめてものお礼よ――」

「任せていいか?」ペンは自分の弟にぼそりと言った。

「ああ」ドリューがため息をつく。

任せるって何を? そう尋ねる間もなく――答えはどう考えてもわたしだ――ペンはほぼダッシュで部屋を飛びだし、これまたふてくされたティーンエージャーみたいにドアを叩き閉めた。

わたしは当惑し――いささかむっとして――ドリューを見あげた。「わたし、何か悪いことでも……」

彼はかぶりを振ると、わたしの肩に腕を回して引き寄せた。「気にしないでくれ。きみはもう充分にさまざまなものを抱え込んでる。それにペンの問題まで加えることはない。あいつは大丈夫だ」

わたしはすぐさま肩を引いて、ドリューの腕から離れた。「ペンはどんな問題を抱えてるの？」

「誰にもどうすることもできないたぐいの問題だ。だから、そんな顔はしないでくれ」

誰にも？　わたしはまだ挑戦してないわ！

「リサって、誰？」

ドリューのおだやかな顔つきが非情な怒りの表情へと一変し、声が鋭くなる。「なんて言った？」

わたしは肩をいからせた。「リサ。床に倒れたアンジェラを見たとき、ペンが口走った名前よ」

安堵の色が広がって、彼はいつものミスター・ナイスガイに戻った。自分のうなじをさすって弁解する。「単に混乱してたんだろう。別の誰かと勘違いしたんじゃないか？」

ドリューの反応のみから判断するに、これは大嘘だ。けれど、わたしたちはみんな秘密を抱えている。かくいうわたしも秘密なら山ほどある。だから追求するのはやめよう。

とりあえずいまは。

「ええ、そうね」

ドリューがやさしく微笑みかけた。「で、本当のところ、きみは大丈夫なのか？」

わたしは肩をすくめた。「大丈夫じゃなくても、そんなことは言えやしない」

9

ペン

膝からくずおれ、ゴミ箱に激しく嘔吐した。息ができない。容赦ない痛みが襲いかかり、無感覚の殻でさえそれを防ぐことはできなかった。

リサの顔。

リサの血。

リサの悲鳴。

そして……。

コーラの顔。

コーラの絶望。

コーラの哀願。

おれのせいだ。

おれのせいだ。

おれのせいだ。

続く吐き気の波に体を引き裂かれたそのとき、ドアがガチャリと開いてすぐに閉じる音がした。その直後、肩にタオルがかけられるのを感じた。膝の関節が鳴る音がして、ドリューがおれの横にしゃがみ込んだ。

「あれは彼女じゃない」

「わかってる」おれは言葉を絞りだし、額の汗を手の甲でぬぐった。

「そうか？　コーラが言ってたぞ、自殺した女性をおまえがリサと呼んだと」

なんてことだ。

胆汁が喉まで込みあげ、ゴミ箱にさらに顔を突っ込んで、次の吐き気に備えた。

「ああ。悪かった」

ドリューの手がおれのうなじに置かれた。落ち着かせようとしているのだろうが、肌が焼かれるようだ。「ペン、あれは彼女じゃない」

胃の痙攣が治まり、おれは床に尻をついて壁にもたれかかった。「リサじゃないことぐらいわかってる。おれは今夜あの場にいたんだ。大いに活躍したさ」

ドリューの口が閉じる。これまでこいつがしてきたことの中で、一番懸命な行為だろう。〝あんたのせいじゃない〟うんぬんは耳が腐るほど聞かされた。最後に聞かされたのはドリューが刑務所に入る前日で、殴り合いになって終わった。

おれはタオルの端で口をぬぐった。「ここはいったいどうなってるんだ?」

「別の世界だって警告しただろ」ドリューはおれと並んで座り込んだ。

「別の世界?」鼻で笑った。「別の惑星の間違いじゃないか」おれは髪を手で撫でつけた。「ここへ来てまだ二十四時間にもならないのに、売春の親玉から身を隠す十代でヤク中の娘を見つけるわ、女は手首を切るわ、汚職警官どもは自分のイチモツをしゃぶらせようとするわだ。救命士の連中のことは話したくもない。あの女性はすでに絶命しているとおれが百パーセント確信していなければ、あの場であいつらを殺してた。いいかドリュー、ひとりはコーラに向かってウィンクしたんだぞ、カタツムリ並みにのろのろとやってきておいて」

ドリューはため息とともに、うなだれて顎を胸にうずめた。「そのことだが、コーラについて話し合う必要がある」

「何言ってるんだ。彼女のことなど話す必要はない」

ドリューは低く口笛を鳴らし、かぶりを振った。「彼女があんたを見る目つきについては？」

ああ、気づいたとも。忘れることができるならなんだってやる。

コーラはおれがヒーローであるかのように見つめた。

神が寄越した救済者であるかのように。

地獄の底から彼女を連れだすことができるかのように。

自分自身さえ救うことのできないおれが、彼女を救えるだと？

なおまずいことに、おれは彼女を救いたいと願った。

だがおれにはできない。

少なくともコーラを救うことは。

「彼女の目つきなど知るものか」嘘をついた。

「そっちが知らなくても、あんたが心に傷を負う白馬の騎士を演じたせいで、彼女の関心がおれに向く見込みはすっかりなくなったぞ」

おれは愕然《がくぜん》として目をしばたたいた。「本気で言ってるんじゃないだろうな？　おれが瀕死の女を助けようとしたのが、おまえの色事の邪魔になっただと？」

「そんなことは言ってない。ただ――」

おれは勢いよく立ちあがった。「やめろ。おまえの話はたわごとだ」

広い場所を求めて廊下へと突き進んだが、背中に投げつけられた言葉に足がぴたりと止まった。

「コーラのことが気になるんだろう。そしてそれが原因で、あんたはすっかりびくついている」

かつてないほど的確なドリューの指摘におれは狼狽《ろうばい》した。だが、不幸で、勇敢で、美しい、コーラ・ファッキング・ゲレーロに対して何かを感じているのを認めるのは、その感情を受け入れるのに限りなく近い。しかし、それは起こりえない。

おれは腰に手を当て、くるりと振り返った。「精神分析家気取りか。自分が何を言ってるのかもわかってないだろうが」

「じゃあ、おれが戻ってきたとき、あんたは彼女のアパートメントで何をしてた？ 門番か何かみたいに玄関ドアを見張ってただろう？ しらばっくれるなよ、ペン。あんたは体中、血で真っ赤になってた。なのに、コーラが大丈夫だとわかるまで梃子《てこ》でも動かなかった」

「紳士で悪かったな」

ドリューは言い表しようのない表情を浮かべた。「コーラを求めたっていいんだぞ」

焼けるような痛みが胸を襲った。「いいわけがない！」

「リサが死んで四年になる」

「ああ、それぐらい知ってるさ」

ドリューは肩をすくめた。「女はつき合ってみなきゃわからない。見たところ、コーラはマザー・テレサみたいに慈悲深い。あんたの心の傷も少しは癒えるかもしれないだろ」

怒りが沸々と湧きあがった。「そしてそのあとは？　コーラとふたりして夕陽へ向かって車を走らせ、めでたしめでたしか？　リサは冷たい土の下に眠ってるのに？　おまえは、おれたちがやってきたことを丸ごと忘れでもしたのか？」

「何ひとつ忘れるもんか！」ドリューはわめいた。全身をこわばらせ、短髪の頭頂部を引っ張る。「くそっ。くそっ、くそっ」

おれは胸を波打たせてそこに立ち尽くし、ドリューが怒りにのまれるさまを眺めた。これまでこいつがおれの逆上ぶりをいやというほど見てきたのは神のみぞ知るだ。ドリューはうろうろと歩き回り、足にぶつかるものはなんでも蹴った。ソファ。スツール。着替えが入ったダッフルバッグ。すべてが怒りをぶつける対象だ。

やがて物に当たるのをやめ、おれをにらみつける。「あんたがコーラに接近しろ」

おれはロボトミー手術で感情を取り除く必要があるらしい。「できない。おまえもわかってるだろう」

すると、ドリューは火のついたマッチをガソリンに投げ込むかのようにこう言った。

「聞いた話だと、トラブルが起きた翌日か翌々日にはマルコスがここに立ち寄り、コーラを思いきり張り飛ばすそうだ。女たちにちゃんと目を光らせるよう念を押すためにな」

腹の中で怒りが燃えあがった。

コーラの頬には青あざがあった。だから、いまさら驚くことではない。

だが、それをおれの体に言い聞かせてみろ。

心臓は狂ったように鼓動した。

肺は動きを止めた。

心は絶叫した。

そしていま聞こえる懇願の声はコーラのものだ。〝ペン、お願い〟

ひとつ吸って。ひとつ吐いて。

ひとつ吸って。ひとつ……。「コーラには指一本触れさせない」

ドリューの唇が狡猾《こうかつ》な笑みを描いた。「そうこなくちゃな。交代でコーラを見守ろう」

おれはうなずいた。

くそっ、どうしてこうなんだ——この部屋にコーラはいもしないのに、鼓動が静まり、怒りが消散すると、彼女のぬくもりと体のやわらかさがおれの体に沁み込むかのようだった。

10

コーラ

「やめて、ダンテ、お願い。彼女のせいじゃない！」

携帯電話の呼び出し音で目を覚ましたとき、わたしは冷や汗をぐっしょりかいていた。いまが何時なのか、いつの間に眠ってしまったのかはわからないが、夢の中でダンテにリヴァーを連れ去られる恐怖は目覚めたあとも残っていた。

アンジェラの死から二十四時間が経った。まだ胸が痛み、思考はまとまらないものの、意外にも、ゲレーロ・ファミリーは誰ひとり姿を見せていない——いまはまだ。いずれは現れて、管理不行き届きの罰をわたしに与えることだろう。それだけはたしかだった。

だから心の準備はしてある。

「ただの悪い夢よ」自分に言い聞かせて、ナイトテーブルの上を手で叩き、うるさく鳴り続ける携帯電話を探し当てた。「もしもし」声がしゃがれている。

二階に暮らすミンディからだ。「もしもし、コー、ただいま」

「おかえりなさい。ジェニファーは戻ってる?」新入りの名前をようやく覚えた。

電話の向こうはしんとしている。

固く目をつぶり、ミンディがジェニファーの部屋を確認しているだけであるよう祈りを捧《ささ》げた。だが返事はなく、わたしはうめき声とともに体を起こした。「ミンディ?」

「さあ……彼女からメールが行ってない?」

一階の住人たちは出入り自由だが、二階と三階の住人には午前四時までに帰宅したらわたしにメール、それよりあとは電話を入れるよう頼んである。たまにすっぽかされたときは、口をすっぱくして注意した。二十四時間前にアンジェラを失ったばかりだ、放ってはおけない。

「来てないわ。ジェニファーは部屋にいるの?」

「えっと……あ、部屋にいる」

ほっと安心し、親指と人差し指で目をもんだ。「彼女を起こして、わたしに電話を入れさせてちょうだい」

「オーケー。すぐ入れさせる」

通話終了ボタンに触れたあと、はるか昔、ニックがこことは違うベッドの上の天井に貼りつけた輝く星々を見あげた。彼の死後、わたしは星の形の夜光ステッカーを一枚一枚すべて剝がし、このアパートメントビルでの終身刑を言い渡されると、自分でここに貼り直した。場所は変わったが、思い出はそのままだ。

ニックの声がいまも聞こえる。

「コーラ、月がほしいかい?」彼はいたずらな笑みを浮かべ、黒い瞳の中で月明かりが揺れた。「ほしい、って言ってごらん。そうすればきみのものだ」

わたしは微笑んだ。初めての恋は甘やかで、ふわふわと漂うようだった。「月なんて要らない、ニック。わたしがほしいのはあなただけ……あとはお星様かな」

涙がひと粒こぼれ落ちたとき、携帯電話が鳴りだした。

咳払いして感傷を振り払う。「もしもし?」

「もしもし、コー」ジェニファーのしおれた声が聞こえた。

「何かあったの?」体を転がしてベッドから出た。寝るときのいつもの格好で、パンティーと薄手のキャミソールしか身につけていない。ガウンは処分したので、ベッドの足もとのほうからキルトをつかみあげて体に巻きつけ、胸もとを手で押さえた。

「何も……部屋には戻ってるから。悪かったわ、電話するのを忘れて」

「本当に大丈夫？」携帯電話を肩に挟んでドアの鍵を開け、廊下を進む。途中でリヴァーとサヴァナの部屋のドアノブを回して確認した。オーケー、ちゃんと施錠されている。

「ええ、ほんとに。ミンディに起こされたばかりだから、ただそれだけ。もう眠っていい？　また明日ね」ジェニファーはおやすみも言わずに通話を切った。

また明日、じゃないわ。一分後にはわたしの顔を見るんだから。

鍵をさらに三つ外して玄関ドアを勢いよく開き……。

そこで心臓麻痺に見舞われた。

携帯電話が手から跳び、コンクリートの床にぶつかってその上を滑る。通路の奥には黒い塊がうずくまり、それが立ちあがった。血の流れがどくどくと耳に響き、わたしは黒いパーカーとフードに覆われた頭を凝視した。シルエットからダンテやマルコスでないのはわかるが、月明かりだけでは顔が判然としない。

男は顔をあげ、フードをうしろへやった。ずしりと重いまなざしがわたしの目をとらえる。

「ペン?」心臓が乱れた鼓動を打つのは、驚いたからでもあるが、大部分は彼のまなざしが原因だ。

貫くような、鋭く、険しいまなざし。あれは絶対に、わたしの骨の髄まで見透かしている目だ。でもなぜか、相手がペンなら不快ではなかった。

わたしは急に頰が熱くなり、もごもごと尋ねた。「こ、こんなところで何をしてるの?」

「どうして服を着てない?」ペンが質問で切り返したので、本当にキルトを透かし見ることができるのかしらとわたしは首をかしげた。

見おろすと、合わせ目が開いて、パンティーと太腿がのぞいている。あわててもう片方の手でキルトをかき合わせ、下のほうも押さえた。「二階へ行ってジェニファーの様子を見てくるだけだから」

「真っ暗な中を裸でか?」ペンは足を肩幅に開いて、両手は体の横に垂らし、不気味なほどじっとしている。視線がわたしの目に固定されているせいで、息をするのもままならなかった。

「裸じゃないわ……それに起きてる人がいるなんて思わなかったし」

彼がまばたきし、まぶたが閉じる動きとともに夜の闇が深まった気がした。

小首をかしげ、今度はゆっくりと繰り返す。「コーラ、真っ暗な、中を、か？」

「三階は通路の照明がつかないの。少なくとも一年にはなるわ」キルトを放さないよう気をつけて、天井を指さした。「電球を変えたけど、だめね。配線の問題みたい」

「女が暗がりをひとりでうろついたら何が起きるかわからないだろう」これは脅し文句ではなかった。どちらかと言うと、父親が娘に注意するような響きだ。だけどこのビルに長く住んでいれば、そんなのはたわごとでしかないとわかる。

「昼日中に大勢でいようと、襲われるときは襲われるわ。昼か夜か、ひとりか大勢かは関係ない」

不意に、ペンが大股で近づいてきた。恐怖に対して反応するならいまがそのときだ。でもわたしは逃げようとしなかった。恐怖は感じなかった。

ペンについては何も知らない。どこから来たの？　ここにいる本当の理由は？　どんな人なの？　だからお人好しやただの間抜けと呼ばれても仕方ないけれど、わたしは彼が怖いとは思えなかった。

バスルームでサヴァナを見逃してくれたあの日のあとでは。

ペンがアンジェラを救おうとしてくれたあとでは。

わたしのためにいろいろなことをしてくれたあとでは。

二十九年の人生で悪い男ならいくらでも見てきたが、ペン・ウォーカーはそのうちのひとりではない。

彼はわたしの前で足を止めた。「昼夜にかかわらず、この周辺は危険だ」

たしかに。同じ通りにあるふたつのビルは、しょっちゅう強盗に入られ、毎週恒例のイベントみたいになっていた。だけどこのアパートメントビルはレンガ一個にいたるまですべてがゲレーロの所有物で、犯罪者たちも決して手出しはしない――少なくともよその犯罪者たちは。ここの女たちが恐れているのはビルの合鍵を持ったモンスターどもだ。わたしを憎み、暴力を振るい、一度ならずもわたしを刑務所送りにしてきた連中だが、ほかの者がわたしに指一本触れようものなら、報復のために街中を血祭りにあげるだろう。それはゲレーロの所有物であることの唯一のメリットだ。

「信じて、ペン、わたしを襲う度胸のある人はいないわ」

彼は唐突に青ざめ、男性的な美しさを湛えた顔が苦悶にゆがんだ。

それはあまりに見慣れた苦しみの表情だった。いつもは鏡の中で目にする顔だ。

わたしは駆け寄り、ペンの胸にてのひらを当てた。「どうしたの？　顔が蒼白《そうはく》だわ」

「やめるんだ」その手がまるで彼の首を絞めているかのように苦しげな声で言う。

わたしが手を引こうとすると、ペンは目をつぶって歯を食いしばった。大きなてのひらがわたしの手に重なり、波打つ彼の胸に押さえつける。「だめだ、それもやめてくれ」

触れてはだめ。触れないのもだめということ？　オーケー、了解よ。

彼の顔を探ったが、答えは見つからない。だけど、この二十四時間のうちに起きたことを振り返ると、おそらく……。「アンジェラのこと？」本当に知りたいことを問いかける勇気はなかった。リサのこと？　それが誰かはわたしにはわからないけど。

「違う」

「じゃあ――」

ペンがわたしの手を握りしめる。「コーラ、黙ってくれ」

うーん。おしゃべりもだめってわけね。黙っているのは苦手だけど、やってみましょう。

わたしは沈黙した。三十秒ほど。

「話してみて。わたし、聞き上手なのよ」返事はない。「お願い」

彼は目を見開いて顔をゆがめた。「それを言うのはやめるんだ」

「あなたの力になりたいだけよ」

「それが迷惑なんだ」ペンはわたしの手を放すと、まるで人質に取られていたかのように飛びすさった。ぬくもりが不意に消え、夜の空気の冷たさが肌を刺した。

彼はうろうろと歩き回りだした。「おれには無理だ」匙《さじ》を投げたように言う。「きみもだ、いい加減にやめるんだ」

わたしはぽかんとしてゆっくりまばたきした。

いい、わたしが何をやめるの？

通路を見回したけれど答えは発見できず、仕方なく尋ねた。「わたしがいったい何をしてるのか、具体的に話してもらえる？」

ペンは目を合わせるのを避けつつ、指を二本、こちらに向けた。「そこまでだ。そこまででやめてくれ」

わたしは唇を突きだし、自分の体を見おろした。ちゃんと隠れている――大部分は。

「あー、気づかれちゃったか。そう、実は計算ずくだった。あなたが外の通路に座り込んでいるのをピピッと察知したものだから、急いでキルトを羽織ると、寝癖に見えるよう髪をくしゃくしゃにして、ここへ飛びだしてきた。んー、悔しい。よく見抜いたわね」

ペンは自分のうなじをつかんだ。「きみがわざとそんな格好をしていると言ってるんじゃない。やめてくれと言ってるだけだ。頼むから何か服を着て、暗がりをうろつくはやめてくれ。安全じゃない」

落ちそうになるキルトをもぞもぞと引っ張りあげた。「ペン、わたしの経験では、ズボンをはいて明かりのついている場所にいても、女は襲いかかってくる男には太刀打ちできないわ」

「なんだって？」乱暴な声音は、わたしの言葉がはっきり聞こえたことを示していた。彼がやにわに大股で近づいてくる。

胃が引きつり、耳鳴りで何も聞こえない。

枕みたいにふわりとペンの体がわたしの胸にぶつかった。片手がわたしのヒップをしっかりつかむが、痛みはかけらも与えない。わたしの耳もとへと頭をさげ、ぞっとする低い声で問いかける。「きみの経験では？」

彼が発する熱い体温のせいで、心地よい震えがわたしの背筋を駆けおり、神経の末端が目覚めていった。わたしは吐息を漏らし、目を閉じた。男性からこんな刺激を感じるのは十数年ぶりだ。

「答えるんだ、コーラ」

のぼせた小娘みたいに彼の胸に寄りかかった。「女はみんな学ぶことよ」

手がこわばり、ペンはかぶりを振った。悪態を嚙み殺すかのように顎が動くが、それ以上は何も言わない。

そしてわたしも、沈黙を破る気にはなれなかった。

彼に見おろされていたら、無理だ。触れているのに触れないようにして、そばにいるのに遠く離れていて。欲情をくすぐる甘美な予感の海にたゆたっていては、絶対に無理。

心地よい感覚に頭がしびれ、理性がまともな方向へ働かない。それに、ペンに対するわたしの体の反応に理性的なところは微塵《みじん》もない。

息を吸い込むたび、ふたりの胸がこすれ合う。

息を吐くたび、彼の吐息がわたしの肌をくすぐり、誘惑する。

「学んだことは忘れろ」ペンが命じた。「きみの経験を」さらに背中をかがめる。あとほんの数ミリで、彼の唇はわたしの耳に触れるだろう。「忘れろ」

「了解」息を切らして言った。何に了解しているのかはよくわからないし、頭がぼうっとして気にもならない。

ペンはわたしの目を見つめたあと、苦しげにため息をついた。「どうやったらきみはこんなことができるんだ?」

「それは、わたしが何をやってるとあなたが考えているかによるんじゃない?」答えは彼がわたしの中にかき立てている炎と同じであってほしかった。

ペンのまぶたが震えて閉ざされる。「それに答えることができたら、きみを閉めだす方法だってわかるだろう」

彼はどこまで許してくれるだろうと考えてぞくぞくしながら、片方の頰にてのひらを当てた。「わたしを受け入れるって手もあるわ」

ペンは苦悶と渇望の入りまじったうめき声を漏らした。わたしのてのひらにもたせかける顔に苦悩が刻まれる。「きみは自分がおれに何を要求しているのか、わかっていない」

「そうね。でもわからないからこそ知りたい」

「そこにおれたちの問題がある」そう言ってぱっと目を開くと、わたしに火をつけた男性は消えていた。ペンはあとずさりし、冷たい空気がまたもふたりを引き離す。彼の虚ろなまなざしにわたしは寒気を覚えた。「おれのことを知ろうとするな、コーラ。おれは解くことのできるパズルでも、きみの手でもとどおりにできる壊れたランプでもない」自分の胸をどんと叩く。「おれが抱えているものはいつまでもおれを焼き続ける。いいか、おれに近づきすぎればきみにまで飛び火する。責任を負うのはごめんだ」わたしのほうへ大きく一歩踏みだす。「おれには責任を負うことはできない」

わたしは小首をかしげた。「誰があなたに責任を取ってと言った?」

「きみだ。きみがそんな格好でそこに立っている時間が長くなる分だけ、おれが見ていないときにきみがおれを見つめている分だけ、きみが笑い、微笑む分だけ、きみがおれのそばにいる時間が長くなる分だけ、この炎がきみの人生まで巻き込む責任をおれは負わされる。だから、このとおりだ、おれに関わるのはやめてくれ。正直に言おう、おれは自分ひとりで抗えるとは思えない」

わたしは目をしばたたいた。ペンにこちらの感情がお見通しなのは悔しいが、喜びが込みあげる。なぜって……。「つまり、あなたも感じているのね?」

ペンは冷笑し、あの強烈なブルーの瞳がもう一度わたしを見つめる。「きみとはふつか前に知り合ったばかりだが、おれは溺れそうになっている、コーラ。だから、あ、おれも感じていると言えるんだろう。だがいまここで、感じるのをやめてくれ」

彼は溺れそうになっている。

彼は溺れそうになっている。

彼は溺れそうになっている。

何にかはわからないけれど、それはわたしが感じているのと同じものだ。ペンはそれに溺れかけている。

「わたしがやけどを負うのを恐れているの？」ささやいた。きっと顔はにやけてしまっている。

「いいや」ペンは力強く首を振った。「きみは強い女性だ。きみなら炎をうまく操ることもできるだろう。だがおれが恐れているのは、これがおれの過去にまで及ぶことだ。そうなればあの炎は必ずきみを見つけだす。なのにおれはなおも海で溺れ、何をすることもできずに息を求めてあえぐんだ。たった一滴の水できみを救うことができるってときに」

え、え、ええっ？

いったいなんのこと？　それに、意味不明な彼の言葉にどうして全身が目覚めるの？

ぬくもりが体をめぐり、わたしはペンを見つめた。

見つめ返す彼の表情は途方に暮れている。

わたしの心臓が鼓動を打つ。

ペンの顎がぴくりと動く。

彼の喉の筋肉は張り詰めている。

わたしは呼吸が苦しくなる。

「あなたに溺れてほしくない」

「おれはきみにやけどをしてほしくない。だから同意してくれ、おれたちの関係はここでストップだと。おれはここで仕事をする。きみはここで仕事をする。以上、それで終わりだ」

わたしはごくりと息をのんだ。約束できる自信はない。ニックの死後、わたしの体に火らしきものをつけた男性はペンが初めてだ。もっと関係を深めたい気持ちがないと言えば嘘になる。

その火はしゅんと消えるかもしれない。

でも、消えないかもしれない。

だけど、苦痛や堕落、それに恐怖が日常になっているわたしの世界で、ようやく何かすばらしいことが起きそうな気配がするのに、それをみすみす見逃すの？

彼をあきらめない理由はそれだけで充分だ。「嘘。わかったわ。以上、それで終わりね」

ペンはいぶかしそうに眉を吊りあげた。「嘘？」

わたしは階段へと足を進めた。「わかったって言ったでしょ？」

ペンは疑わしげにこっちを見ている。それはそうだろう。とはいえ〝真実か嘘か〟

のやり方を彼が理解していないのは、わたしの知ったことではない。わたしは最初に〝嘘〟だとはっきり宣言した。だから彼にむかつかれる筋合いはない。

「わたしはもう行くわ、二階の住人を確認してこなきゃ」

ペンは目をすっと細くした。「ごまかすな。〝嘘〟とはどういう意味だ？」

キルトをきつく握り、一段ずつ階段をおりる。「わかったって言ったでしょ。ほかに何が聞きたいの？」

「真実だ」ペンはわたしのあとからついてくる。

わたしは階段をおり続けた。「嘘。わたしはあなたに真実を教えたわ」

まだついてくる。「最初に〝嘘〟と言うのはどうしてだ？」

質問を無視して二階のフロアにおり立った。また嘘を言ったところで彼は納得しないだろう。

ジェニファーのアパートメントの前にたどり着いたときには、わたしが正直に答えるつもりがないのをペンも察したはずだ。回れ右をして引き返すかと思ったが、そうはしない。

それからの五分間、彼はドアの脇に無言で立っていた。わたしはベッドで眠っていたジェニファーを起こして様子を確かめ、その夜のことを問いただした。

本当に大丈夫だと確信すると、三階へ戻った。ペンはわたしのあとをついてきて、通路で足を止めた。わたしが玄関から出てきたときにいたのと同じ場所だ。一周してふりだしに戻ってきた――でもいまはペンの腕に抱かれる感覚を知っている。わたしを惑わすあの感情に彼が溺れかけていることも。

ペンが大股で近づいてきたので、わたしの心臓は跳ねあがった。でも残念。最後の瞬間、彼は脇へそれて体を折り、すっかり忘れられていた――それにたぶん壊れてしまった――わたしの携帯電話を拾いあげて差しだした。「中へ入るんだ。ここにいると体が冷える」

あなたの腕の中にいたときはあたたかかった。

その声が聞こえたかのように、ペンはかぶりを振った。「まったく、きみは強情だな」

わたしはにんまりとしてみせた。「なんの話だかわからない」

「ああ、そうだろう」ペンはわたしの背後へ視線を移し、壁のレンガを見るともなしに見つめた。「せめてさっきの話はまじめに聞いてくれ。ここは安全じゃない。きみが今夜そんな格好で出てきたときに、通路にいたのが別の種類の男だったら、危ない目に遭っていたかもしれないんだ」

過剰な好奇心が身を滅ぼすなら、今日一日でわたしは何度破滅したかわからない。しかも夜明けはまだ遠い。

「あなた自身はどんな種類の男なの、ペン？」

彼はため息をつき、両手を腰へやった。「四年前はその質問に即答できた。いまはもうわからない」

「答えを見つけるのを手伝いましょうか？」

「きみはふたりの関係を終わりにするつもりは全然ないだろう？」

わたしは軽く肩をすくめた。「その件については、わかったって言ったわよ」

「それに、嘘だとも言った」重々しい息を吐く。「とにかく……中へ入って鍵をかけてくれ」

わたしはうなずいたが、動かなかった。

「コーラ」ペンがうめく。でもそれは明らかに懇願だった。

罪悪感が一瞬、胸をよぎった。

だけど、それはわたしのヒップを包むペンのてのひらを思い出すまでのことだった。首にかかる彼の吐息を。重なり合ったふたりの胸を。

そのあとは彼との約束はすべて白紙に戻った。

「はっきりさせておくわ。わたしは地獄に住んでいるの、ペン。炎に焼かれるのは怖くない」

視界の端で、彼が体をこわばらせるのが見えた。でも誰かが苦しむのを眺めて楽しむ趣味はないから、わたしは背を向けてドアを開け、中へ入った。

三つ目の鍵をかけたとき、ペンのアパートメントのドアが閉まる音が聞こえた。

11

ペン

「どうするんだ」声を殺してつぶやき、ドアにもたれかかった。鈍い音をたてて後頭部がぶつかる。痛みがガンガンと反響し、体がまっぷたつに割れそうに感じた。

まさにおれの人生に起きていることじゃないか？

胸はうずき、喉は砂袋を丸のみしたかのように苦しいが、自分を破滅させるのは下腹部でとぐろを巻く熱いものだとわかっている。

コーラ・ファッキング・ゲレーロ。

目をつぶり、目頭を指でつまんだ。こんなことなら、マルコスが動いた場合に備えて通路で待機しているんじゃなかった。

当然のように、彼女は半裸で出てきて、ハチミツ色の日焼けした脚の上にバブルガムピンクのパンティーをのぞかせた。

当然のように、コーラに触れられるなり、怒りを内へ閉じ込め、彼女のような人々を閉めだすために築きあげた無感覚の壁はぐらついた。

そして当然ながら、パーカー越しに焼けつくコーラの指先まで、おれはすべてを感じていた。

彼女の唇を一度でいいから味わいたい欲求に死に物狂いで抗わなければならなかったのは当然も当然だ、もしもコーラにあと一秒粘られていたら、自分の欲望に惨敗していたところだ。

ドアに寄りかかったままずるずるとしゃがみ込んだ。「おれはいったい何をやってるんだ」

「そいつはいい質問だ」ドリューが返事をする。

ぎょっとして顔をあげると、奥のソファにドリューが仰向けになっていた。目はつぶっているが、唇にはいつもの薄笑いが浮かんでいる。

嘘でごまかせるか？「外で音がしたんで様子を見てきたんだ」

ドリューは目を開け、顔をこっちへ向けた。「ちょっと見に行くだけなのに、パーカーを着てブーツまで履いていったのか？」

「眠れないで起きてただけだ」ぼそぼそ言って立ちあがり、どこへ向かうともなく歩きだした。こいつから離れられればどこだっていい。

「そりゃあ、通路にひと晩中座り込みして、コーラのとこの玄関ドアをにらみつけてたせいだろう」

おれは奥歯を嚙みしめ、ドリューに寝室を使わせなかった自分を呪った。

ドリューは勢いよく体を起こすと、両腕をあげて伸びをした。「このビルは画用紙をペーパークリップでつなぎ合わせただけのようなもんだ。マルコスがやってきたら、物音でそうとわかるさ」

「胸騒ぎがしたんだ。もういいだろう。おれにかまうのはやめろ」

「別にかまってなんかいない。何をしようとあんたの自由だ、ペン。そうしたいのなら、寿命をまっとうするまでコーラのアパートメントの玄関を眺めてりゃいいさ。だがな、これは言わせてくれ、あんたが彼女と抱き合ったところで、おれの仕事の役に立つわけじゃない」

こいつ、見ていたのか。それが自分の仕事だとばかりに、ドアののぞき穴に顔をべったりくっつけていたに違いない。のぞき見とは……いや、それもドリューの仕事のうちか。

「失《う》せろ」

ドリューは自分の胸に手を置いた。「別におれはかまわないさ。だが、コーラはあんたに惹《ひ》かれてる、彼女自身、それを認める心の準備ができてるかどうかは、さておきだ。それを利用しないって手はないだろ。ここへ来てふつかだが、あんたはおれが二カ月かけてもできないことをやってのけた。いったい何を尻込みしてる？」

「お願い、助けて。お願い」

「おれたちには計画があるだろう」おれは言った。

ドリューは立ちあがって近づいてきた。「計画には変更がつきものだ。五年前、ここへ来ることはおれの計画に入ってなかった。あんたの計画にもだ」おれの手首をつかみ、タトゥーの入った腕を観衆にでも披露するかのように掲げてみせる。「適応するか死ぬか、そうだろう？」

こいつに正論をぶたれるといらいらする。三十三になるまで、タトゥーを入れようなどと露ほども思ったことはなかった。仕事にはスーツを着用、愛車はアウディ。ベッドは最高の寝心地を追求したカスタムメイド。夜は、窓の外で波が砕ける音に抱かれて眠りに落ちた。

どれもあの二十九分間がおれの人生を変える前の話だ。

いまのおれはからっぽだ。

何者でもない。

あるのはただひとつの目的だけ。

ところがコーラのせいで早くも失敗しそうになっている。

おれは腕を振りほどいて目をこすった。「この暮らしに適応するのは無理だ」

「いや、その必要はないだろう。ミステリアスな男ってのがコーラのタイプみたいだからな」

「そんなこと知るか」震える指をドリューの胸に突きつけた。怒りがふくらむにつれて声がでかくなる。「あの女は命取りになる」

「その股にぶらさがってる飾りに近頃触れたことがあるのかは知らないが、あんたはまだ男だろ。そしてコーラはいい女で、あんたに気がある。そりゃあ、命取りにもなるだろう。いい女ってのはみんなそうだ」おれの肩をつかんで目をのぞき込む。「それでかまわない」

おれはつかまれていた肩を引き離し、歩き回りだした。「かまわないわけないだろう。いまいましい悲劇がまた最初から繰り返されることになる」

「いいや、そうはならない。今度はおれたちが主導権を握っている。とにかく、コーラにやさしくしろ。彼女は何が好きで何が嫌いか探りだせ。話しかけて、あとは向こうにしゃべらせるんだ。彼女に助けが必要なときはそばにいろ。ちょろいもんさ」

おれは足を止めてドリューをにらみつけた。「もしもコーラが傷ついたらどうするんだ？」

もしもではなく、コーラが傷ついたときは、と言うべきか。そうなることは最初からわかっていたが、自分が彼女を傷つけることになるとは想定していなかったし、よもや自分がそれをためらうとは思わなかった。

これまでは〝恋愛と戦争にルールはない〟という考え方でやってきた。だがコーラと出会ってふつかのあいだにすべてを考え直させられた。

コーラはやむを得ない犠牲者でも捨て駒でもない。

コーラはすばらしい女性で、救命ボートを必要としている。まわりを泳ぐサメをこれ以上増やす必要はない。

ドリューはソファへ引き返して腰を沈めた。「コーラは傷つくことには慣れっこだろう。男にフラれるぐらい、なんてことはないはずさ。でもまあ……深刻な状況になったら、おれたちで彼女を守る」両脚をソファに放りあげ、肘掛けに頭をのせて目をつぶる。

「おれたちがふたりとも死んだり、刑務所行きになったりしたら、どうやって守る？」

「まずは目の前のことに集中しろ、ペン」頭を横へ向け、おれと目を合わせる。いつもの威勢のよさとともに、ドリューの仮面は消えていた。代わってそこにあるのは、数年前に真のドリュー・ウォーカーとなった冷ややかな悪意の闇だ。

おれの魂を黒く塗りつぶす穢《けが》れと同じもの。酸のような穢れに内側からむしばまれ、おれはむしばみ尽くされる日をひたすら待ち望んでいる。

だが、ドリューはそうじゃない。出所後、こいつのこういう面は拝んでいなかったが、こっちを見つめ返す短剣さながらの鋭い眼光は正真正銘のドリューだ。

「それともブルったのか？」

「そうじゃない」おれは断言した。「だがコーラを巻き添えにするな。どんな犠牲を払おうと」

ドリューは挑むように眉を吊りあげた。「えらく高いハードルだな、ブ、ブ、ブラザー」

「どんな犠牲を払おうとだ」

承認の笑みがドリューの唇に浮かぶ。「だったら、彼女に危害を加えるやつは一掃するしかない」

12

コーラ

ペンと行き合った次の夜、三階通路の照明は嘘みたいに点灯するようになった。

だが、ペンは幽霊と化してしまった。

ドリューは朝早くから毎日元気にやってきて、わたしのアパートメントの壁を剝がし、水漏れの源を調べて何時間も働いているが、ペンは一日中、ふらりと入ってきては出ていくのを繰り返している。ひとこともしゃべらない。一箇所に長居することもない。目の錯覚みたいにわたしの視界をよぎるだけ。けれど、ペンが部屋へ足を踏み入れるたび、胸がどきりとして肌が粟立つから、彼はたしかに実在するのだとわたしは確信する。

幽霊みたいに現れたり消えたりするペンから気をそらすために、アンジェラの死の後片づけに取りかかった。それなのに、思考はふりだしへ戻るばかりだ——一心不乱に彼女を救おうとするペンの姿へ。

ビルの住人の大半は、何ごともなかったかのようにもとの暮らしへ戻った。みんなこういうことはお手の物だ。だけど、アンジェラと仲のよかった者たちは苦しんでいた。ひそかに苦しむ者もいれば、そうでない者もいる。

わたしは前者の部類だ。何か兆候があったはずだと記憶を掘り返さずにはいられない。アンジェラは幸せそうに見えた。

でも、わたしたちみたいな女が本当に幸せになることなどあるのだろうか?

たしかに、わたしたちは声をあげて笑う。

笑みを浮かべる。

そして配られた手札がどんなに悪くてもそれで精いっぱいがんばる。

けれども、それで幸せになれる? 幸せそうに見えても、アンジェラはそもそも自殺の原因を抱えていたのかもしれない。囚《とら》われの身で本当に幸せになることはないのだから。

アンジェラのアパートメントに戻る勇気を探しだすのに、丸ふつかかかった。漂白剤を入れたバケツ、マスク、肘まであるゴム手袋、それに心を麻痺させる思い出で身を固めて、一階へと階段をおりながら、胃がひっくり返りそうだった。ドアを開けるなり、わたしは軽い心不全に見舞われた。

アパートメント内はすでに清掃が終わっていた。カーペットは剝がされて、新たにリノリウムが貼られている。血で汚れたソファはなくなり、室内には消毒薬の清潔なにおいが漂っていた。

喉に塊が込みあげ、目が涙でちくちくする。わたしは信じられない思いで室内を見回した。

こんなことをしそうな容疑者はふたりいる。ドリューとペン。でも、わたしの胸を高鳴らせるのはそのうちひとりだけだ。

後片づけをしてくれたのが誰であれ、この部屋の清掃はわたしにとってつらい作業になるのを理解していたのだ。

「きみとはふつか前に知り合ったばかりだが、おれは溺れそうになっている、コーラ」

ぴかぴかになった室内を眺め、言葉が出てこない。正直、理解しがたかった。

わたしの経験では、人が純粋な親切心から何かをすることはない。

人には必ず動機がある。不意にペンの動機が知りたくなった。

仕方ない。ここは優に一年以上使わなかった切り札を使おう。

われらが悪徳警官、ラリーに電話をした。いつもどおりのむかつく態度で、一方的に電話を切られたが、住人のひとりが彼と過ごしたある夜に隠し撮りされていた動画をメールに添付して送信すると、即座に向こうから電話がかかってきた。

わたしが人生で学んだことがあるとすれば、それは切り札は持っているに限るということだ。

ラリーはわたしの頼みを聞くのを渋りながらも、問題の動画が奥さんに送られるのは何がなんでも避けようとした。

一時間後、彼は情報を仕入れてもう一度電話をかけてきた。

驚いたことに――しかもうれしい驚きだけど――ペンの経歴はまぶしいほどきれいだった。駐車違反で捕まったことさえない。

ドリューのほうは……初犯は車の盗難。そして二年の執行猶予付きで釈放された数日後に、またも車を盗んでいる。彼、ばかなの？　とはいえ、凶悪犯罪や麻薬絡みの犯罪ではないし、性犯罪者登録簿にも名前は載っていない。わたしから見れば完璧な紳士だ。

アンジェラのアパートメントを目にしたときには、胸の中で希望が小さな声をあげた。ラリーからの電話を切った頃には、その希望は雄叫《おたけ》びをあげていた。

ひょっとすると、誠実な男性はまだ絶滅していないのかもしれない。

ひょっとすると、ただの可能性だけど、ペン・ウォーカーはそんな男性のひとりかもしれない。

ペンにはどうせ逃げられるだろうから、アンジェラの部屋の掃除についてドリューにきいてみた。彼は知らないと言ったが、夕食に誘ったらふたつ返事でオーケーし、ペンも引っ張っていくと約束してくれた。

夕方まで料理と掃除にせっせと励み、髪を整えて入念に化粧をしたあとは、着るものをあれでもないこれでもないと散々迷った。ばかみたい。ドリューがひとりで現れたときはつくづくそう思った。

ばかみたいだけれど、がっかりした。

ドリューはうちで数時間過ごし、ラザニアを容器の半分ほどぺろりと食べて、ビールを三本飲み、サヴァナとリヴァーとともに笑っておしゃべりをした。

そのあいだ、わたしはビールに口もつけずに穴が空くほど玄関ドアを見つめていた。念じればドアの反対側にペンを呼びだせるかのように。

彼は現れなかった。胸に失望感がずしりとのしかかる。

その夜の深夜近く、ベッドへ向かう前にリビングの片づけをしていたら、外で物音がした。玄関ドアののぞき穴から外を見ると、通路にペンの姿があった。昨日と同じフード付きパーカー、お気に入りの映画が上映されているみたいにうちの玄関ドアをじっと見つめている。

胃袋がすとんと下に落ち、彼だけがわたしの体につけることのできる炎が勢いよく燃え立った。ペンったら、わたしが出てくるのを待っているのね。

結論から先に言うと、彼はわたしを待っていたわけではなかった。

最初の夜は、〝夜のうちに玄関先へゴミを出しに来たら、あらそこにいたのね〟と、上目づかいに挨拶してもじもじと返事を待ったが、丸々一分経ってもなんの反応もなく、いたたまれなくなってそそくさと中へ戻り、ベッドに潜り込んだ。傷ついた。とっても。でも、ゴミ出しの仕事は終わった。

ふつか目の夜もペンがそこにいるのを見つけ、わたしはそわそわした。回りくどいことをするのは性に合わず、ひとりで暗がりにしゃがみ込んでいる理由を尋ねることにした。

ドリューのいびきがうるさいとか、新鮮な空気が好きだとか。もしかするとペンは連続殺人犯だとか。理由はなんだってありうる。

ペンは不機嫌そうにこう言っただけだった。「静かなのが好きなんだ。考えがまとまる」そして立ちあがると、それ以上は何も言わずに自分のアパートメントへ引き返した。三十分後、ペンはもとの位置に戻っていた。わたしはもう外へは出なかった。三日目の晩はこれ以上の拒絶に耐えられず、こっちを見つめるペンを、ドアの内側ののぞき穴からビール片手に見つめ返すことにした。彼は美しい。わたしは変質者っぽい。だからすごすごと寝室へ向かった。

四日目の夜も、わたしは変質者から脱却できなかった。

五日目の夜はがんばって変質者を卒業した。ソファに座り、ペンが見ているのと同じドアを内側から見つめる。ばかみたいだと途中で気づき、やめにしてベッドへ入った。

六日目と七日目の夜はペンを無視するよう自分に命じた。

毎晩、天井に広がるニックの星を眺めて眠りに落ちた。

けれど、毎朝、ペンの貫くようなブルーの瞳が夢にまで侵入して目を覚ました。なぜペンに惹かれるのかは説明できない。娘をオオカミの群れに放り投げるような父親に育てられたあと、マルコスやダンテとやり合ってきたのだから、わたしがY染色体を警戒するようになったのは不思議ではない。

なのに相手がペンとなると、わたしの思考はいつだって体の反応に押しきられてしまう。

ともにベッドに入ってくれるのは、活発すぎる（それにあきれるほど描写の細かい）想像力だけという夜が何日も続いた。はじめのうちはささやかな夢想だった。わたしはペンと肩を並べて通路に腰をおろし、おしゃべりをして笑っている。やがて彼はわたしの手を握ったり、わたしの肩に腕を回したりする。静かな心地よさ。それ以上でも、それ以下でもない。

だけど日を追うにつれて、わたしの夢想はまったく別のものへ変化した。

ペンの硬いてのひらがわたしの肌に火をつける。

ペンの口がわたしの胸の片方から反対へ滑ったあと、脚のあいだへおりていく――奪うよりも与えながら。彼以外にそんなふうに愛撫《あいぶ》してくれた人はいない。

丹念に官能を引きだされて、快感のわななきに世界は砕け散り、彼と、わたしと、飽くことを知らないふたりの唇だけを残し、すべては消えていく。

ええ。この一週間は、冷たいシャワーと眠れぬ夜が続いてげんなりだった。

だからといって、それは悪いことではない。なぜなら、八日目の夜にはわたしは疲れて、むかつき、すっかり嫌気が差していたからだ。

待っているのはもうやめだ。わたしってストーカー？　と悩むのも。本当のペン・ウォーカーを知ること以外はすべてやめだ。

だから、ふたりがうちのバスルームで作業をしていた九日目の朝、わたしはペンのほうから何かしてくれるのを待つのはやめにした。

「どんな調子？」すっかり解体されたバスルームの側柱に寄りかかって声をかけた。便器と洗面台はリビングに運びだされ、カビの生えた壁は全部取り払われて、錆びた水道管の迷路が露わになっている。

かつては戸棚だった場所からドリューが顔をのぞかせた。「なんとか修繕できそうだ、最初の移民が建てたビルに期待できる範囲でだけどね」

「移民の霊にたたられても知らないわよ。またもとのように使えるようになる？」

ドリューの唇がゆっくりと弧を描く。「その予定」

わたしは唯一残っている、寝室とバスルームを隔てる壁を顎で示した。「その壁を取り払ってドアをつけ、アン・スイートにすることはできる？」

「それを英語で言うことはできるかい、マドモワゼル？」

思わず笑った。「バスルーム付き寝室、みたいな？」

「ああー。この壁を取っ払うのは構造的に無理だが、犬用のドアを取りつけることはできるんじゃないか」ドリューは茶目っ気たっぷりの目つきでわたしの頭からつま先へと視線を滑らせた。「きみならスリムだから通れるだろう」

「ありがとう、でもやめとくわ」コーヒーの入ったマグカップを口へ運び、ペンをちらりと見た。

彼は洗面台があった場所でレンチを手に膝をつき、水道管をいじっている。

「ペン、アパートメントの暮らしはどう?」彼の背中に向かって尋ねた。

ペンは黙ったままだ。

代わりにドリューが応じた。「いい感じだ。昨日の夜、前からあるソファとマットレスをペンがついに階下へ運んで捨てた。これでヒューゴのDNAはすべて部屋から払拭されたことを願うよ」

「ううっ、気色悪い!」

ドリューは自分の鼻先を指ではじいた。「まったくな。あとは水がちゃんと出るようになれば、シャワーのためにわざわざ一階までおりていって、朝の三時だっていうのに並んで待たされることもなくなるし、湯船に浸かることだってできる。そうなったら、いい感じどころか最高だ」

わたしは胸を押さえて感激してみせた。「うわあ、まるで天国みたいね」

ドリューがくっと笑う。ペンは反応なし。

「コーヒーを持ってきましょうか？」

「おれは結構だ」ドリューが言う。「〈ストップ・アンド・ショップ〉で買った泥みたいなやつを飲んだんでね」

わたしは顔をしかめた。「やだ！　あそこって不衛生で有名なのよ。わたしなら防護服なしであの店のドアを通ったりしない」

ドリューは唇の端をあげて、魅力的な笑みを浮かべた。（オーケー、前言撤回。ミスター・平凡はそれほど平凡じゃない）「じゃあ、朝食にあそこのホットドッグを食べるべきじゃなかったか？」

わたしはあんぐりと口を開けた。「もちろんだめよ！」

ドリューは唇を軽く噛んだ。（うーん、平凡からはほど遠い）「二本食べたのは論外？」

「こんなことを伝えるのはつらい役目だけれど……あなたはすでに死んでいる可能性が大ね」

ドリューが汚れた二本の指で喉の脈を確認する。「いやいや、まだ脈打ってる。明日までは持ちこたえそうだ」

「明日？」

ドリューは肩をすくめた。「あそこのホットドッグ、味は最高だ」

わたしが笑いだすとドリューもそれに加わった——なぜならそれがドリューだから。

そして彼とのやりとりのあいだ中、ペンはちらりともこちらを見なかった——なぜならそれがペンだから。

「ひとやすみして一服してもいいかな？」ドリューが尋ねる。

「外でならかまわないわよ」

ドリューがうなずき、わたしは横向きになって彼を通し——ペンとふたりきりになった。

リヴァーとサヴァナは学校で、今日一日、わたしの予定はびっしり詰まっている。なのにわたしはそこにたたずみ、ペンの背中を見つめて、絶対に口を開かせてみせると意を決していた。「いつ頃になれば水が使えそうかわかる？」

シャツの下の筋肉が波打ってレンチの動きが止まるが、言葉による反応はない。

「その……だいたいのめどでいいのよ」

さらに沈黙。

「せかすつもりじゃないの。ただ知っておきたくて。数日ぐらいの話か数週間かかるのか」気まずくなって足を踏み換え、指をくるくる回した。「お願いだから数カ月なんて言わないでね。こんな状況であとどれぐらいやってられるか、自信がない。ふたつしかないバスルームをめぐって、みんな首の絞め合いよ。お風呂グッズの持ち運び用に一ドルショップで買ってきたプラスチック製の小さなバスケットをみんなに配ったけど、シャンプーや歯磨き粉を勝手に使われたってこれ以上一度でも聞かされたら、わたし、確実に発狂するわ」

ペンはため息をついてうなだれた。だけど姿勢はこわばったままだ。「きみはおれに関わるのをやめるつもりはないんだな?」

わたしはぱちりと目を見開いた。勝利の笑みが唇に広がる。「とっくにやめてるわよ。だからって、お互いに口をきくことまで禁止するわけじゃないでしょ」

「嘘だ」彼は床に向かってしゃべっている。「毎晩玄関ドアの前にきみが立っているのが見えないとでも思うか? 部屋の明かりがついて消える。ドアの下の隙間にきみの足が影を作る。なお悪いのは……きみを感じるんだ。おれを見るきみの視線を」暗く虚ろなまなざしをゆっくりとうしろへめぐらせる。「きみがあそこにいるのはわかっている、コーラ。きみが立ち去るときにはそれを感じる」

わたしの左脳は、〝もう、いやだ、ばれてたの!〟と叫んでいる。

右脳は、〝ああ、もう、どうしよう、ペンがわたしを感じてる〟と悶絶している。

咳払いをして背筋を伸ばした。「認めるわ、あなたに関わるのを完全にやめたわけじゃない。だけど、あなたは通路に座り込んで、うちの玄関をじっと見ているのよ、ペン。駐車場を見おろせるバルコニーのほうでも、誰も使わない裏手の階段のほうにいるのでもなく。屋上でさえない、あそこなら本物の星が見えるのに。あなたは通路に座って、わたしの玄関を見ている。わたしに言わせれば、あなただってわたしに関わるのをやめてないわ」

ペンはかぶりを振ると、前に向き直った。「きみはどうしてそう強情なんだ？」

「わたしが？　あなたこそ、毎夜毎夜、穴が空くまでうちの玄関をにらみつけるのをやめるつもりはあるの？」お願い、ノーと言って、ノーと言って、ノーと言って。

「くそっ」彼がうめいた。

残念！　ノーじゃなかった。

ペンに詰め寄らないよう戸口にとどまり、彼の背中に向かってしゃべり続けた。「わたしたちは、ふたりのあいだにあるものが何かさえわかっていないわ、ペン。わたし、結構確信を持っているんだけど、おしゃべりぐらいでどちらかが死ぬことはないわよね。だったら、関わってみなければわからないでしょ？　たとえばあなたがマスタード好きなら、わたし、生理的に無理だからつき合うとか最初からありえないし」

ペンはふうっと強く息を吐いた。それはもしか、すると笑い声と同じ部類に入るものかもしれなかったが、表情が見えないから断言はできない。どちらにしてもわたしの鼓動は高鳴った。

「考えてみて――」

玄関のほうから〝コーラ！〟と甲高い声があがり、ふたりして跳びあがった。

いいところで邪魔するなんて、神様の意地悪。

いつもの一日。

いつもの人生ドラマ。

ペンとわたしのドラマの真っ最中だったのに。

「続きはあとで」彼に告げてドアの側柱から体を起こした。玄関ドアにたどり着いたところで乱暴に開け、きつい声で言った。「なんなの？」

ブリタニーが顔をゆがめ、血のついたタオルで肩を押さえてたたずんでいるのを目にして、罪悪感が胸に押し寄せた。

「いったいどうしたの？」**それに、いったいどうして誰も彼もが四六時中、流血して**

いるの！

彼女の手首を握ってタオルをどけさせると、肩甲骨のあたりが少なくとも十五センチはざっくりと切れていた。

「天井扇風機《シーリングファン》が落下してきたのよ」

思わずのけぞった。「だって、どうしてそんなことが？」

ブリタニーは手首を振りほどいた。「このビルは死の罠《わな》だらけだからでしょうが！　そのうちビルごと崩れ落ちて、あたしらはぺしゃんこだ」

「死の罠なんて、そこまでひどくないわ……いまはちょっと……あちこちガタがきてるだけよ」

まあ、それが死の罠なんだけれど。

「あたしは充分ひどい目に遭ってるよ。こんな怪我《けが》して、今夜はどうやって働きに出ればいい？」ブリタニーはふんと息を吐いた。「まだ手を使ってイカせられるだろうって？　あいにく怪我をしてるのは利き手のほう。なら、左手でもいいって客を見つけてくる？　ああ、あたしの肩から血が噴きだしてるのは気にしないで。今夜は傷フェチに特別サービスだ」首を傾け、殺意のみなぎる目でにらみつける。

わたしは彼女の怒りを扱いかねた。「大げさな物言いはそこまでにして、包帯を巻きましょう」

ブリタニーが乾いた笑い声をあげる。「はいはい、あたしは大げさにふるまってるわけだ。当たりどころが悪かったら死んでたんだよ。最上階にお住まいのプリンセスが、バスルームのリフォームでお忙しいときに申し訳ないけど」

わたしはうなじをさすった。「リフォームなんてたいそうなものじゃないわ。ダイヤモンドをちりばめた床にしたかったんだけど、却下された。あれもこれもすべて却下。でもね、実はここだけの話、ひとつだけ認めてもらえたの……」身を乗りだしてささやく。「水道の修理よ」

「ああそう。真上に住んでるメレディスとジュールズがあたしの部屋に落ちてこないよう、ついでに祈っといて」ブリタニーは踵を返してずんずん歩み去った。

角から現れたドリューは彼女に踏みつぶされないようあわててどいた。「何かあったのか？」

「下の階でシーリングファンが落ちてきたんですって。このビルは崩れかけだって騒がれたわ。正直、否定できない」髪をかきあげた。「シーリングファンって、ネジで固定されてるんじゃないの？　いきなり落ちてくるものじゃないでしょ？」

ドリューは唇をゆがめた。「空からはないが、天井からだと」肩をすくめる。「誰が設置したかによるな。ヒューゴがやった仕事を見た上で言わせてもらうと、何が起きたって不思議じゃない」

わたしは息巻いた。「上等《ファンタスティック》よ」

「ファンだけに？」ドリューはすれ違いながらそう言って足を止めた。近すぎる一歩手前だけど不快ではない。ただ……ドリューがそこにいるだけ。

「駄洒落《だじゃれ》ならもっとうまく言う」

彼が微笑し、茶色い瞳がなめらかなチョコレートのようにぬくもりを帯びる。

（やっぱり平凡をはるかに超えている）

「階下へ行って手当てをしてくるわ。そのあいだ、ここはあなたたちに任せて大丈夫？」

ドリューの眉がひょいとあがる。「一緒に行ってファンを調べようか？」

「そうしてくれると……」廊下の端の動きが注意を引き、続く言葉はわたしの舌の上で消えた。

唇はきつく結ばれ、顎はこわばっている。だけどまなざしは……溶けた鋼鉄のように熱い。

ペン。そこにいるのは、自分に関わるなと言った男性ではない。

そこにいるのは、わたしを抱きしめ、学んだことを忘れろと言った男性だ。全身に新たな息吹が吹き込まれ、ペンの鋭い視線に貫かれて腕の産毛が逆立つ。ふたたび血がざわめいて肌が熱くなった。

「助かるわ」ため息まじりに言葉を結んだ。

ドリューはわたしの肩を握った。「お安いご用――」

「おれが行こう」ペンのざらついた声がわたしの耳をくすぐる。瞳は燃え尽きて灰になり、瞳孔が大きく開いて虹彩《こうさい》のブルーがほとんど見えない。視線はドリューの手に注がれているが、その目つきに愛情はいっさいない。

ペンはこちらへ目を移した。「それでいいか?」

「もちろん」わたしは即答した。

ドリューはふたりの顔を交互に見ている。面食らっているようだけれど、わたしの目はペンに釘付けだから確信はない。

「本当に?」ドリューは念を押した。

どちらに尋ねているのかわからず、わたしが「ええ」とささやくのと同時に、ペンは「ここからはおれが引き受ける」と断言した。

ドリューはくくっと笑い、ペンはほかには何も言わなかった。

13

ペン

おれは大ばかだ。

単純明快、否定のしようがない。

計画は台なしだ。

最悪なのは、コーラも大ばかじゃなかろうかってことだ。

この状況はどちらにとってもめでたく終わるはずがない。

だが、欲求に抗って彼女を避けるのはもう飽き飽きだった。

というわけで、おれはコーラとふたりきりで階下のアパートメントにいた。自分の全人生を赤に賭け、回転するルーレットのどこに球が落ちるかを息を殺して見守っている気分だ。

「あなた、年はいくつなの？」室内を見回りながらコーラが尋ねた。派手なショッキングピンクのゴム手袋をはめ、片手には鼻につんとくる漂白剤のスプレーを、反対の手には汚れて真っ黒な雑巾を持っている。

おれは脚立にのせた足をずらし、シーリングファンの取りつけ作業を続けた。ヒューゴの仕事の適当さにはあきれ返る。ファンはネジ一本で天井に留めてあった――短いネジ一本だ。あとは天井の壁板にはめ込んであるだけで、運悪く真下にいた者にとっては回転ブレード版ロシアンルーレットだったわけだ。

ブリタニーとエイヴァがこれまで最低でも十二回は死んでいないのは奇跡だ。室内をうろつきながら、口の中でぶつぶつと計算するコーラの話によるとそうらしい。彼女は変数をひとつひとつ解析して解を求めた。学歴はたいしてないと思っていたが、数式をつぶやき、暗算する彼女の姿は知性に輝いている。

コーラを避けていたあいだ、といっても、実際には全然避けていなかった――獅子《しし》が子羊を見守っていたようなものだ――おれは彼女についていろいろと学んだ。どこへ行くにもコーラは絶対に歩かない。止まっているとき以外は常に少なくとも小走りしている。

そして最高にうまいサンドイッチを作る。ふんわりした白いパン、スライスハム、マヨネーズ、そこにぱらりと振る塩コショウの加減が絶妙だ。レタスやトマトなんて余計なものはいっさいなし。ただのシンプルなサンドイッチ。だが、これがうまい。まるでおれたちが無償で奉仕しているかのように、彼女は毎日わざわざ昼食を用意して運んでくる。おれが彼女を無視していようといなかろうと。

コーラにはそんな暇は——金だって——ないだろうに。

彼女が住人の誰かのためにカンパを募り、空のマグカップを持って部屋をめぐっているのを二回目撃した。

コーラ自身は、画面にひびの入った携帯電話を使い、車のタイヤのうち三つがすり減ってつるつる、残るひとつは応急用のスペアタイヤ。バッグはストラップが切れたのを結んでいる。

それらを気にしていたとしても、彼女はおくびにも出さない。

コーラは愚痴をこぼさず、文句も言わない。ぷりぷりしていることも、むっつりしていることもない。むしろ、よく声をあげて笑っている。

そしてみんなのために、足が棒になるまで働き通しだ。一度、彼女がソファでうたた寝しているところを見かけた。われながら悪趣味だと思いながらも、おれはそこにたたずみ、彼女のおだやかな寝顔を眺めた。眠っているときでさえ、彼女の唇は弧を描いていた。

楽な暮らしじゃないだろうに、コーラは眠りながら微笑んでいた。

そんな人間がいるか？

コーラ・ゲレーロのような女性を相手にするには、おれは感情的にいろいろと欠落しすぎている。それは重々承知しているのに、なぜか自分を抑えられなかった。

「三十七だ」

コーラの背中がぴんと伸びて頭がのけぞり、いつかおれを破滅させそうなあのダークブルーの瞳がこっちを見あげる。年を教えただけだというのに、世界を丸ごとプレゼントされたかのような反応だ。

彼女は大きく口を開けて真っ白な歯をのぞかせ、まぶしい笑みがおれの胸をつぶす。

「彼、しゃべったわ」

「たまにはな」シーリングファンに注意を戻した。

「三十七、ふむふむ。そんな年には見えないわね」

「嘘つきだな」

コーラはくすくす笑った。その響きは彼女に関するすべてと同じで甘くやさしい。

彼女はキッチンカウンターを磨く作業に戻った。「で、あなたは壁の剝がし方に、水道管の修理の仕方、シーリングファンの取りつけ方を知ってるわけね。それだけ手に職があれば働く場所はほかにあるんじゃない？　ドリューは理解できるわよ。刑期を終えたばかりだし、マニュエルに気に入られてるんでしょ。でも、あなたはどうしてここにいるの？」

「働くためだ」

「マニュエルに借りがあるの？」

「いいや」

「弱みを握られてる？」

「いいや」

「女性から逃げてるとか？」

胸が凍りついた。動揺するな。ただの当て推量だ。

「いいや」半分は嘘だ。

「薬物のリハビリをやったことは？　あるならなんの薬物？　それともアルコールのほう？　アルコール依存症回復のための〝十二のステップ〟ってプログラムがあるでしょ、あれをやったことは？」

「いいや。いいや。いいや。最後もいいやだ」

そのあとコーラは妙に静かになった。おれは最後のネジを締めると、視界の隅で相手がそばにいないのを確認してから下を見おろし、彼女が急に黙り込んだわけを探った。

コーラは冷蔵庫に頭を突っ込んでいた。くんくんとにおいを嗅いだあと、身震いする。波打つ金髪が揺れた。「うーっ、この牛乳、神様が最初に創造した牛のお乳じゃないかってぐらいくさい」

おれは頬の内側を嚙んで笑みを隠した。あんまりかわいいと、こっちは苦労する。なんの前触れもなく――よっておれが体勢を整える間もなく――コーラは首をめぐらせ、おれがこっそり彼女を眺めている現場を押さえた。

「笑ってるの？」

頬を嚙んだのは無駄だったらしい。

おれは唇を真一文字に結んだ。「いいや」

コーラが鼻にしわを寄せる。

くそっ。かわいすぎだ。

「驚いた、いつも無表情なペン・ウォーカーに表情筋を発見！」

これが微笑まずにいられるか。

彼女が息をのむ。「しかもアンコールに応えてくれたわ」

おれは噴きだした。「きみはクレイジーだ」とにかくこの場から逃れようと――それに広がる一方の笑みを隠すため――スクリュードライバーをポケットに突っ込み、間抜けのようにうつむいてくるりと背を向け……。「うわっ!」肘から床に叩きつけられた。

スクリュードライバーがポケットを突き破って太腿に刺さり、下半身に鋭い痛みが炸裂《さくれつ》する。

「大変!」コーラが駆け寄り、脇にかがみ込んだ。

おれは無事なほうの肘をついて体を起こした。「心配ない」

「足を滑らせたの?」

いいや。きみに見とれて、脚立の上に立っていたのを忘れた。

「ああ」おのれの間抜けぶりを披露する代わりにそう言った。

コーラはゴム手袋の指先を引っ張って外した。「大丈夫?」

きみがこんなに接近しているのに? いいや、少しも大丈夫じゃない。「もちろんだ」

コーラはあらゆる意味で美人だ。目がふたつある男なら、フットボール競技場の反対側からでも彼女に目を奪われるだろう。だが、ほんの数センチ離れた場所からだと、その美しさは別の意味を持つ。

彼女は生身の女性だ。

片づけるべき仕事じゃない。

遂行すべき計画じゃない。

彼女はただの……。

「ペン、体を反対に向けて。脚を見るから。ちょっと、血が出てるじゃない」コーラは身を乗りだし、彼女の姿がおれの視界をふさいだ。

目をつぶるんだ。〝ひとつ吸って。ひとつ吐いて〟をやれ。

過去へ意識を向けろ。これまでの四年間、過去に固執するのはお手の物だっただろう。

なのに、おれはじっと見つめた。

ほのかに色づく頬にはうっすらとそばかすが散らばっている。下唇のすぐ下に小さなほくろがひとつ。女はこういうのを気にする。そう考えるだけで、そのほくろが愛《いと》おしくてたまらなくなった。

漂白剤のかすかなにおいに邪魔されつつも、やわらかな花の香りがコーラから立ちのぼる。自社ブランドの安物のローションだ。彼女のバスルームにあるのを一度見かけた。だがコーラがつけると、これまで嗅いだどんな高価な香水よりもかぐわしい。シルクのようになめらかな金色の巻き毛がおれの前腕をかすめたとき、胸に埋まっていた虚ろな痛みがベルトの下へ移動するのを感じた。

コーラはブルーの瞳をきらめかせておれを見あげている。瞳を閉じる彼女の中へこの体を沈めるのはどんなに――。

「ズボンを脱いで」コーラが命じた。

「なんだって?」ぎょっとして体を引いたはずみに、いまいましいスクリュードライバーがまたしても突き刺さった。体を横へ転がし、ポケットから工具を引っ張りだして床に放った。

「ズボンをはいたままだと何も見えないわ」

おれは顔をしかめて立ちあがろうとした。「見てもらう必要はない」

コーラはおれの腕を取ると、立ちあがる介添えをし、おれの自尊心にとどめを刺した。

「子どもみたいにだだをこねないで。男物のパンツぐらい見たことあるから」

「おれのはない」

　コーラは口もとへ手をやって笑みを隠そうとしたが、くすくすと笑い声が漏れた。

「本気で言ってるんだ。ズボンは脱がないぞ」

　彼女は手をどけ、美しい笑みを露わにした。「あなたがわたしに向かってこんなにしゃべるのは、この一週間でこれが初めてじゃない？　なのにその理由が、わたしにパンツ姿を見られるのがいやだからだなんて」

「そうじゃない。パンツをはいてないのを見られるのがいやだからだ。いまどきパンツをはいてるやつがいるか？」

　コーラは片眉をひょいとあげた。「人口の九十パーセントははいてると思うわよ」

「女性はそうかもしれないが」

「男性が服を脱いだところは長いこと見てないけど、パンツぐらいははいてるでしょう」

　男とはしばらくご無沙汰というわけか。そんなことを考えるとはゲスの極みだが、彼女の告白は炎の舌のようにおれの体をちろちろとなめた。

「そうだとしてもおれは違う」戸口へ向かった。何かばかなことをしでかす前に、ここは逃げるに限る。たとえば……本当にズボンをおろすとか。

　コーラはあくまで強情で――彼女のそんなところが好きなのか嫌いなのか自分でも

わからない――あとを追ってきた。「わたしは看護師よ、ペン。あなたの脚はどうせ誰かに診せなきゃだめなんだから」

コーラ・ゲレーロについておれが知っていること。

二十九歳。

ゴージャス――これは重要じゃない。

三十人を超える売春婦たちの世話係。でっかい母グマみたいに女たちの安全に目を光らせている。

朝はコーヒーを飲まないと一日が始まらない。

そしておれはバスルームと食料棚を仕切る壁の撤去作業中、コーラが隠していたクッキーを十箱以上発見した。彼女のものだというのはわかっている。ドリューがキッチンカウンターの上に箱を移動していたら、〝わたしのじゃないわ〟と言いながら、自分の寝室へあわてて持ち去ったからだ。

だが、看護師だと？

「きみは看護師じゃないだろう」

コーラはそうじゃなくてと手を振った。「資格やなんかはないわ。でも、いまここにいるのはわたしだけで、あなたは怪我をしている。だったら自動的にわたしが看護師役でしょ」

「そんな決まりは聞いたことがない」

彼女は歯のあいだから舌をのぞかせ、チッチッと舌を鳴らした。「あいにく、ここではそうなの。誰かが怪我をしたら、わたしは看護師さん。喧嘩が始まれば警備係。おなかをすかしてる人がいればコックさんになるし、話を聞いてもらいたい人のためにはセラピストになる。仕事場へ行く足がなければ運転手に早変わりよ。いきなり核爆弾が出てきて、ここで爆弾解除ってことになったら、ああらびっくり、原子力エンジニアにだってなってみせる。だからいまは即席看護師として言わせてもらうわ。あなたが腰を隠せるよう毛布を持ってくるから、ズボンを脱いで」

朝、寝袋から転がりでたときは、よもやこんな一日になるとは夢にも思わなかった。だが美人にズボンを脱ぐよう命じられるのは、人生最悪の一日からほど遠いことは認めよう。ここが異次元で、コーラがコーラではなく、おれがおれでなければ、彼女に初めて触れられた瞬間に、おれのパンツは彼女のそれとともに床へ落ちていた。

しかし、いま、ここでだと？

「遠慮する」おれはふたたび戸口へ逃げようとした。ドアノブに手がかかったとき、彼女がおれの腕を握った。

「わかった、降参よ。でも、バイ菌が入らないよう、ガーゼと抗生物質入りの軟膏《なんこう》をあげるのはいいでしょ？　怪我がもとで脚が壊死《えし》したらおおごとだもの。外科医役はここしばらくやってないの」

ぎょっとして彼女を振り返った。「冗談だよな」

コーラはウィンクした。「冗談よ。ただし！」人差し指を立てる。「ガーゼと軟膏の部分は本気だから」

救急箱を取りに歩み去る彼女のヒップに、おれが見とれたか見とれなかったかは言及せずにおく。

「ガーゼはほとんど残ってないのよね。わたしの鼻とブリタニーの肩に使ってしまって――」

血液が凍りつき、考えるよりも先に言葉が口から飛びだしていた。「何があった？　どうして鼻を怪我した？」

「ちょっと衝突して――」

彼女のほうへ大きく一歩踏みだした。「マルコスとか？」

コーラがおれを見て目を見開く。「え？　違うわ！」

さらに一歩近づいた。「じゃあ、ダンテか」

彼女の手はネックレスにいつもさがっているシルバーの星へと動いた。「いいえ。どうして？　あのふたりがここへ来ることになってるの？」

「さあな」

コーラは目をしばたたかせた。その手は摩擦熱で火をつけようとしているかのように、ネックレスに沿って星を行ったり来たりさせている。「ふたりが来るときは教えてくれる？」

「当たり前だ。あいつらがきみにまた手をあげたら教えてくれるか？」

コーラは青ざめ、星を握る手が止まった。「どうして知ってるの？」

「おれたちがやってきた日、きみの顔には青あざがあった。ぴんとくるさ。もしまた連中が戻ってきたら――」

「何もしないで」コーラはすかさず言い、ふたりのあいだの距離をさらに縮めた。

「あのふたりがもしまた来ても、関わらないでちょうだい。いいわね？」

おれは胸の上で腕を組んだ。「できない相談だな」

コーラはおれの腕に手を伸ばしかけ、思い直して体の脇へおろした。

思い直さないでほしかった。

彼女の声がやわらぐ。「ペン、まじめな話よ」

「こっちもまじめだ。そういうわけで、取引だ。あいつらがここへ来るのがわかったら、おれはきみに教える。そしてあいつらが実際に現れたら、きみはおれを呼ぶ」彼女のほうへ身を乗りだした。「ただちにだ」

美しい瞳に不信の色を滲ませて、コーラはおれの目を探った。「どうしてあなたが気にかけるの？」

なぜなら、おれの惨めな生活を終わらせる答えをきみが握っているからだ。それに、どんな女も恐怖の中で暮らす必要はないからだ——とりわけきみは。

「理由は特にない」おれは彼女へ手を伸ばした。「さあ、取引に応じると言ってくれ」

コーラが浮かべる当惑の表情がおれの胸を突いた。なんてことだ。この女性は暴力を振るわれるのに慣れきっていて、赤の他人が自分を守りたがることにきょとんとしている。

だがおれは彼女を守りたい——どんなことをしてでも。

さらに手を突きだした。「言ってくれ」

コーラは小首をかしげ、警戒心に満ちた視線を向けてきた。「いやよ。どうしてあなたが気にかけるのか教えてくれるまでは」

教えてやれればよかったのだが。彼女にも知る権利がある。けれども、真実という毒蛇に対して、おれたちはどちらも準備ができていない。

だから、代わりに別の真実を口にした。「この世界は醜い場所だ、コーラ。聖者なんてごくまれで、あとは罪人だらけ。愛より憎しみ、親切心より無慈悲がはびこっている。だが、それはこの世が悪人ばかりだからじゃない。善良な人間が黙ったままでいるからだ」

コーラの魅力的な体が驚きにびくりと動いた。「玄関前にあなたが座り込んでいる理由はそれなの？」震える手を口もとへ持っていく。「あなたはわたしを……守ろうとしているの？」

「おれは黙っていない。見て見ぬふりはしない。関わるのをやめもしない。誰だろうと二度ときみに手をあげさせはしない。いいからわかったと言ってくれ」

コーラは息をのんだ。「あなたは何者なの？」

「自分にもわからない」

揺るぎないおれの視線を彼女が受け止める。

そしておれも彼女の視線を受け止めた。心の中で無言の約束をし、守り通せるよう祈りながら。

心臓がいくつか鼓動を刻んだあと、コーラは背筋を伸ばし、差しだされた手を握り返すと、おれの目をまっすぐ見つめて嘘をついた。「わたしを避けていたときのあなたのほうが好きだった」

「ばかばかしい」

「はいはい、とにかく取引成立でしょ」コーラはおれの手をぐいっと引っ張り、引き寄せた。「こっちも抗ったわけではないが。「ただし条件がひとつ。今度は夕食にちゃんと来て。アンジェラのアパートメントを清掃してくれたお礼をさせてちょうだい」

おれが清掃しただけだったのはラッキーだ。はじめは部屋ごと燃やして灰にしようかと考えた。隣や上階で眠っている女性たちがいなければ、そうしていたところだ。

「たいしたことじゃない」

「たいしたことじゃなくてもお礼はお礼よ。お願いだからドリューも連れてきて。彼が朝食に食べているホルムアルデヒド入りホットドッグの毒性を中和できる食材を考えるから。まずはブロッコリー、お次はニンジンでしょ……うーん、それじゃ歯が立たないわね。最終手段、芽キャベツはどう？」そこで口をつぐみ、おれの口へ視線をさげる。「あっ、また微笑んでる」

たしかに。そして笑みが光となって全身へ広がっていく。

おれは自分の口を指さした。「これか？ いいや、こいつはときおり出てくる医学的症状だ。看護学校で教わらなかったか？」

コーラが声をあげて笑う。おれの中の奥深く、はるか昔に忘れた場所にその響きが伝わるのを感じた。コーラにはなんの関係もない場所。

「じゃあ、夕食に来てくれるわね？」彼女はまつげをぱちぱちさせておれを見あげ、大きな笑みを浮かべた。

頭の中で警報がわめき、恐怖がみぞおちに根を張る。

コーラに触れるのは間違っている。こっちから差しだすことはできない——どのみち嘘なしには——ぬくもりを彼女から奪うことも。だが自分を抑えられなかった。丸みのあるヒップへ手を伸ばして引き寄せ、胸の中へ倒れ込ませた。

コーラの顔は見えないが、腕の中で彼女の体から力が抜けた。まるで彼女のただひとつの祈りにおれが応えたかのように。

おれがいまも神を信じられればよかったのに。

「必ず行く、コーラ」彼女の頭のてっぺんに向かってささやきかけた。

14

コーラ

「ねえ、これ、あたしは食べなくてもいいんだよね？」ベビーほうれん草のサラダをテーブルへ運ぶサヴァナが文句を言う。

わたしはビールをひと口飲んで、瓶をカウンターに置いた。隣にあるフライパンの中では、ターキーハンバーガー用の手ごねパティがジュウジュウと音をたてている。

「野菜は体にいいの。三十になったらあなたの新陳代謝も、〝よくぞ教えてくれました〟ってわたしに感謝するんだから」

通りかかったリヴァーが、焼けたベーコンを皿からつまんで口へ放り入れる。

「ベーコンを挟んだら、お肉をターキーにする意味なくない？」

「たぶんね。でもベーコンの脂もターキーで帳消しになるって思うことにするわ」

ベーコンをもうひと切れもぐもぐやりながら、リヴァーはカウンターにヒップをもたせかけた。「今夜はすてきだね」

わたしは唇を突きだし、横目で彼女を見た。「ジーンズとタンクトップよ。これってわたしの制服みたいなものじゃない」

「ちーがーいーまーすー」リヴァーが言い返す。「アイロンをかけたジーンズと、スパゲッティストラップ付きのつやつやしたタンクトップでしょ。しかも、ウエッジサンダルを履いてるし、プラス――」手を伸ばし、わたしの耳たぶにさがっているシルバーのイヤリングをシャランと鳴らす。「アクセサリー」

わたしは彼女の手をぴしゃりと叩いた。「お客さんが来るからよ」

リヴァーは〝ごまかそうったって無駄だからね〟という目つきでにらんできた。

「今夜はペンが来るんだ?」

顔をそむけて笑みを隠した。「彼は来るって言ってたけど」

「ってことは、彼、ついに話すようになったんだ? やったね。コーラはペンにお熱だもんね」

フライパンの上にスパチュラを掲げたまま、わたしはくるりと彼女に向き直った。

「お熱じゃないわよ」

「ええー」リヴァーは頭から目が転がり落ちそうな勢いで、目玉をぐるぐる回した。

「ここの住人で、コーラはペンにお熱だって気づいてないのはドリューぐらいだよ」

わたしは驚いて顎が外れるところだった。「なんですって？」

サヴァナがリヴァーの背後にやってきて、彼女の肩越しに手を伸ばし、自分もベーコンをひょいと取る。「またまた、とぼけちゃって。気づいてんでしょ。ドリューはコーラに気があんの」ベーコンを食べながら続ける。「しかーし、ここに問題がひとつ。なんと、コーラは彼の兄に心惹かれているのであった」食べ終えてにやりとする。

「いいこと、まず最初に——」

「真実か嘘か、どっち？」リヴァーが割って入った。

わたしは口を閉じた。このゲームはもう何年もやっている。わたしが思いついた最高で最低のゲーム。

このゲームは言いづらいことを口にする手段を与える一方で、さらに言いづらいことを押し隠す手段にもなる。

わたしたちの暮らしでは、ときに嘘が必要となる。リヴァーはまだほんの子どもだ。毎日のように起きている惨事をすべて知る必要はない。だけどわたしたちのゲームは、どんなことでも安全に話せるようにしてくれる。はじめに嘘だと宣言したら、それは本当の意味で嘘になるだろうか？

わたしはごくりと息をのんだ。「どっちが聞きたいの？」

「真実のほう」

鋭く息を吸い込んだ。「わたしはペンに熱をあげているわけじゃないわ。彼のことは……ちょっと……気になるっていうか……興味があるだけよ」

サヴァナがベーコンをもうひと切れつまむ。「彼、ホットだもんね」

リヴァーがにまにまするのを尻目に、わたしはコンロへ向き直った。「そういう意味じゃなくて、彼が親切だからよ」

リヴァーはげらげら笑いだした。「それにホットだからでしょ」

「こら！　あなたまでませた口をきかないの。異性に興味を持つなら、相手は同じ学校へ通ってる十二歳の男子だけにして。成績優秀でゆくゆくは聖職者になる予定、しかも莫大《ばくだい》な信託基金を持っていて、二十一になってそれを相続する際には妻帯している必要あり、っていう相手が理想ね」

「いまからあたしの結婚相手の心配？」リヴァーは鼻で笑うと、わたしのうしろを通って食料棚へ向かった。「それに言っとくけど、あたし、十三よ、コーラ」

「知ってる。だけど十二の頃のほうがかわいげがあった」

リヴァーが笑う。「クッキーないの？」

「知ってるでしょ、うちはお菓子は禁止」

サヴァナはさっきまでリヴァーがいた場所へ移ってカウンターに腰をもたせかけた。

「それって真実か嘘か、どっち？」

ほらね。こういうとき――秘蔵のお菓子が奪われる危機にあるとき――には、自分が考案したゲームで首を絞めることになる。だけど自作のゲームのいいところは、ルールをわたしの一存で決められることだ。

「残念でした、このゲームで質問をしていいのは、学校でいい成績を取ってきた人だけです」眉をひょいとあげた。「バッグの中にC評価のついたプリントが入ってるのを見つけたわよ」

サヴァナは決まりが悪そうにそっぽを向いた。「数学は嫌い」

「勉強してないからでしょ。自分が一番わかってるはずよ」

サヴァナが言い返そうと口を開けたところでドアがノックされ、三人ともしんとなった。

鍵のかかった玄関を見つめ、わたしの胃は縮んだ。時間ぴったりだ。

「あたしが出ようか？」サヴァナが小声で言う。

「いいの、自分で出るから」ささやき返したけれど、ドアを見つめたままだった。わたしの大事な大事なチョコチップクッキーを手に持ち、リヴァーが狭いキッチンを横切った。「ひとり占めしてずるいんだから」

はっとわれに返り、リヴァーの手からクッキーを取り返してカウンターの上へ放った。「あなたたちのどちらかひとりでもペンの前でわたしに恥をかかせたら、白い服を全部、赤い靴下と一緒に洗濯機へ入れて回すわよ。わかった？」

ふたりは顔を見合わせてにやにやした。サヴァナが口にチャックをしてみせる。ふうっと息を吐いたものの、余計にどきどきしてきた。タンクトップを撫でつけ、髪の乱れをささっと直す。何を緊張しているの。相手はドリューとペンでしょう。ふたりはこの二週間、毎日このアパートメントにやってきている。いつもと同じよ。けれど、ドアを開けてペンがひとりで立っているのを目にしたとき、わたしの反応は大げさではなかったとつくづく思った。淡いブルーのシャツは彼の瞳を明るく輝かせ、袖は肘までまくられて、黒いタトゥーに覆われた分厚い筋肉を露わにしている。手にはビールの六缶パックとお店で買ったブラウニー。

すてきすぎて失神しそう。

「あの……ドリューはどうしたの？」

ペンの眉間にしわが寄る。「来られないそうだ。おれひとりでかまわないか？」

「もちろんかまわないわ！」大きすぎる声が出た。

そのあとはそこに立ち尽くした。わたしはカチンコチンの石像と化している。彼が中へ招かれるのを待っているのに、わたしは石化していて……。

気まずい静止状態の中で、ペンの視線がわたしの頭からつま先へとおりてふたたび上に戻った。まるで直接触れられたみたいに、胸の先端からつま先——そしてそのあいだにあるすべての箇所が——彼を感じる。肌がぞくぞくして口の中は干あがり、しゃべることができなくなった。そもそも言葉を失っているのだけれど。戸口にたたずむ美しい男性を見つめ続けるわたしの内側で、切望と不安、興奮、それに欲望らしきものまでが入りまじり、狂おしくふくらむ。

「こんにちは、ペン」リヴァーがわたしの横から顔を出す。わたしを助けるために走ってきたのだ。恩に着るわ。石化を解いてちょうだい。「中へ入って」リヴァーがわたしをどかそうとぐいと引っ張る。

わたしはウエッジサンダルでよろめきながら脇へどいた。

ペンはうなずきかけて中へと進んだ。「チョコレートが好きなようだから、これを店で買ってきた」

「わーっ、気がきく。コーラはチョコレートに目がないんだ」サヴァナがコーラ救出ミッションの後方掩護《えんご》に当たる。「ビールのチョイスもいい感じ」ウィンクして彼の手から受け取り、キッチンへ持っていく。

えーっと、ここまでの話はどういうことだったかしら。わたしはペンを夕食に誘った。彼はわたしを感じて溺れそうになっている。夜はうちの玄関の前で寝ずの番をし、わたしを守っている。

わたしもペンを感じている。彼はわたしの中に火をつける。だけど、彼の話によると、わたしも巻き込まれてやけどをする危険がある。

だから、ペンはわたしに関わらないようにしているんじゃなかったの？

ところが、彼はまるでわたしの心を読んだかのようにブラウニーとビールのお土産を持ってきてくれて、わたしに好印象を与えようとしているみたいに、きちんとした格好をしている。

「何を突っ立ってるの？」リヴァーがわたしの耳もとでひそひそと叱る。

「彼、どうしてあんな格好をしてるの？」わたしもひそひそときき返し、サヴァナのあとからキッチンへ向かうペンを目で追った。アパートメントがこの狭さだから、キッチンは目と鼻の先だ。

リヴァーは唇を突きだし、ペンへと視線を向けた。彼が振り返って目が合うと、ばつが悪そうに笑ってみせる。

「ジーンズにシャツじゃない」

「そうだけど、ちゃんとしたシャツでしょ。いつもはただの白いTシャツなのに」

「それが？」

「デートに行くみたいな格好よ」

リヴァーは頭を引くと、わたしの目を見てささやいた。「えーっと……ペンはデートに来てるんだよ。デートのお相手はコーラでしょ。しっかりして。彼、逃げだしちゃうよ」

ええっ？　これってデートなの？

頭のおかしな相手を見る目つきでリヴァーが首を横に振る。玄関先に立っている時間が長引けば長引くほど、わたしも自分の精神状態に自信がなくなってきた。

「本物のデートなんて百年ぐらいしてないのよ」

リヴァーはわたしの腕をぴしゃりと叩いた。「まだまだ若く見えるよ、おばあちゃん」

わたしはぎろりとにらみつけた。

唐突にペンが咳払いした。「どうかしたのか?」

顔をあげると、ペンが端整な顔に気づかい――それに好奇心――を浮かべている。

ああ、もう! サヴァナの言うとおり。彼、すごくホット。新発見ではないけれど、繰り返し言うだけの価値がある。

興奮はさておき、とりあえずぴしゃりと言った。「盗み聞きは失礼よ、ペン」

彼は唇の片端だけを吊りあげてセクシーな笑みをくれた。「一メートルと離れてない。盗み聞きとは言えないな」

もう、もう、もう! これもペンの言うとおりだ。

「そうね」髪に指を差し入れ、カールした髪が絡む前にはっと手を止めた。「わたし……バーガーの仕上げをしてくるわ」歩き方をようやく思い出してキッチンへ向かう。

ところがペンはわたしの腕をつかんだ。耳もとに唇を寄せてささやく。「緊張しないでくれ。デートがいやなら、これはデートじゃない」そしてかすれた声で言葉を結ぶ。「だが、いつ気が変わっても、おれに文句はない」

肺が締めつけられ、頭を傾けて彼を見あげた。もう笑っていない。とはいえ熱いまなざしは、標的を発見したミサイルみたいにわたしに固定されている。

「それでいいか?」

頭がぼーっとなり、恥ずかしいくらい何度もうなずいた。「いいわ」

わたしの腕を放すと、彼は鼻から深々と息を吸い込んだ。「いいにおいがする。腹が減ってるんだ」

ペンが笑みを浮かべてわたしを見おろす。クールで落ち着いた物腰。それにここへ来る前にドリューと性格が入れ替わったかのように愛想がいい。

彼の口を見つめて問いかけた。「また医学的症状が出ているの?」

ペンの笑みが大きくなる。「きみのそばにいるとちょくちょく出るようだ」

ハンサムな上に口説き上手だ。

「バーガーって聞こえたが?」彼が尋ねた。

「正確にはターキーバーガーよ」

「ああ」ちょっとがっかりした響きだ。

「ベーコン入り」

今度はずっと元気な響き。「ああ!」

料理の好みは合いそうね。

そのあとは右の足と左の足を交互に出してキッチンへ行き、夕食の仕上げに専念した——そうしたのは、自分が百パーセント、完全に、疑念の余地もなく、ペン・

ウォーカーに熱をあげていることを認めないようにするためだけだ。これも新発見ではないし、今度は繰り返す価値もない。

夕食をとっているあいだにみんな打ち解けた。ペンは弟と比べると物静かだが。それでもこんなにおしゃべりをする彼は初めて見た。彼の視線は決してわたしから遠くへさまようことはなかった、リヴァーとサヴァナが質問攻めにするあいだささえ。

彼の年齢は三十七。（これは知っていた）

出身はフロリダ。（これは知らなかった）

タトゥーを入れているのは腕と手だけ。ピアスはどこにもしていない。（ここまできき出したサヴァナに感謝）

アメフトのファン——観《み》戦するのはカレッジフットボールよりもプロリーグ。（わたしはどっちも観ない）

結婚したことは？　とリヴァーにきかれたあと、ペンは丸々五分間、スイッチが切れたみたいに動かなかった。（これは何かある！　リサは何者かという大きな疑問の答えがわかった気もするけれど）

食欲旺盛なのはドリューと同じだ。ベーコン入りターキーバーガーふたつに、バターをのせてシナモンを振りかけたスイートポテトを二本、それにサラダを半分以上。おかげでテーブルの上の料理はきれいに片づいた。椅子にもたれかかるペンの顔には満足げな表情が浮かんでいる。わたしの後悔はひとつだけ。もっとたくさん料理を作っておけばよかった。

「こんなにうまい料理を最後に食べたのはいつだったか思い出せない。ありがとう」

「お口に合ってよかった」わたしは口をぬぐい、ナプキンを皿に置いた。

「真実か嘘か」リヴァーは出し抜けに声をあげ、茶色い瞳といたずらな笑みをわたしに向けた。「あとはふたりだけにしてあげるから、あたしとサヴァナはお皿洗いを免除してくれる？」

「もちろんだ」わたしの代わりにペンが応える。「きみたちは料理をしたんだ、後片づけはおれがする」

「そんな、気にしないで」止めようと立ちあがったが、彼はすでに歩きながら皿を集めている。「ペン、本当に気にしないでちょうだい。この夕食はわたしなりのあなたへのお礼なんだから」

「わかってる」彼はウィンクしてつけ加えた。「きみに全部させたら、デートにならないだろう」

リヴァーとサヴァナが笑いだし、わたしはふたりのうしろの壁がじゅっと焼けるぐらいのすさまじさでにらみつけた。なのにふたりは平気のへいざで、まったくいやになる。サヴァナなんて眉を上下させてみせるのだから、人を食っているにもほどがある。

ティーンエージャーの女の子ふたりを育てるのは、地獄の拷問のひとつと言えそうだ。

皿とグラスを集めるペンを残して、少女たちは廊下を逃げていった。子ども部屋のドアが閉まり、カチャリ、シュッ、カチッ、と鍵が三重にかけられる音がそれに続く。

「ごめんなさい、失礼なことをして」ふたりだけになるなり謝った。

彼はわたしの脇を通って皿をシンクへ運んでいく。「いいんだ。ふたりともいい子どもじゃないか」

「いい、っていうのは過大評価。でもふたりとも子どもなのは間違いない」

ペンはくすっと笑い、大きな両手のあいだにグラスを四つ挟んで持っていった。

キッチンの入り口でわたしは足を止めた。急に彼とふたりでいるには狭すぎるように感じた。

「真実か嘘か？」シンクに食器を置きながらペンが問いかけた。

「嘘」何をきかれるのか怖くて、反射的に答えた。

ペンは顔をあげ、口もとに美しい笑みを広げた。ああ、彼の笑顔は最強だ。

「いや、どういう意味かを尋ねたんだ……真実か嘘か？　リヴァーが言っただろう」

「ああ！」いつもの癖で、ネックレスにさがる星を指でまさぐった。「あれはわたしたちのあいだのゲームなの」

「おれにも教えてもらえるか？」

それに対する返事はひとつだ。「嘘。ええ、いいわよ」

ペンはあんぐりと口を開けた。「そういうことか。おれに関わらないでくれと言ったときに、きみが嘘と言ったのはこれだったんだな」

「嘘。いったいなんの話をしてるのか、全然わからないわ」

彼は笑い声をあげた。「こうなったら絶対に教えてもらうぞ」

「だめよ。教えられない」ついてないのを呪いつつ、床から洗濯カゴを持ちあげてカウンターにのせた。「お皿はこれに入れて。朝になったら、一階へ持っていって洗うから。覚えてる？　ここは水が出ないでしょ」

ペンのハンサムな顔に申し訳なさそうな表情が浮かぶ。「そうだったな。すまない」

「あなたのせいじゃないわ」彼のほうへ洗濯カゴを滑らせた。「わたしの見ていないところで魔法の杖《つえ》を取りだして、うちの水道管を錆《さび》だらけにしたのなら別だけど」

「それはやってないな。でも今週中に水が出るようにする。約束だ」

「無理しないで」

「コーラ、おれを見るんだ」

はっと顔をあげ、途端に体が固まった。

ほんの数歩しか離れていないのにさらに近づいたペンが、何かを求めているのは疑いようがなかった。「水道管はおれが引き受けた」

「わかったわ」ペンが止まり、その広い胸板がわたしの視界を占めた。彼の顔が見えないから、頭をうんとのけぞらせるしかない。

ペンはよくやるように、わたしのヒップに手を置いた。

すると必ずそうなるように、わたしの体に火がついた。

「これからはおれがたくさんのことを引き受ける。だから、信じてくれ」

自分を抑えることができずに、彼の引き締まった上腕に手をのせ、近づいた。「うれしいけど、あなたは自分が何を言ってるのか少しもわかってないわ、ペン」

彼がわたしの表情を探る。そのまなざしがわたしの唇へ吸い寄せられた。「充分にわかっている」

流れるような動きでペンの反対の手がわたしの腰へ滑り、タンクトップの下へ指が潜り込んで肌をくすぐる。

あっ、と小さな声が口から漏れた。甘い震えが全身を駆け抜ける。ただ触れられただけなのに、この感覚は何？

「ペン」吐息まじりにささやいた。

彼はわたしを引き寄せ、ふたりの体がぴったりと重なる。「理解したと言ってくれ、コーラ」

嘘ではなしに、本当に理解できなかった。彼が何をここまで真剣に約束しているのかさえわからない。そもそもどうしてわたしに約束しているのかも。

「わたしとは知り合ってまだ二週間でしょう」

「それは関係ない」

「そうかしら？」

ペンの手が背中を滑りあがり、てのひら全体がわたしの肌をあたため――思考をかき乱す。「大丈夫だ、コーラ。命を懸けて約束する、これからは何も心配することはない」

彼を信じたい。女はこういうことを夢見るものでしょう？　白馬の騎士が街に現れて、苦難の乙女を助けだす。けれどわたしはおとぎ話の世界の住人じゃない。わたしが暮らす世界では、善人が死に、逮捕され、消される。そんな人たちのリストにペンを加えるわけにはいかない。だけど、彼を遠ざけておくのもひと筋縄ではいかない気がした。

それだけの理由から、わたしはまっすぐ彼の目を見て嘘をついた。「あなたを信じるわ」

ペンはほっと安堵のため息をつき、唇の端を引っ張りあげてかすかな笑みを浮かべた。

わたしがつけ加えるまでは。「でも、あなたもわたしを信じてくれなきゃ」

笑みが消えた。「コーラ」

片手をあげて彼を黙らせた。「あなたとドリューがここへやってきた日、わたしもあの場にいたわ。あなたたちふたりとマルコス、ダンテが大いなるファミリーの愛で結ばれていないのは一目瞭然だった。でもあなたが理解していないのは、わたしならあのふたりの扱い方を心得ているってことよ。人生の半分以上、ゲレーロの相手をしてきたんですもの」

ペンの顎がこわばり、目が思案げに細くなる。

「計算しているの？　ええ、わたしは十六でニックと結婚した。十六でゲレーロのひとりになり、十六でゲレーロのひとりを埋葬した。危険なこと《ロデオ》をやるのはこれが初めてじゃない。マルコスとダンテは吐き気のするくそったれよ。でもふたりがわたしを殺すことはない。だけどあなたなら殺すわ。これは信じてちょうだい」

ペンの顔が暗く翳る。「連中にはおれを殺せない。マニュエルが――」

「マニュエルは刑務所の中にいる、実の娘が検察側の証人となったために。いい？　それ以来、彼とダンテ、マルコスは彼女の行方を追い続けているのよ。だからゲレーロ・ファミリーに逆らっても殺されることはないなんて、一瞬たりとも思わないで。敵だろうと、仲間だろうと、血を分けた家族だろうと、連中は逆らう者には容赦しない。わたしの言っていることがわかる？」

ペンは険しい顔つきでわたしを見おろしている。その顎がぴくりと引きつる。わかってくれるよう祈ったが、願いは届かなかったらしい。

「彼女はどこにいる？」

わたしははっとして頭を引いた。「彼女？」

ペンは唇をなめるとわたしの背後へ視線をそらした。けれどわたしをきつく抱きしめる手はゆるまない。「マニュエルの娘だ」

「カタリーナ?」

「そうだ」ペンはふたたびわたしと目を合わせた。「ドリューとおれにはつてがある。彼女のもとへ誰かやって、保護させることができる。住所を教えてくれるだけでいい」

不意に胸騒ぎがし、遠くで警報ベルが鳴るのが聞こえた。

カタリーナ、通称キャットがマニュエルの有罪を立証する証言をするまで、彼女はわたしの親友だった。ファミリーの中で彼女だけは、わたしのことを酸素の無駄づかいとか、一家の末っ子を奪ったあばずれとは見なさなかった。彼女はわたしを信頼してくれた。彼女自身、ファミリーからはただのお荷物扱いされていたから、たいしてわたしの力にはなれなかったが、努力はしてくれた。彼女の娘、イザベルが生まれた日、ニックとわたしはその場にいた。病院のベッドで、父や兄たちからいったいどうやって娘を守ればいいのと泣き崩れるキャットの手をわたしは握った。それから十年後、ついに彼女は手段を見つけ、娘とともに闇に紛れて姿を消した。

ファミリーはいまもキャットを探している。それはみんなで昔話に花を咲かせるためではない。もしも見つかれば、彼女が明日という日を迎えることはないだろう。

嘘の上手なわたしでさえ、キャットの行き先には心当たりがないことをマルコスとダンテに納得させるまで、丸ひと月のあいだ何度もぶたれた。イザベルの生物学上の父親からも、スーパーの駐車場で鉢合わせしてひどい目に遭わされている。キャットが夫をも捨てたことに彼は怒り狂っていた。思うに、いつものように妻を殴れない憤懣をわたしにぶつけたのだろう。もっとも、トーマス・ライアンズはゲレーロ・ファミリーの誰よりたちが悪い。彼は法律から隠れる必要がない。マニュエルを刑務所送りにした地方検事その人であるトーマスは、自身が法律なのだ。

キャットの行き先を知らないのは事実だ。そう、彼女はかなり頻繁に連絡してくる。そう、ニックの命日には毎年ホテルで会うようにしている。そう、彼女の逃走資金は、わたしがゲレーロの金をかすめ取って捻出した。そう、そのことがもしもばれたらわたしは殺される。とはいえ、わたし自身もこの暮らしから自由になりたいのなら、外から手を貸してくれる人が必要だ。

だけどいま、わたしを見おろすたくましく、謎の多い男性にキャットのことを質問され、奇妙な不安が胸をかすめた。まさかペンは彼女を探しているの？「カタリーナがどこにいるのかはわたしも知らないわ。裁判が終わるなり、娘を連れて雲隠れしたの。トーマスは何年も前に失踪届を出したわ。全国ニュースにもなったけど、その後の消息は誰も知らない」

「彼女が危険な立場にあるなら、教えてくれ、コーラ。彼女とその娘はおれが守る、きみのこともだ」

「きみのこともだ」

わたしを守ると言ってくれる誰かを寄越してと、何度天に懇願しただろう。そしていま、ゴージャスで、思いやりがあって、親切で、わたしの理想が具現化したような男性が、〝きみを守る〟とわたしを見つめて真っ赤な嘘をついた。

みぞおちを殴られたみたいな衝撃がわたしの喉から息を奪った。

別に驚くことじゃない。ゲレーロ・ファミリーから散々暴力を振るわれても、これまで生き延びてきた。

どんな痛みも、

どんな苦しみも、

どんな罵倒も……平気だ。

だけどこれは？　これはまったく新たなレベルの暴力、心を踏みにじるテロ行為だ。

ペンの胸をどんと押し、抱擁から逃れようともがいた。「放して」

すぐさま彼の両手がさがる。「コーラ？」

苦いものが喉に込みあげ、わたしは唾をのんだ。キッチンから飛びだして玄関へ直行する。世界を寄せつけないための鍵を――この場合、わたしを中へ閉じ込めている鍵だ――乱暴にひとつずつ開ける。

通路を指さして命令した。「出ていって」

「いったいどうしたんだ?」ペンは腰に両手を当てた。前腕の筋肉が盛りあがる。彼に魅力を感じたのは当然だった。ゲレーロがわたしの好みに合わせて選んだのだから。

そして針に餌をつけて投げ込み、わたしはまんまとそれに食いついた。ばか。本当に大ばかよ。

悔しさと失望が喉を締めつけてつかえる言葉を、無理やりに吐きだした。「出ていって。出ていって。出ていってったら!」

「何があった?」ペンは出ていこうとせずに問いかけてきた。「話してくれ」

わたしは震える手でネックレスを握った。

泣かないわよ。

泣かない。

泣かない……。

ああ。こんなにも傷つくなんて、どうしてよ?

ええ、ええ、わかっている。ニックが死んだ日に、誠実な男性は絶滅したわけではないのかもと夢を見たせいだ。

こんなわたしでも、また誰かと心のつながりを持つことができるのかもと期待したせいだ。

ペンに触れられると、どんなに慎《つつ》ましい触れられ方でも、感じてしまうせいだ。

それがいま終わった。始まりさえしないうちに。

「いくらもらってるの？」

ペンは困惑げに眉根を寄せた。「ここでの仕事にか？　週二百五十ドルとかだ。家賃は無料」

わたしは震えを隠すために胸の上で腕を組んだ。「カタリーナに関する情報をわたしからききだしたら、いくらもらえるの？」

彼の瞳が暗くなり、大きな体がさらに威圧的にふくれあがるが、ペンよりずっと大きな男とだってわたしは渡り合ってきた。これまで無傷で切り抜けてきたとは言わないけれど、ちゃんと生還している。

「いくらよ！」怒鳴りたてた。

ペンは降参のしるしに両手をあげた。「何を責められているのかさっぱりわからないが」

「嘘つき！」最後は意志に反して声が割れた。「わたしはカタリーナの居場所は知らない、わかった？　さあ、マニュエルのところへ飛んでいって伝えるといいわ。そのあとあなたの弟を連れて、わたしのビルから出ていって」大きく息を吸い込むが、焼けつくように苦しい肺は、この部屋にはもう酸素がないと訴えている。

そのときとても奇妙なことが起きた。ペンの顔つきがやわらぎ、瞳に光が射して、全身から力が抜けた。

注意深く足を踏みだし、声を低くおだやかに保って告げる。「きみは考え違いをしている。聞いてくれ。おれはマニュエルと会ったことは一度もない。おれがここにいるのは、断じてそいつに情報を伝えるためじゃない」

嘘に関してはちょっとした専門家のわたしにも、ペンは真実を言っているようにしか見えなかった。だけど、わたしの勘は一週間以上間違っていた。

「嘘を言わないで」

ペンがもう一歩近づく。わたしが思わずあとずさると、彼は足を止めた。ドアの側柱の角が背中に食い込むが、わたしは顔をしかめそうになるのをこらえた。

「きみに触れはしない」ペンは手をさげた。「話をしたいだけだ」

わたしはかぶりを振ってささやいた。「帰ってちょうだい」

ペンは祈るように両手を組むと、その手をあげて唇をそっと叩いた。「おれがここにいるのはマニュエルのためじゃない。カタリーナの力になりたいと言ったのは、彼女は子どもを連れて暴力的な家族から逃げていると、きみが話したからだ。きみはおれのことはたいして知らないが、おれは女に手をあげる男は許せない。マルコスとダンテがきみに手出ししないよう目を光らせているのはそれが理由だ。会ったこともないカタリーナって女性のために、危険を冒すつもりでいるのも。コーラ、いったん深呼吸をして、考えてみろ。この一週間、おれはきみを遠ざけようとしてきた。情報を引きだそうとなどしていない。きみが言ってることと矛盾しているだろう」

わたしは目をしばたたいた。頭の中では歯車がばらばらの方向に回っている。どうしてペンは真実を言っているように見えるの？　彼の顔に偽りの色はかけらも浮かんでいない。

それともわたしには見えないだけ？　期待は強力なレーダーさえも鈍らせる。

「だったら、なぜあなたはここにいるの？」

「いまここにいる理由か？　美人が夕食に招いてくれたからだ」

「一週間前なら？　そのときはどうだったの？　ごまかされないわよ。あなたは手に職があって、前科なし、ゲレーロ・ファミリーにはいっさい借りはないって言ったわよね。それならいったいここで何をしてるのか説明して」

ペンの瞳の中で感情が揺れ、彼はかぶりを振った。「コーラ、やめてくれ」

「簡単な質問よ」足は動かさずに顔だけ突きだし、詰問する。「どうして、ここにいるの？」

部屋の空気が冷たくなり、ペンの表情が恐怖に満ちた。「おれに無理強いはするな」

「何も無理強いはしてないわ。あなたの口から出る言葉をひとつでも信じなければいけない理由を説明したくないなら、話はこれで終わりというだけ」

わたしは彼をにらみつけた。

さあ、嘘をついてごらんなさい。

けれどわたしの心は叫んでいる。真実を言って、と。

わたしが疑っているような男ではありませんように、と。

わたしが求めているような男性であって、と。

わたしの心のそんな部分がささやいた。「お願い、ペン」

彼の全身がびくりと震えた。額にしわが刻まれて首を何度も横に振り、そのあとうなだれる。筋肉質の背中を力なく丸め、茶色い短髪に手を滑らせた。

それからペンは真実を告げた。聞きたくなかった真実を。

「彼女が死ぬのをおれは見ていた」かすれた声を出す。顔をあげたときのまなざしは初めて会った日のように重たげだが、もはや虚ろでもからっぽでもない。この世に存在するあらゆる感情が目の縁いっぱいまで満ち、そのひとつひとつが彼を芯まで切り裂いていた。「リサが。おれの妻が。彼女が死ぬのをおれは見ていた」

わたしの肺は締めつけられ、手がひとりでに動いて口を覆った。うすうす察してはいたが、それでもやはり虚を突かれたように感じた。

「リサはフリーランスのジャーナリストで、取材で出張中だった。〝フリーランス〟どころか、本当に自由にやってた。旅行が好きで、人との出会いを心から愛していた。おれたちの結婚生活はスカイプかフェイスタイムでのやりとりが大半だったと言っていい。仕事を辞めてくれと何度も頼んだが、彼女は仕事を手放すことができなかった。ネタを追うスリルは彼女の一部だったんだ」ペンは微笑むかに見えたが、思い出に打ちのめされてしまった。感情が出口を探して暴れているかのように、両手が震え始める。「リサとビデオ通話で話をしていたら……」言葉を切って咳払いする。「彼女がいたホテルの部屋に男がふたり押し入ってきた。リサは喉を切り裂かれた。とどめを刺すまでの二十九分間、異常者のゲームみたいに、やつらは彼女を殴り、ナイフで切りつけ続けた」彼は顔をゆがめてうなったが、怒りの矛先は自分自身に向けられている。

「そのすべてを見ていながら、おれは連中を止めるために何ひとつできなかった」

「一滴の水があれば救えたのに」通路でのあの夜に彼がつぶやいた言葉が脳裏によみがえり、わたしは胸の痛みを覚えながらささやいた。

　ペンはうなずいた。「リサのもとへ行くことができたら、救えていたんだ、コーラ。なのにおれは遠く離れた場所にいた。リサは助けを求めていた。泣いて、懇願して、血にむせて。だがおれは彼女がいるホテルの名前さえ知らなかった。妻の滞在先のホテルがわからないなんて、そんな夫がいるか？　彼女に尋ねさえしていれば、ああなることを止められた。おれは携帯電話を彼女とつなげたままにして、固定電話から警察に通報し、室内の様子や見えるものを教えた。警察が彼女を発見したのは三十分後だった。一分、たった一分、間に合わなかった」自分の胸に乱暴に指を突きつける。「おれのせいで。おれのせいで間に合わなかった。その事実は永遠に変わらない」

　ペンの胸にぽっかり空いた穴を奇跡で癒やそうとするかのように、わたしは手を伸ばした。その感情なら知っている。無力感。怒り。痛み。あの日、最後の息を引き取る夫を見つめていたときと変わらないほど、すべての感情を鮮明に思い出せる。ニックはわたしをかばって銃弾の雨を浴びた。最後の言葉は、〝大丈夫か〟。彼は死ぬときまでわたしが無事かを真っ先に心配してくれた。

ペンはわたしの手を握り、引き寄せて自分の胸に押し当て、もう片方の手を重ねた。「だから、おれはここにいる、コーラ。あの夜の記憶から逃れようと四年間もがいてきた。ドリューが釈放されたとき、おれは一からやり直す機会に飛びついた」身を乗りだし、その告白が真実であるのを感じさせるかのように、わたしのてのひらを胸に強く押しつける。

ある程度は成功だ。ペンの心臓の鼓動は偽れるものではない。まばたきするたびにニックの生気をなくした暗い目がまぶたの裏に映しだされる夜に、わたしの胸を叩くスタッカートと同じリズム。

「男たちは捕まったの?」小声で問いかけた。

ペンはうなずいた。「ふたりとも警官に射殺された」

「よかった」

わたしたちは無言で立ち尽くした。彼の鼓動がゆっくりになるのに合わせて、わたしの恐怖も薄らぐ。ペンの心境は理解できた。ニックを失ったあと、わたしも人生をやり直せるならなんでもしただろう。わたしの場合、やってはみたけれど、地獄の底へ引きずり戻されただけだった。そのあと、ふたたび挑戦した。

さらにもう一回。

さらにもう一回。

さらにもう一回。

毎回、最初と同じ結末の焼き直し。

やがてわたしは挑戦するのをやめて――計画を立てた。

「わたしも夫を亡くしたわ」こんなことを話すのはばかげている。でもそのときは、少しもばかげているとは感じなかった。

別々の出来事なのに悲しいほど似ている体験を、わたしたちは打ち明け合った。ほとんどの人が理解などできない体験を。どちらもその体験を背負わされ、二百キロのバックパックみたいな重さに足は地面にめり込んでいる。不意に、ペンの重たげなまなざしの正体がわかった気がした。あれは重荷だ。わたしの胸にのしかかっているのと同じ重荷。

こんなふうにペンの気持ちを理解できるのはつらい。だけど、ニックを失ってから初めて、自分も誰かに理解してほしくなった。

「通りを歩いていたときに、ニックが撃たれたの。あたり一面血だらけで、わたしは頭からつま先まで血を浴び、舗道の割れ目にまで血が沁み込んでいた。彼、大丈夫かってわたしにきいて……わたしに覆いかぶさったまま息絶えた。だけど、わたしの人生もあの舗道で終わった。その後は何もかも変わってしまった」

「コーラ」ペンはわたしの腰に腕を回し、大きな体へ引き寄せた。

彼が差しだす抱擁と慰めを、わたしはためらうことなく受け取った。

「ニックはわたしを二度救ってくれたようなものなの。父は異常に信心深い人で、ありていに言えば狂信者だった。父に言わせると、キッチンだけがわたしの居場所で、わたしは裸足で神に仕え、なんであれ男性の言うとおりにしないといけなかった。一方わたしは、窓の外をのぞける年になった頃から、世界を見たくてたまらなかった」力なく笑った。「有名になってお金をどっさり稼いで、世界中を見て回るんだって。願えば叶《かな》うと信じてた。そこへ現れたニックは夜空の星みたいに輝いていて、気がついたときには、父ではとうてい掘ることのできない真っ黒な大穴に転がり落ちていた。ゲレーロ・ファミリーは総出でわたしたちの結婚をやめさせようとしたわ。ふたりとも子どもだった。十六と十八。だけどニックはこうと決めたら何を言われても聞かなかった。それにどうしてだか、ニックは出会った日からわたしを——トラブルを抱え、彼に頼りきりの家出娘を——守ってくれた」

「サヴァナを預かることにしたのはそれが理由か？」わたしの背中をさすりながら、

ペンがささやく。「その年頃の自分に彼女の姿が重なるから？」

涙をこらえ、目もとを見られないよう彼の胸に押しつけた顔を横へ向けた。「そうね。リヴァーもそう。あの娘たちと暮らしてると、こっちの精神が参っちゃうけれど」

「ここで暮らす女性たちの世話を引き受けているのもそれが理由か」

わたしは肩をすくめた。「誰かがやらなきゃ」

「きみって人は」ペンがわたしの頭のてっぺんに顎をのせる。「それで、ニックはきみの世話を引き受けたが、いなくなってしまった」

「そんなところ。それからはいつだってひとりでやってきた。そこへあなたが現れて……あとはごらんのとおり。あなたはわたしを知らないし、厳密に言えば、わたしもあなたを知らない。でも、誰かの胸に寄りかかって、背中をさすられるのは……十三年くらい味わったことのない贅沢ね」

ペンはさらにわたしをきつく抱きしめた。彼の唇が頭の上に押し当てられた感触があり、すばらしい安らぎがわたしの全身を洗い流した。

わたしの過去を知っている人はごくわずかだ。胸の奥にしっかりしまっているほうが安全だった。だけどペンが相手だと、過去の話をしても、弱みをさらしているようには感じない。

　彼が相手だと、過去は隠すべきことだと少しも感じない。

「ばかみたいね。わかってる。それにごめんなさい、何か行動を起こしてと、あなたにずっと迫っていた。でも、こうなることがわたしには必要だった。この状態が何を意味するのであれ。どれだけ続くのであれ。わたしにはこうなることが必要だった」

最後は声が割れた。

「しーっ……たぶん、おれはきみに背中を押してもらう必要があったんだ」

　今度は頭の上にペンの唇をはっきり感じた。震えが背筋を駆けおりなかったとしても、きっと認識できた。

「コーラ、きみと一緒にいるのはおれにとって拷問というわけじゃない。だから、謝るのはなしだ、いいな？」

　ペンに関するわたしの勘は正しかった。彼は本物の、誠実な男性だ。

　ペンが深く息を吸い込んだ。「またきみを怒らせるかもしれないが、正直に話しておきたい。ニックのことはすべて知っていた。ドリューが話してくれた」

　彼の腕の中でわたしは固まった。

　そうだ。ファミリーに災難をもたらした悪魔のような女だと、マニュエルは長広舌を振るったに違いない。

背中を起こして抱擁から逃れようとしたが、ペンはわたしを抱きしめる腕をゆるめようとしなかった。

「コーラ、きみがやめてほしいと言いさえすればこの腕をほどく。だが、言わないでくれ」

わたしは動きを止めた。胸が痛い。「マニュエルはわたしのせいだと言った？ニックが死んだのはわたしのせいだと？」

ペンはかぶりを振った。夜になって伸びたひげがわたしの頬をくすぐる。「マニュエルがドリューになんて話したかは知らない。だがこれは約束できる、マルコスとダンテと顔を合わせたあとでは、ゲレーロのひとりが殺されたのがきみのせいだとは、おれもドリューも思わない」

それに関してペンは間違っていない。だけど……。

「ニックは彼らとは違うわ。本当に誠実な人だった。あんなにいい人はいない」

「きみが選んだ男性だ、おれたちはそれも疑いはしない」

どうしてこんなにほっとするのだろう。誰かにけなされる代わりに認めてもらうと。

体が彼の腕の中へ溶け落ちていった。

「アンジェラのアパートメントをきれいにしてくれたのは、ニックのことを知ってたから?」

ペンがため息をつく。ほんの一瞬、彼の腕から力が抜けた。「それもある。カーペットを処分したのは、おれの勝手な理由からだ。ビルの中に血痕があるとわかっていると、じっとしていられなかった。あまりに……とにかくだめなんだ。新しくリノリウムを貼ってソファを捨てたのはきみのためだ。おれにはアンジェラは赤の他人だが、きみにとってはそうじゃない。あの光景をもう一度きみに見せたくはなかった」

音のない嗚咽がわたしの胸を波打たせる。「ありがとう。本当に。ターキーベーコンバーガー、それにアパートメントから出ていってとわめくのが適切なお礼の仕方かどうかわからないけど……ありがとう」

ペンは体を引き離してわたしにそっと微笑みかけたあと、頭をさげて額を触れ合わせた。「おれはリサのことを話すのは好きじゃない、だが、きみがニックのことを話したいときは聞き役になる」

穴があったら入りたい。わたしは早合点してわめき散らしたのに、彼は思いやりとやさしさを示してくれている。うしろめたさで胃が痛くなった。「ごめんなさい、マニュエルの手先だって非難して」

ペンはわたしの鼻に自分の鼻をすり寄せた。「おれこそ、きみがそう思い込む理由を与えた。誓って言うが、おれはゲレーロの誰にも好感や義務感は抱いていない」少し間を空けてから続ける。「目の前にいる相手は別だ。この女性は恐ろしく強情で、おれと関わるのを頑としてやめないが、おれも彼女には少しばかり好感を抱いている」

頬が熱くなり、わたしは唇を噛んだ。

ペンがうめく。「参ったな、きみはどこまでキュートなんだ」

きれい、華やか、それかセクシーと言われるほうが好きだけれど、相手がペンなら、毎日キュートと言われてもよしとするわ。

「真実か嘘か、聞きたいのはどっち？」思わず言っていた。

彼の口もとが引き締まる。わたしが話題を変えたのに気づいたのは一目瞭然だ。

「今度は説明してもらえるのか？」

「これは嘘をつくことができるように、わたしが考案したゲームなの」

「ああ、なるほど。それを聞いて安心した」

嘘ばっかりと目玉を回してみせ――それに頭のおかしな女みたいににやにやしていたと思う――抱擁が続いているうちにと、ペンの上腕から肩にかけてを指でなぞった。

「質問されて、それに答えたくないときは、嘘をついてもいいけど、最初に嘘と宣言することに決まっているの。これなら信頼を裏切らないし、誰も傷つかない。そして真実は秘密のまま」

彼の手がわたしの背中を滑り、肩甲骨のあいだで止まる。「道理にかなっている」

「嘘を求めることもできるわ。心の準備ができてないとか、何かを聞きたくなければ」

「真実を求めているときは？」

わたしは肩をすくめた。「もちろん、真実を求めることもできるけど、きかれたほうにはそれを与える義務はない。そのためのゲームだもの。で、真実か嘘か、あなたが聞きたいのはどっち？」

ペンの笑みが薄らぐ。「きみに求めるのはいつだって真実だ。おれに隠す必要はない、コーラ。おれはきみが守らなきゃならない住人のひとりじゃないんだ」

息が詰まった。やめて。もうそれ以上そんなことを言うのは。うれしくてたまらなくなるから。

咳払いして言った。「わかった。それじゃあ真実よ。今夜あなたが玄関に現れたときにはカチカチになり、夕食後にはガミガミ女に豹変《ひょうへん》し、さらには元夫の話をたっぷり五分間とうとうと語ったのはさておいて、あなたとの〝デートじゃないデート〟はそう悪くなかった」

ペンの手がわたしの顔へとあがり、顎から頬へと撫であげて、わたしの髪を耳にかけた。「終わりはなかなかよかった、そうだろう？」

「もう終わったの？」笑ってしまうほどがっかりした。

「おれの背後の廊下にリヴァーとサヴァナが立っているのを考えると、デートのパートは終わりだろう。デートじゃないパートにつき合う時間ならまだある」

背伸びをしてペンの肩先をのぞくと、彼の言ったとおり、リヴァーとサヴァナがふたりして頭を突きだし、こっちを凝視している。

「コーラの怒鳴り声がしたから」サヴァナが弁解し、リヴァーの青ざめた顔がそれを裏付けた。

わたしはしぶしぶ抱擁を解き、たちまちペンから離れるつらさを感じた。廊下の奥へ進んでサヴァナの頬にそっと触れてから、リヴァーの肩に腕を回す。「それならなおのこと部屋の中にいるべきだったでしょ。そういうときは出てきてはだめだと、ふたりともわかってるはずよ。でも心配しないで、いいわね？　すべて大丈夫。ペンとわたしのあいだにちょっとした誤解があっただけ。いいニュースは、ペンはもう少しここにいて、一緒に『ムーラン・ルージュ』を観てくれるってこと」

ペンは両手をあげて抗議した。「おい、おい、おい！　それには同意してないぞ！」

子どもたちはふたりとも大笑いした。

ペンが苦笑する。

わたしは彼を見あげて顔をほころばせた。

自信を持って断言できる、これは初デートにしては上出来だ。

15

ペン

三人とも眠ってしまった。DVDプレイヤーのホーム画面が部屋を照らしている。サヴァナは悪趣味な茶色のラブシートの上に体を伸ばし、リヴァーはソファの隅に丸まっている。真ん中にいるコーラは脚を引きあげて踵をクッションにのせ、頭はおれの胸にもたせかけ、手はおれの腹に置いていた。

コーラの生いたちや亡くなった旦那の話を聞いたせいか、全身の神経が妙に高ぶっていた。こんな暮らしへ彼女を突き落としたこの世界が憎かった。もっとましな暮らしに値する女性がいるとしたら、彼女をおいてほかにいない。

コーラの体に回した腕に思わず力がこもり、彼女がもぞもぞと体を動かしたが、すぐに吐息をついてふたたび眠りに落ちた。

コーラはぴったり体をすり寄せるのが好きらしい。

彼女が求めるなら、おれはなんにだってなろう。

だが、この胸の中で安心して眠り、願わくば未来の夢を見ているコーラをいまから起こさなきゃならない。

彼女を残して帰らなきゃならない。

このアパートメントの外では別の暮らしが待ち受けている。

この仕事に感情は無用のはずだった。胸の中のぬくもり。コーラを腕に抱く圧倒的な充足感。身を焦がす欲望。

なのにどういうわけか、それらはすべておれの内側に存在し、ぐらぐらと煮える鍋のように溢れ返りそうになっている。

コーラの顔の曲線に沿って指を滑らせ、ささやいた。「コーラ。ベイビー」

んん、と声をあげるが目は開かない。

「おれはもう帰らないと。玄関を出たあと、ドアの鍵を閉めてくれ」

コーラは目をつぶったまま頭を起こした。「いま何時？」

彼女の片方の頬をてのひらで包み、親指で頬骨をぼんやりなぞった。「一時だ」

コーラはうーん、と猫のように両脚を伸ばした。「あー、みんなが時間どおりに仕事へ出かけたか確認しないと」顔をしかめて片目だけ開け、かわいい変わり者みたいにこっちを見あげる。「ハイ」

おれは微笑した。笑みが光となって全身に放射されるのを感じる。「ハイ」

「眠っちゃった、ごめんなさい」

「かまわないさ。きみの寝顔を眺めて楽しんだ」

「危ない人みたいに？」彼女がからかう。

「いいや、きみの鼻をつまんでいびきを止めようとしたのは危ないやつみたいだったかもしれないが。参考のために言っておくと、いびきは止まらなかった」

コーラはあんぐりと口を開けたあと、楽しげに大笑いした。「もう、嘘つき」

「ばれたか。本当はいびきはぴたりと止まった」

彼女はおれの胸を叩いてくすくす笑った。「わたし、この男性が気に入ったわ。ミスター・むっつりよりよっぽど楽しい」

おれは片眉を吊りあげてみせた。「それはおれのことだろうな。そうでなければそのミスター・むっつりに話があるぞ」

コーラはさらにくすくす笑ったが、今度は叩かなかった。おれの口を見つめたまま、胸板から首へ手を滑らせる。

それか、口を見つめているとおれが勝手に思っただけかもしれない。こっちが彼女の唇を見つめているから。コーラがひと晩中おれに向けていたまなざしを考えると、まだキスをしていないのはたいした奇跡だ。彼女が胸の内を吐露していたときに頭の上には何度かキスしたが、口にする度胸はまだなかった。

何か途方もなく愚かなこと――それにおそらく途方もなくすばらしいこと――をしでかす前に、ピンクに色づく三日月形の唇から急いで目をそらした。「おれは帰る。ドアに鍵をかけてくれ」

「了解」コーラはうめくように言って体を起こした。くしゃくしゃになった髪をかきあげ、手首から外したゴムバンドでポニーテールにまとめると、リヴァーとサヴァナに目をやる。「あらら、みんな寝落ちしたのね」

おれは立ちあがった。「ハラハラ、ワクワクの超大作だったってことだろ」

「ふうん、あなたが《ロクサーヌ》を口ずさんでるのを見たわよ」

「ポリスのカバー曲だぞ。きみは八十年代には存在さえしてないから、わからないだろうが」立ちあがる彼女に手を差し伸べた。

コーラは丸みのあるヒップを揺らして玄関の外まで先に立って進んだ。おれは子どもたちを起こさないよう、外へ出ると玄関ドアを閉めた。早朝の冷たい空気は、これから数時間もせずに太陽の熱気に取って代わられるだろうが、いまはまだひんやりとしている。

「今夜は楽しかった」コーラは両腕で自分を抱きしめ、寒そうに肩をこすった。

歩み去れ。自分のアパートメントへ戻るんだ。自分が何者で、なぜここにいるのかを思い出せ。自分にそう命じたが……。

「ほら」おれは両腕を広げた。

コーラがためらうことなく胸の中に入ってくる。

彼女を抱きしめ、夜気の寒さを——この胸に居座る冷たさを——追い払った。「寒くなくなったか？」

「ええ」コーラはささやいて体をすり寄せた。「今夜はありがとう。本当に楽しかった。いびきをかいちゃったけど」

おれはくすりと笑った。「おれも楽しかった、コー。きみが逃げないようしっかり抱え込んでるあいだに告白しておくが、実は、おれはマスタードが大好きだ。ただし、それはおれの最大の欠点ではないことも警告しておく」

コーラは大げさに息をのんでみせた。「トイレの便座をあげっぱなしにするのね？　それとも、脱いだ靴下をまた履くとか？　まさか、下着はぴちぴちのブーメランパンツだとか言わないで」

「おれはノーパン派だ、コーラ。おれがブーメランパンツを押し込んでると思うか？」

彼女がくすくす笑う。くそっ、かわいくてたまらない。

胃がねじれ、止める前に口から言葉が飛びだしていた。「なぜきみはこんな世界に暮らしてるんだ？」

彼女の体が硬直する。だがコーラはおれの腕の中から出ていこうとはしなかった。背筋を撫でてやるうちに彼女の緊張がほぐれた。

「嘘」彼女がささやく。「ここが好きなの」

コーラにこんなことを言わせる状況に怒りを覚えたが、慎重に抑え込んでつぶやいた。「ああ、もっともだ」

コーラは頭をそらして胸板に顎をのせ、おれを見あげた。「それじゃあ、また明日」

「また明日」最後にもう一度抱きしめ、両腕の反抗を抑え込んで彼女を放した。

玄関ドアへ向き直る彼女を見つめた瞬間、血液が体中を駆けめぐる。

「コーラ？」中へ入りかけた彼女を呼び止めた。「きみのゲームで半分だけ真実の場合はどうなる？」

彼女は頭を横に傾けて肩をすくめた。「そうね、別々にふたつ言うことになるんじゃないかしら。真実をひとつ、嘘をひとつ」

「じゃあこうだな。伝えておきたかったんだ、今夜少なくとも十二回はきみにキスをすることを考えなかったと」胸の中で激しくなる嵐を押し返して笑顔を作る。「で、いまのは嘘だ」

コーラがはっと息をのみ、唇が開いた。美しい驚きの表情が、さらに美しい顔いっぱいに広がる。「ずるいわ」ささやき、手をあげて唇に触れる。おれは自分の唇に触れられているように感じた。「初めてでそんなにうまいなんて」

「ビギナーズラックだろう」

コーラの顔が輝き、視線がすっと床へさがる。おれは思わず膝を曲げて彼女を視界にとどめておこうとした。あの笑顔を見逃したくない。

「十二回？」コーラが尋ねる。

「プラスマイナス三パーセントの誤差を勘定に入れてくれ」

彼女がふたたび視線をあげる。その輝くまなざしに、おれの胃は締めつけられた。

「たったの三パーセント？」

「それも嘘かもな」彼女にウィンクしながらも、胸の中では世界を呪っていた。

コーラはもじもじと体を揺らした。「誤差が本当はどれくらいか、また別の夜に調べられるかしら？　その、調査研究のために」

「デートの誘いのように聞こえるな」

「そう？　そう聞こえる？」うれしげな声と色づく頬が、おれのみぞおちにダブルパンチをお見舞いした。「じゃあ、ありがとう……何もかも、ペン」

おれはうなずいた。「おやすみ、コーラ」

「おやすみなさい」

彼女がドアを閉めるまで見守った。そのあと三つの鍵すべてがかけられる音がするまでそこに立っていた。

それからようやく深呼吸をし、自分の運命に向き合う準備をした。

おれがアパートメントの中へ入るなり、ドリューはソファの上で体を起こした。

「どうだった？」

「おまえの考えたとおりだ。彼女はカタリーナの居場所を知っている」

16

コーラ

ベンが帰ったあと、眠れなかった。全員から帰宅の連絡が入り、地平線から太陽がのぼって、ベッドから出て働きだす時間になるまで、頭がどうかしたみたいに頬をゆるめて天井を見つめていた。

その日の日中は、ベンと二回顔を合わせた。最初は通路ですれ違い、彼はにこりとした。感じのいい、他人行儀な笑み。

いやな気持ちになった——どうしようもなくいやな気持ちに。

けれど、次にわたしのアパートメントの廊下で、奥へ向かうわたしの脇を通り抜けたとき、ベンはわたしの手の甲を指先でなぞってセクシーなウィンクを投げ、わたしの脚をもつれさせかけた。

その日の夕方六時半ぐらい、わたしは少しのあいだだけソファに腰をおろし、そのときの光景を頭の中で再生していた。

数時間後、音高くドアが叩かれ、深い眠りから目を覚ました。頭が混乱して跳びあがり、部屋の中をうろうろし、誰もいないとほっとしたところでノックの音がふたたび響いた。

「ああ、もう」われに返りながらつぶやいた。「んん……誰？」

「ペンだ。バスルームの水道管をもう一度調べてもいいか？」

時計に目をやった。九時を回っている。あのふたりは長時間働くが、さすがにこれはオーバーワークだ。でも、だめよと断るつもりはなかった。今日一日中、ペンと話したくてうずうずしていた。

「ええ、もちろん」自分の格好を見おろす。着古している上に染みのついたヨガパンツ、白のタンクトップ。その下はノーブラ。これはまずいわ。「ちょっと待っててくれる？」

返事を待たずに寝室へ駆け込んだ。オーケー……いままでソファで意識を失っていた女には見えないよう、きちんと服装を整えるという手もあるけれど、髪の寝癖と片方の頬についているソファの跡は隠しようがない……。

それか、そこまでひどくないショートパンツにはき替えてブラをつけ、髪はひとつにまとめ、ガムで寝起きの口臭を消すか。

どちらも気は進まない。でも二番目の選択肢に決めた。

ポニーテールの毛先を指で梳《す》きながら、バタバタと玄関へ引き返し、途中でガムを捨てた——もしも、ってこともあるでしょう？

「待たせてごめんなさい」

ペンはわたしの頭からつま先へ視線をおろした、その顔から笑みが消える。「すまない、眠ってたのか？」

わたしは脇へどき、入るよう身ぶりでうながした。「まあね。ソファで気を失っちゃったの」

彼は大きな赤いツールボックスを携え、通路から動かない。「電話すべきだったな。起こすつもりはなかった」

「いいの。どのみち起きないといけなかったから」

ペンの笑みが戻ってくる。「それは真実か？」

わたしは返事に窮して天を仰いだ。彼にあのゲームを教えるんじゃなかった。「降参。いいえ、いまのは嘘」

ペンはようやく敷居をまたいだ。「どっちでもいい」そのままキッチンへ入っていく。キッチン？　彼はカウンターにツールボックスを置いた。ますますどういうことだろう。

ペンがツールボックスの蓋を開けると、テイクアウト用の白い容器がふたつ現れた。「今夜はタイ料理なんてどうだ？」

「レストランの？　うーん、どうかしら。タイ料理は食べたことないの。ツールボックスから魔法かなんかでぱっと取りだすやつなら、遠慮しとく」

彼の顔が愉快そうに輝く。「おいおい、レストランのテイクアウトに決まってるだろ。ここへ運ぶのを見られたくなかっただけだ。おれたちの関係が噂《うわさ》になるのはいやだろうと思ったんだ」

わたしの背筋がぴんと伸びる。「わたしたち、関係を持ってるの？」

ペンが微笑する。「いいや。目下のところ、なんの関係もない関係だ。だがタイ料理と」ベーカリーの箱を取りだす。「カップケーキ六個でそれに変化があればと期待はしてる」

わたしはあ然として胸を握りしめた。「嘘！　あなたってツールボックスを持った筋肉質のメリー・ポピンズだったの？」

ペンがぷっと噴きだす。「まずひとつ、おれの筋肉に気づいてくれてありがとう。ふたつ目、おれはモーリー・ポピンズだ。メリーは遠縁の親戚に当たる」

わたしはくすくす笑いながら彼からベーカリーの箱を受け取ると、中をのぞいて悶絶した。ああ、神様、生きていてよかった。チョコレート味のカップケーキの上でたっぷりのチョコレートクリームが渦を巻き、スライスされたチョコレートがさらにトッピングされている。これはその辺のスーパーで売っているカップケーキではない。このひと口サイズの天からの恵みは〈ディライラ〉のものだ――小さいけれど、誰がなんと言おうと、わたしの中では世界一のベーカリー。そうね、シカゴ一にすぎないかもしれない。よそを旅したことはないから、比べようはない。

〈ディライラ〉までは優に二十分かかるが、口の中でとろけるクリームをひと口食べるためだけでも、行く価値はあるというものだ。毎年自分の誕生日にはお店まで行き、昇天すること請け合いのスィーツを三十ドル払って六個買い、自分へのご褒美に、それからの数日は朝食と昼食と夕食に一個ずつ食べることにしている。だけど、それを知っている人はほとんどいない。

というか、ひとりきりだ。彼女の誕生日にも六個買ってあげている。

鼻の先へ箱を持ちあげて胸いっぱいに息を吸い込み、ふうっと吐きながら確認した。

「モーリー、どんな手を使ったの？」

ペンの口の片端が吊りあがる。「リヴァーに手伝ってもらったかもしれないな、これと引き換えに」魔法のツールボックスからカップケーキをさらに出してみせる。

「ワーオ」わたしは自分の持っている箱と交換した。

うち三つはバニラクリームにカラフルなチョコスプレーを振りかけたバニラ味。これはリヴァーのお気に入りだ。残りの三つはすべて違う。ひとつはレッドベルベット。ひとつはレモン味だろう。最後は、においから判断するにピーナッツバター——リヴァーの大嫌いな味。

「リヴァーがピーナッツバターを選んだの？」

ペンは首のうしろをかいた。「いや、サヴァナはどれがいいかわからなかったから、自分で見当をつけたんだが」

わたしは目をぱちくりさせた。もう一度ぱちくりする。そのあとは急にまばたきを止められなくなった。

はじまりは指先からで、百万本のピンでつつかれているみたいに、腕から胸へぞくぞくした感覚が伝わり、身動きできずにいるわたしの息を奪った。

ペンは少女たちにもカップケーキを買ってきてくれた。

彼の週給の十パーセント以上に当たる、三十ドル分のカップケーキを。しかもサヴァナがのけ者にならないよう、十五ドル分は自分で見当をつけて選んでくれた。喉が苦しくなってわたしはうろたえた。小さくあえいで必死に酸素を取り込もうとする。

次に感じたのは鼻につんと来る刺激だ。ちくちくする目の痛みがそれに続く。いやだ、泣きそうになっている。

どうしよう、どうしよう。ひとりで部屋に隠れているんじゃないのに、泣きだしてしまう。

「ごめんなさい」しゃがれた声を出して、箱をカウンターに置く。逃げだそうとしたとき、ペンの手がわたしのうなじを包み込み、動けなくなった。

「コーラ?」いったいどうしたんだ、と問うのがはっきり聞き取れた。

わたしはぶんぶんと首を振った。涙に抗うが、負けそうになっている。

泣き顔を見せてはだめ、と自分に命じる。困ったことに、わたしの涙腺には命令が伝わらなかったらしい。瞳の端からぽろりと涙がこぼれ、ほかにどうしようもなく、わたしはペンの胸に顔を押しつけた。彼はすぐにわたしの体に両腕を回し、片腕はわたしの肩を抱き、反対の腕はわたしの腰を包み込んで、ふたりの体をぴたりと重ね合わせた。

「話してくれ」ペンがささやいた。

「あなたが……カップケーキを買ってきてくれたことに、わたしの感情がある種のアレルギー反応を起こしてるみたい」彼のシャツに向かって話した。

ペンはすぐには反応しなかった。少し遅れた彼の反応は、わたしが予想していたものとはまったく違っていた。

深く豊かな笑い声が彼の喉から響き渡る。それは自由で屈託のない笑い声で、ペンに関してわたしが知っていることすべてと正反対だった。彼がくすりと笑うのは耳にした。笑いをこらえるのも。でもこれは……違っている。

この響きは美しい。

ペンの表情を見たくて、まだ頬が涙で濡れているのもかまわずに、ゆっくり顔をあげた。

それと同時にペンがわたしを見おろし、大きな笑みが唇に広がった。「きみはカップケーキのせいで泣いてるのか？」

「泣いてないわよ。ちょっと……鼻がむずむずしただけ」

彼は親指でわたしの目の下をぬぐい、こちらに見えるようその指を掲げた。「水漏れしてるぞ」

わたしはふんと怒ってみせた。「いいわよ。あなたの口と同じで医学的症状と考えてちょうだい。そう言えば、あなたの〝笑い〟によく似た症状には、新たに声まで加わったことを指摘しておくわ」

ペンがウィンクする。「秘密にしておいてくれたら、きみの秘密も守ろう」

「オーケー」彼の胸から体を起こそうとすると、ペンは首を横に振り、わたしをきつく抱え込んだ。

「だめだ、話がある」

この言葉を聞くとふだんはぎくりとする。話は質問を意味する。そして質問は、嘘をつかなければならないのを意味する場合がほとんどだ。けれどペンはまだ微笑んでいて、わたしはわたしで彼の抱擁に満足しきっていたから、抵抗はしなかった。

「何について？」

ペンは廊下に目をやった。「ふたりはどこにいる？」

「映画を観てるわ。二階の――」考えがふと頭をよぎり、言葉を途切らせた。「待って……あれもカップケーキで買収したの？」

「いいや。現金でだ」

「ペン！」

「ん？」彼がふたたび笑い声をあげる。想像したとおり、すてきな笑顔だ。「ミュージカル映画をまた観せられる危険は冒せないからな。ゆうべ棚に『シカゴ』があるのにおれが気づかなかったと思うか？」

わたしは彼の首に両腕を回した。「ワオ、そこまでしてキャサリン・ゼタ＝ジョーンズのヌードシーンを避けたかったの？」

「彼女のヌードシーンがあるのか？」

わたしは肩をすくめた。「あなたが知ることは永遠にないかも」

ペンはわたしの肩に顔をうずめ、もう一度大笑いした。

わたしも一緒に笑いだした。寄りかかるわたしの体重を彼が受け止める。

それからペンはわたしの全体重を受け止めた。

きゃっと声をあげるわたしの体を彼が抱きあげる。

「何をしてるの？」笑い続けるわたしを、彼はシンクの横のカウンターにのせた。

ペンはわたしの両脚が開き、そうするのがこの世で最も自然なことであるかのように、そのあいだに体を割り込ませた。たぶん、そうなのかもしれない。胃の中では蝶の群れが大騒ぎしているけれど。わたしはペンの首を抱えたままだ。彼は背中を曲げてわたしのヒップの両脇に手をつき、顔を接近させた。大接近だ。ふたりで同じ息を吸うみたいに。もっとも、わたしは息を吸うどころではなかった。

彼のブルーの瞳がわたしの瞳をとらえ、口の中がからからになる。彼の目はすべての問題を背負っているようにはもう見えなかった。蛍光灯の鈍い明かりのもとでさえ、楽しげに明るく輝いている。「きみにサプライズがある」

「どんなサプライズ？」わたしはささやいた。「カップケーキよりいいもの？」

「そう思っていたが、きみは泣きだしたからな。どうだろう」

わたしは彼の肩をつねった。「それは秘密よ！　忘れたの？」

「そうだった。ごめん」ペンは下を向いたが、あんな大きな笑みは隠しようがない。

彼を破顔させたのはこのわたしだ。そう思うと胸が躍った。

「目をつぶって」ペンが命じた。

「開けたままじゃだめ？」

大きなてのひらがわたしのうなじを包み込み、ペンはふたりの鼻をこすり合わせた。

「目をつぶらないとサプライズもなしだ」

蝶の群れどころじゃない――象の群れがおなかの上をズシンズシンと踏みつけていく。唇をなめて彼の指示に従い、まぶたを閉じた。

するとペンは体を引いていなくなった。なんだ、がっかり。

わたしは肩を落とした。「えっと……ペン？」

「だめだ。目は閉じたまま」どこかすぐそばで彼が言う。キュッ、キュッ、とナットを締めるような金属音が聞こえた。

「せめてヒントをもらえない？」

「そうだな」ペンはふたたびわたしの脚のあいだに戻ってささやいた。「濡れていて、あたたかいものだ」彼の声がかすれ、わたしの膝のすぐ上に置かれた両手が太腿へと滑る。ショートパンツの裾で止まるが、生地の下へ親指が潜り込み、やさしく円を描く。わたしは息をのんだ。「出会ったときから、これをきみに与えたかった。きみのなめらかな肌に余すところなく降り注がせ、その完璧な唇を濡らして……」

全身がぞくぞくし、心拍数はマラソン中のペースに跳ねあがる。ペンの唇がわたしの唇に重なるのを待っているあいだ、喉が締めつけられた。彼の舌がわたしの唇を開かせ、ゆっくりとしためくるめくリズムを刻み始めるところを想像したものの……。

残念ながら、ペンは言葉での誘惑を続けるばかりだ。「ベッドに横になっても、どうすれば叶うのかと悶々と考えあぐねる夜もあった」

わたしの喉から切ないうめき声が漏れた。そのとき、奇跡中の奇跡が起き、彼の唇がわたしの唇をふっとかすめた。厳密にはキスではないにしても、まったく違うとも言いきれない。

「ペン」彼のたくましい肩を握りしめ、硬い筋肉に爪を食い込ませた。

「心の準備はできてるか、コーラ?」

何回もうなずいてから、ようやく言葉を探しだした。「ええ」

「手を出して」

期待が限界までふくらみ、わたしは催眠術にかかったようにすぐさま従った。

ざらざらする彼の指がわたしの手の甲に回される。てのひらを上にして、ペンはわたしの腕を横へ伸ばさせた。

そのとき、感じた。

彼が描写したすべてを。

わたしが彼に頼んでおいたすべてを。

それでいながら、その瞬間のわたしの望みとはかけ離れたものを。

「ペン!」キッチンの蛇口から流れでる水がふたりの合わさった手を叩き、わたしは驚きの声をあげた。ぱっと目を開けると、彼はわたしの前に立ち、口もとに小憎らしい笑みを浮かべている。

ペンはそらとぼけた。「どうした？」

彼の胸板をどんと突いたが、びくともしない。「いまのは意地が悪いわよ」

「ちょっと待った、おれがなんの話をしてたと思ったんだ？」

わたしはにらみつけた。「さあ、何かしら。濡れていて、あたたかくて。あなたがベッドに横になり、わたしにそれを与えることを夢想していた」

ペンはびっくりした顔でわたしをからかい続けた。「驚いたな、そんな卑猥《ひわい》なことを想像してたのか？」

わたしは大笑いし、濡れた指をはじいて彼の顔に水しぶきをかけた。「セックスを想像してたんじゃないわよ！」

ペンが自分の肩で頬をぬぐう。「ならなんだ？　キスか？　額にチュッと？　それともっと下か？　そこは詳しく言ってくれ」

顔から火が出そう。「もう、いいでしょ。水の話をして。ついに修理が終わったの？」

彼の返事はわたしの腰に腕を回すだけだった。カウンターの縁へ引き寄せられる。

わたしは悪態をついてペンの胸に拳をぶつけたが、そのとき太腿の合わせ目に彼のファスナーが当たった。

ペンの笑みが別の意味を帯びる。彼はベルベットみたいになめらかな声でささやいた。「試してみようか、額へのキスを」

「はい、はい」彼の胸を押した。とにかく逃げだしたい。「もうバスルームも水が出るの？　見せて」

「あそこはまだだ。水道管をつながないとな。でもその前に、もう一度目を閉じてくれ」

わたしは逃亡計画を強行しようと体をよじった。「今夜はもう充分サプライズをもらったわ」

ペンはわたしの頭のうしろに手をやって髪を握り、目が合うまで上向かせた。彼の表情からは笑いが消えているが、欲情の名残はまだそこにある。「〝わたしの経験〟から学んだことは、もう忘れたか？」

ごくりと唾をのみ、首を横に振った。

「ご主人が亡くなってから、誰かとつき合ったことは？」

わたしの瞳がかっと燃える。「ないわ、その前もあとも」

「わかった。つまりお互いに少し勝手が違うわけだ」ペンは空いている手をわたしのふくらはぎへ滑らせると、自分の腰に絡めさせた。「その言葉を言ってくれ、コーラ、そうすれば息の仕方を忘れるまできみにキスしよう。だが今夜はそこまでだ。ゆっくり時間をかけよう。お互いを知り、信頼を築き、少しずつ慣れていくんだ」声がかすれる。「がっかりした顔はよせ、ベイビー。口でもたっぷり楽しめる。きみはただその言葉を言えばいい」

象の一団が行進を再開し、喉が詰まった。「具体的には何を言うの？」

「なんだってかまわない」

「言えばわたしが息の仕方を忘れるまでキスするの？」

ペンの口がぴくりと動く。「そう言っただろう」

唇をなめて気のきいた返事を、できれば〝その言葉〟を含む返事を思いつこうとした。だけど頭には何も浮かばず、腹立ち紛れに嚙みついた。「額へのキスでそんなのは無理よ」

彼はにやりとして鼻と鼻をこすり合わせ、吐息にのせてささやいた。「言って自分で確かめればいい」

水が流れるすてきな音を聞きながら、わたしはペンの瞳をのぞき込んだ。

男性にキスをねだるのはなんだか悔しい。

だけど、彼はわたしに主導権を渡すことにより、安全をも与えてくれた。

わたしにはそれが必要だと気づかれたのはいやだった。けれど、わたしに関するささやかな知識を、ペンは利用するのではなく、わたしを安心させるために使っている。

だから、恥ずかしさはかけらも感じなかった。「キスして、ペン」

17

ペン

コーラと恋に落ちる必要はない。ドリューはおれにそう言った。寝る必要さえない、と。

だがここまで来たら後戻りはしない。彼女にキスをせずにはいられない。

コーラ・ゲレーロがおれを求める理由は見当もつかないが。

何度も彼女を追い払おうとした。血管に酸が流れ込むようだったが、ドリューに関心を向けさせようともした。あいつならコーラの面倒を見てやり、しかもゲームを終わらせることができる。

おれには墓が待っている。

しかし、これが彼女がおれに望むことなら、拒みはしない。

理性や理屈で説明できないほど、おれがコーラに惹かれているのは神も知っている。

だから、理性的になるのはやめにした。

タイ料理と彼女の愛するカップケーキを買って帰り、リヴァーとサヴァナを買収して留守にさせ、なんであれコーラを満足させられるものを自分も受け入れようと腹を決めた。

蓋を開けてみると、求めているものはお互いによく似ていた。

たとえば、おれの唇で彼女の口を封じること。

そして最終的には、コーラの両脚のあいだにおれの体を沈めること。

このろくでもない状況で勝利を収める者が誰かいてもいいはずだ。

なら、どうして彼女じゃいけない？

昼はコーラを幸せにして過ごし、夜はどちらも満ち足りて過去を思い出せなくなるまで、ベッドで彼女を抱いて過ごすこともできる。それこそ彼女がおれに求めるすべてかもしれないじゃないか？

現実からの逃避。

すべてを忘れさせてくれるあたたかな体。

コーラをあがめる男。

おれならそのすべてを与えることができる。

そのあとのことなどわからない。

だが、おれがここにいるあいだは彼女のつらさをやわらげてやれる。

出ていくときには、星の数ほどの思い出を拾い集め、自分を責めることになるとしても。

「キスして、ペン」

コーラが繰り返す必要はなかった。

目を開いたまま顔を寄せ、少しだけ首を傾ける。そして一片の後悔もなく唇を触れ合わせた。彼女の長いまつげが伏せられ、おれはもう一度見つめてから、自分も目を閉じた。

コーラの両頬を包み込み、胸の痛みが消えていくのに身を任せた。

恐れていたとおりのやわらかな唇だった。あたたかで、しなやか。口が開いておれを迎え入れる。

彼女の舌が自分の舌に触れたとき、おれはうめき声を漏らした。彼女はどんな味がするだろうと、自分で認める以上に何度も想像してきた。答えはミント味、やわらかく、なめらか。彼女らしい。

コーラは夢中になってペースを速め、おれは喜んで従った。舌がおれの舌に絡まり、指がおれの髪へ滑り込む。コーラはおれに逃げられるとでも思っているかのように、腰に両脚をきつく巻きつけてきた。もっともいまこの瞬間、地球が軸から外れて転がったとしても、おれはどこへも行くつもりはなかった。

コーラの肩から脇へと手を滑らせ、胸のふくらみを親指でなぞる。彼女の唇から力が抜けて甘い声が漏れた。おれは飢え死に寸前の男みたいに彼女の吐息をむさぼった。もっとほしい。

もっと彼女に与えたい。

コーラはキスを中断すると、おれのTシャツをめくりあげだした。悪態がおれの喉からほとばしる。彼女はおれの首を抱え込み、軽く歯を立てて肌に滑らせた。彼女の爪が割れた腹筋をなぞって下へ向かい、ジーンズのウエストをまさぐる。おれは鋭く息を吸い込んだ。

「脱いで」コーラが命じた。

さっきは〝ゆっくり時間をかけよう〟と言った。

あれは大嘘だった。

おれは息を切らして動きを止めた。デニムの下では準備万端の下半身がうずいている。「ジーンズか、それともTシャツか？」

コーラはくすくす笑い、喉にキスの雨を降らせたあと、おれの耳を噛んだ。「ノーパンの方針に変更は？」

「ない」

「なら、まずはTシャツね」

次の鼓動とともにTシャツは脱ぎ捨てられ、おれの唇がふたたび彼女の口を封じる。

今度はふたりしてうめき声をあげた。

ぴったり重なった上体のあいだにコーラの大きな胸が挟まっている。だが彼女の服が邪魔だ。

「絶対にやめてほしいことは？」

「ないわ」

「コーラ」ちゃんと教えてくれないと。

「黙ってわたしに触って、ペン」

それならできる。

彼女のタンクトップも床へ放られ、シンプルな白いブラが現れた。尖った胸の先端が生地を押しあげている。おれは胸の谷間へと飛び込んだ。舌を這わせて唇で吸い、繊細な鎖骨へとあがっていってから、ふたたび下へ向かう。

コーラは切なげな声をあげて頭をのけぞらせ、おれの髪を握りしめて体を支えた。情欲を刺激する頭皮の痛み。なまめかしく息を切らす彼女の声。こういうのなら耐えられる。

だが、おれを求めてファスナーをこするように動く彼女のヒップには耐えられない。

「だめだ、ペースを落とそう」うめくように言った。

服をすべて脱いでくれ。頭の中ではそう叫ぶ。

コーラが身を乗りだしたので、おれは背中を起こす形になった。彼女の片手がおれのジーンズのうしろ側から下へ滑り込む。尻を握っておれの肩を甘く嚙み、「ペースを速めて」と彼女がささやいたとき、おれは微笑せずにはいられなかった。

「これ以上速めたら、おれはきみの中だ」

コーラは唐突に手を止め、顔をあげた。大きく見開かれた瞳には読み取りがたい感情が揺らいでいる。

ペン、わたしの経験では……。

氷入りの水を頭からかぶったように後悔に襲われ、おれはあとずさろうとした。しかし彼女はふたりの距離が開くのを拒絶した。

「いまそのつもりはない。きみの望むがままにどんなキスでもしよう。だが、いまはそこまでだ」

コーラは首を横に振った。「待って、ペン、わたしは――」

「説明は要らない。おれたちにはルールがある。ズボンははいたまま。ウエストから上はすべてオーケーとする」

彼女が口を開くのをもう一度キスをして封じた。

「おしゃべりは終了だ」コーラのヒップを両手でつかんでカウンターからおろす。

コーラの両脚はふたたびおれの腰に巻きつき、ふたりの唇がもう一度重なる。舌を躍らせ、攻め合いながら彼女を抱え、壁にあちこちぶつかりつつ、キッチンから運びだした。

ソファまでは十キロばかりありそうだが、ふたりの唇が溶け合っていれば、景勝ルートのように楽しい道のりだ。

ふたりでソファに横たわるまでにかかった時間は、十秒から百年のあいだのどこか。

おれはコーラの体が描く曲線の目録を作り、彼女はおれの背中を腰から肩まで探索した。

おれはジーンズをはいたまま。彼女のブラは定位置にとどまっている。

だが、ふたりの体がひとつになって、岸辺を見つけることのできない波のように転がり続ける様子は、あまりに官能的だ。おれは熱に浮かされた漂流者で、永遠に発見されないよう望んでいた。

狂おしい熱情がようやくふたりの体から引いたとき、おれはソファの上に横たわり、コーラの胸はおれの胸板に押しつけられていた。ふたりの鼻はほんの数センチ離れているだけで、彼女はおれの腕に頭を預け、おれの指は彼女の腰をまさぐっている。

どちらも息をあえがせていた。

どちらも肌が湿り気を帯びている。

そしてふたりの心臓の轟きが一階まで聞こえているのは疑いの余地がなかった。

「ワオ」目をつぶったままコーラがつぶやく。

「同感だ」おれは彼女の唇に最後にもう一度キスをした。「いまのはこれまでで最高にホットな額へのキスだった」

コーラはくすくす笑い、おれの胸に頬をすり寄せた。「額には一度もキスしてないと思うけど」

「そうだったか？　おれには人体構造は昔から謎だ」

「わたしがズボンをはいたままの理由がそれでわかった」

「言ったな」脇腹をくすぐると、コーラは明るい笑い声を喉からほとばしらせた。おれはやってみたところで微笑むのをやめることはできなかっただろう。もはややろうともしなかったが。

身をよじるコーラを腕の中に抱え込んできつく抱きしめた。コーラはグランドピアノで、その笑い声はおれの最初の——そして最高の——交響曲《シンフォニー》であるかのように、指を彼女の脇腹に上下に滑らせて演奏する。

「ペン！」彼女は悲鳴をあげ、おれの指から逃れようと体をくねらせた。

「コーラ！」その口調をまねる。

それから目を閉じ、コーラが差しだすぬくもりをすべて残らず吸収した。

そのぬくもりはじきに消えるのだから。

おれと同じように。

18

コーラ

「いやだ！」わたしは悲鳴をあげて横向きに倒れた。かろうじてビールは無事だ。自分のアパートメントの廊下に座り込んでいたから、木製の床までは短い距離だった。ペンはバスルームにいて、わたしと鏡合わせの姿勢を取っているが、こっちが恥ずかしくて死にそうになっているのとは違い、手にはレンチを持ち、体をふたつに折って大笑いしている。

「笑うのはやめて！」よもやこんな言葉をペンに向かって言うことになるなんて。しかも、もう一度繰り返さなければならなかった。「笑うのはやめて！」

その夜、わたしは初めてタイ料理を食べた。それはペンとわたしがTシャツとタンクトップをふたたび身につけたあとのことだ――お気に入りの眺めをTシャツに奪われたのは本当に残念。服を着たペンはゴージャスだ。けれどTシャツなしの彼は？　うっすらと体毛に覆われたたくましい胸筋、それに六つに割れた腹筋の下部からローライズのジーンズの下へと消える魅惑的なV字形の体毛は？　ああもう、食べてしまいたい。

実際、ツールボックスに入っていたタイ料理はおいしかったけれど、わたしとしてはペンをごちそうになりたいところだった。

あの一瞬のためらいが失敗だった。あれは、長年のあいだに自分の中にプログラムされた本能的な反応だ。ここに暮らす女にとって、セックスは支払小切手と同義だ。生活の手立て。生きるすべ。

だけど、わたしにとっては、セックスは手持ちの武器のひとつでしかない。交渉の切り札。

生き続けるための最後の手段。

けれど一度のキスで、わたしはそれがもう一度変わることを求めていた。

〝お願い、服を脱がせて〟というサインを知っている限り出し尽くし、その場で思いついたものまでやったというのに、ペンはルールを曲げようとせず、ＰＧ‐13指定版のやり方で、意識が遠のくまでわたしにキスをした。

別に文句があるわけじゃない。彼の口はすぐれた才能に恵まれている。タイ料理、それにちょっとした内省のあと、わたしは快適領域《コンフォートゾーン》の外へ一歩踏みだし、大事な大事なカップケーキを一個ペンに差しだした。苦渋の決断だったが、最後は礼儀作法に軍配があがった。彼に〝甘いものには興味がない〟と断られたときほど、ほっとしたことも、理解に苦しんだこともない。彼の全身を覆う分厚い筋肉を見れば察しがついたはずとはいえ、スィーツが好きじゃない人が存在するの？　驚愕《きょうがく》が顔に出ていたらしく、ペンはくすりと笑ってかぶりを振り、わたしの唇にキスをした。

「だが、きみがカップケーキを食べるところはぜひ見たい、コーラ」

「ますます危ない人みたいよ、ペン」言い返しながらも三層のチョコレートから包み紙を剝がし、ディスカバリーチャンネルで見るガゼルを襲うライオンみたいな大口を開けそうになるのをぐっとこらえて、おしとやかに口の中へ放り込んだ。

ぺろりと食べてたくさん笑ったあと、ふたりでビールを飲みだした。ペンはカウンターに寄りかかって足首を交差させ、胸の上で腕を組み、ごく小さな笑みを唇に浮かべて、いたずらっぽく輝く目でわたしを見つめた。

ふたりで一時間以上おしゃべりした。最後は廊下（わたし）とバスルーム（彼）に場所を移し、ペンはそこでバスルームをもとに戻す大仕事に取りかかったものの、わたしを見るのはやめなかった。

彼の熱いまなざしを脚や胸、喉に感じたのは一度だけじゃない。ああ、ぞくぞくする。

ペン・ウォーカーにならどんなにじろじろ見られてもいつだって大歓迎すると、そのときその場で決めた。

わたしをじろじろ見つめる彼をわたしもじろじろ見つめたら、ふたりでじろじろ見つめ合う危ないカップルのできあがりね。たしかこれが彼に言ったとおりの言葉で、床に座っていたわたしは笑いすぎて、鼻から〝フゴッ〟と変な音をたててしまった。ビールは救出できたものの、床に倒れて恥ずかしさで死にそうになっているのはこういうわけだった。

ペンの笑い声がさらに大きくなり、こっちへ近づいてくる。わたしは仰向けに転がった。目を開けると、彼は手と膝をついてわたしに覆いかぶさっている。わたしの手からビールを取ってどこか近くに置いた。そのあと彼の体重がわたしの上にのせられた。

頭からつま先まで。

胸から胸へ。

ペンの口は間近にある。「酔ってるのか?」彼が尋ねた。

「嘘。まさか」

「大笑いすると鼻からあんな音が出るのか?」

「嘘。いつもね」

ペンは歯を見せてにやにやした。これまで見た中で最も魅力に欠ける笑みなのに、心拍数が跳ねあがった。

「笑ってるきみが好きだ」彼はささやいて、わたしの唇を唇ですっとかすめた。

頭をもたげたが、彼は逃げてしまった。「わたしは、あなたが笑い方を知っててよかったと思ったわ。ずっと心配だった。無表情に黙り込まれてばかりでお手上げだったから」

またキスしてもらえた。

「遅くなったな。おれは帰ろう」

「だめ」酔って熱くなった頬から、ほてりが全身へ広がっていく。背中をそらしてペンの胸板に胸を押し当てた。「泊まっていって。じきにリヴァーとサヴァナが戻るけど、わたしの部屋にいれば邪魔されない。それに、外でひと晩中見張っているなら、もっと近くでわたしを見ていればいいでしょう?」

「そのほうが楽ではあるな」

彼の背中へ、そしてシャツの下へ手を滑らせた。「ズボンははいたままでいると約束するわ」

「おれは同じ約束はできない、コーラ」

ペンの下唇をそっと噛んだ。「オーケー、それなら脱ぐも脱がないもあなたの自由よ。ここから先はなりゆきに任せましょう」

「ここから先がどうなるかはわかってる」ペンはお返しにわたしの唇を甘く噛んだ。

「先はない」

わたしは思いきり唇を突きだした。

ペンがキスでわたしをなだめる。「おれを苦しめるのはやめてくれ。紳士のまねごとは楽じゃない」

ふんと鼻を鳴らし、わたしは目玉をぐるりと回した。「リヴァーたちはまだ戻ってきてないわ。せっかくの賄賂を無駄にすることないでしょ」

ペンはアルコールの影響はまるで受けずにすっくと立ちあがった。わたしも彼に続こうとしたが、こちらはすっかりアルコールに影響されて骨までぐにゃぐにゃだった。

「危ない！」床に突っ込んでいくわたしの腕をペンがあわててつかむ。「どれぐらい飲んだんだ？」

支えてもらうのにかこつけて彼の力強い腕にしがみついた。「飲みすぎたのはたしかよ。鼻から変な音をたてたのも絶対にそのせいだから」

「もっとこっちへ」ペンはわたしの膝の裏に腕を滑らせ、体を抱えあげた。

「ワオ。まねごとじゃなくて本物の紳士ね」

彼は寝室までの短い距離を進むと、顎をしゃくってドアを示した。「開けてくれ。おれはリヴァーたちが戻るまでここにいる。だがきみの頭の安全を考えると、横に寝かせておくほうがいいだろう」

わたしはペンを見あげて大きく顔をほころばせた。「本当に？」

「ああ。きみはスプーン二杯分程度のビールで酔っ払ったんだからな。保護者が戻ってくるまで誰かが面倒を見てやらないと」

わたしは彼の胸板をぴしゃりと叩いた。「そうじゃなくて、ここにいるってことのほう。言っておくけど、ビールは四缶空けたんだから。ごちそうさまでした」

「酔ってることに変わりはない。とにかく、おれはもう少しここにいる」

凱歌《がいか》がわたしの血潮に鳴り響いた。

まだこのひとときを終わらせたくない。

この一夜のあいだ、わたしのアパートメントの外にあるものはすべて消えていた。

マルコス。

ダンテ。

マニュエル。

ニックさえも。

惨めな暮らしがすべてかすみ、遠景へ消えた。

この一夜のあいだ、わたしはゴージャスでやさしく、思いやりのある男性とおしゃべりして笑っていた。

この一夜のあいだ、わたしは窒息させられそうに重い責任から解放されていた。

この一夜のあいだ、わたしは自由でいられた。

ペンのヒップの曲線をなぞり、ささやいた。「真実か嘘か、聞きたいのはどっち？」

「真実だ」

「あなたとこうしているのがやみつきになりそう」

ペンの瞳が暗くなり、顔に陰がよぎった。「だめだ」

わたしは眉根を寄せた。警報ベルが頭の片隅でわめきだす。

だが、問い返すより先に彼が命じた。「ドアを開けてくれ、ベイビー」

ベイビー。ああ、うっとりとため息が出る。

たちまちわたしは満面の笑みに戻った。

鍵を開けてドアを押す。ペンは敷居をまたぐなり、小声で続けざまに悪態をついた。

「これがきみの部屋？」

「いいえ、ここはタージ・マハールよ。わたしの部屋は左手にある二十七番目のドア」

酔っ払いながらも一度も噛まずに言ったのに、彼はわたしの軽口にくすりともせず、険しい顔をしてこちらを見おろしている。急におかしくなって、わたしは大笑いした。

「カーペットだ」ここに暮らして十年以上になるわたしに、ペンは改めて指摘した。

「エクセレント！　すばらしい観察力ね」笑いが止まらない。

彼の目つきが鋭くなる。「なぜだ？」

体をよじると、ペンはわたしを下におろして立たせてくれた。「なぜって、何が？」

「きみのアパートメントはどこも板張りだ。なのにどうしてここはカーペット敷きなんだ？」

彼の視線を意識してヒップを揺らしながらベッドまで歩くと、そのままどさりと倒れ込んだ。

「マットレスを直に置いてるのか」ペンは吐き捨てた。「なんて話だ」

わたしはむっとして唇を突きだし、枕から頭を持ちあげてペンのほうへゆっくりめぐらせた。口の中いっぱいにあった反論の言葉は、戸口に立ち尽くす彼を目にして消滅した。幽霊でも見たかのように顔が真っ青だ。

わたしは体を起こした。「ペン？」

彼が苦しげに息を吸い込む。喉の筋肉がこわばり、体の脇に垂らされた両手は殴り合いの準備のごとく開いたり閉じたりしているが、視線は床に据えられたままだ。

「そのカーペットは引き剝がす」

酔いの回った頭に、アンジェラの部屋のカーペットを処分した理由を語るペンの姿がよみがえり、胸が引き絞られた。「ペン」

彼の気持ちは痛いほど理解できた。十三年経ったいまも、避けられるものなら舗道は歩きたくなかった。コンクリートの割れ目を見おろすたび、そこにニックの血が見えるのだから。

わたしはすぐにうなずいた。「ええ、そうして」

ペンは頭を傾けて首を鳴らし、込みあげる感情のためにざらつく声で言った。「できない……おれの勝手でそんなことは――」

わたしは膝立ちになった。「ペン、ハニー。わたしはそうしてと言ったの。どういうことかはわかってるから。あなたのために必要なことはなんでもやって。いい？」

ペンの顔に血の気が戻り、深い感謝の色がその目にひらめく。

そして次はわたしが驚かされる番だった。

ペンは部屋の中へ入ると、ドアに向き直って閉じた。「きみのベッドもちゃんとしたものにする」

全体から見ればささやかなことだろう。彼はここにいる短いあいだにたくさんのことをしてくれた。だけどこれは？　わたしみたいな女のために？　ええ、これは大きな意味を持つ。

肌が粟立った。「なんて言ったの？」鼻がまたわたしを裏切ってつんとし、あとはまばたきするだけで精いっぱいになった。

ペンは床をにらみつけながらこっちへ来た。「ベッド。きみにはベッドが要る。フレームはおれが組み立てる。新しいマットレスとボックススプリング。その前にこのカーペットを取り払うぞ。代わりに床には木材を貼ろう。ほかの部屋の雰囲気とも合うか確認して——」マットレスの手前で不意に足を止める。「コーラ……泣いてるのか？」

首を横に振った。だけど、ぽろぽろ涙がこぼれている。

「コーラ、ベイビー」ペンはささやいてマットレスに膝をつき、わたしを引き寄せた。泣き崩れそうになりながら、彼の胸に身を預けた。ペンはわたしを抱えたままマットレスの上で横になり、わたしの頭を腕にのせた。

額にキスをして彼がささやく。「きみの頭の中では何が起きてるんだ?」

誰かの前で涙を流したことは十年以上なかったのに、今夜だけで二回もそうしている。わたしはうめき声を漏らして目の下をぬぐおうとした。「これもただのアレルギー反応だから」

「原因はカーペットか、それともベッドか?」

「わたしが眠るところをあなたが気にしてくれたこと」

ペンは眉根を寄せた。「当たり前だ。まともなベッドぐらいなくてどうする?」

彼を見あげた。溢れそうになる涙のせいで視界が揺れている。「気にしてくれる人はいなかった。わたしはみんなの世話係よ、ペン。誰もわたしの世話はしないわ」

ペンの顔をまたも陰がよぎった。本当の感情を隠そうとしている表れだろうか。それとも、感情がついに壁を打ち破った証? 彼の次の言葉で、わたしはあれこれ推測するどころではなくなった。

「きみはもう充分に与えた。今度は与えられることを学ぶ必要がある」ペンは事実として言った。「たとえ少しでもきみの人生を楽にできることがあるなら、おれがそれをやる。ベッドや、きみの車のすり減ったタイヤの交換とかいった小さなことであれ、くそったれのゲレーロどもの相手みたいにでかいことであれ──おれが引き受ける」

「どうして？」声がしゃがれた。

ペンの額にしわが寄る。「いつも理由をきくのはなぜだ？　誰かがきみに手を貸したがるのがそんなに不思議か？」

「そうよ！」大きな声をあげて体を起こした。脚を組んで彼と向き合う。「わたしの身に起きるようなことじゃないから。何かやるべきことがあれば、わたしは自分で方法を見つける。方法が何もなければ、自分で作りだす。誤解しないで。あなたがわたしのためにしてくれたことすべてに心から感謝してる、ここに座り、この話をわたしとしてくれていることも」唇を震わせて息を吸った。「だけど、正直に言うわ。あなたの厚意をどう受け止めればいいかわからない。二週間前は、あなたが存在することも知らなかった。ふつか前は、あなたはわたしを疫病みたいに忌避していた。それがいまはわたしのために新しいベッドを購入すると約束しているのよ？　安いものじゃないわ、ペン。そもそもお金だってあるの？」

「貯《たくわ》えが少しばかりある。働いて稼いだ金だ。つまり、自分が使いたいものに使える。たとえば尊敬すべき女性へ捧げるベッドに。おれがこれまで出会った誰よりも、彼女には心地よい眠りが必要だ」

言葉を失い、彼を見つめることしかできなかった。

ペンはわたしを尊敬すべき女性と言ってくれた。

ええ、こんなわたしでも、恥ずかしくない生き方をしようと努力してきた。だけど、それを人から言ってもらえるなんて。彼の言葉自体が贈り物で、胸を揺さぶられた。

「あなたは……」それ以上言葉を続けられそうになく、かぶりを振った。

「参ったな、今度はショック状態らしい」ペンはつぶやくと、わたしを胸に引き寄せて仰向けになった。「二週間前は、おれも自分が存在しているのかわからなかった。ふつか前は、きみへの感情に抗っていた。それはいまでは解決したようだが」わたしの頭のてっぺんにキスをする。「二分前、きみは寝室のカーペットを剥がしていいと言ってくれた、それがおれにとっては重要なのを理解して。コーラ、きみは質問もせず、説明も求めずにおれに許可を与えてくれた。今度はおれがきみに与える。ほら、涙を乾かしてくれ。地球上のザトウクジラをすべて救うような英雄的行為ってほどのものじゃない。きみが直に置いたマットレスじゃなく、ベッドで寝るのを手伝うだけだ」うめいて体を左へずらす。「それに、真ん中のスプリングが壊れてないやつだ」

自分へのメモ。会計学のテキストを別の場所に隠すこと。

心は舞いあがり、感じたことのない感覚が胸の中に根をおろした。なんだろう。たぶん、大きな岩が肩からおろされた感じに近い。それがなんであれ、おろしてくれたのがペンであることは百パーセント間違いなかった。

はなをすすって体をすり寄せ、全身から力を抜いた。「ザトウクジラを救うことを真剣に考えたことがあるの?」

「いいや。だが、きみのやるべきことリストに載ってるなら、少しは考えよう」

また涙が出そうになった。だけど今度は悲しいからでも、打ちのめされているからでも、逃げたくてたまらない暮らしに囚われているからでもない。

ここよりほかにいたい場所はない。そう思うのは、おそらく生まれて初めてだ。

笑みを浮かべて彼の体に腕を回し、ふたりの脚を絡めた。「この調子でいくと、あなたへのお礼の夕食で、わが家は破産しそう」

ペンはくすりと笑ったが、もう何も言わなかった。

ニックの星を見あげる代わりに、ペンの上腕に描かれた黒い模様を指でなぞり、落ち着いた力強い鼓動を聞きながら、いつの間にか眠っていた。

数時間後、ペンはキスの雨を降らせてわたしを起こし、彼が帰ったあと施錠するよう言った。

やがて女たちから帰宅の連絡が入り始め——いつもの目まぐるしい日常に逆戻りした。

だけど、安心して彼の腕に包まれていたあの数時間のおだやかさはいつまでも消えなかった。

簡単にやみつきになってしまいそうだ、ペンがわたしを求めていようといまいと。

わたしにとっては幸いなことに、ふたりでいるのに慣れてはだめだと忠告しておきながら、ペン自身は気に留めている様子もなかった。モーリー・ポピンズがツールボックスを携えてやってきたあの晩から、ペンはほとんどの夜をわたしのベッドで過ごしているのだから。

19

コーラ

「んん」甘い声を漏らすわたしの喉から胸へとペンはキスでたどっていく。「脱いで」わたしの熱い懇願を彼が無視するようになって二週間目――もうおかしくなってしまいそうだ。

毎夜、ふたりでティーンエージャーみたいに抱き合ってキスをした。ただし、堅物の両親からオーラルセックスでも妊娠すると頭に吹き込まれたティーンエージャーみたいにだけれど。

ペンはベルトから下には決して手を出さなかった。一週間前はそれでもよかったが、いまは焦《じ》れったくてたまらない。

「だめだ、コーラ」彼がささやく。

「わたしの体、そのうち自然発火するわよ」

「おれの知ってる限りじゃ、実際に人の体が燃えだしたことはない」

わたしはベッドの上で背中をそらした。「じゃあ、あなたは科学現象の第一目撃者になるわ。おめでとう」

ペンは小さな笑い声をたて、わたしの胸をてのひらで包んでまさぐった。キスを浴びせる唇は腹部へとさがっていく。あまりの心地よさに、文句を言う気は失せてしまった。

それもショートパンツのゴム入りのウエストにペンがたどり着くまでのことだ。彼の舌が濡れた軌跡を描いてふたたびわたしの体に火をつける。

わたしはマットレスから腰を押しあげて懇願した。「もう、脱がせてったら」

ペンが微笑むのを感じたと思ったとき、ヒップの上の敏感な部分を彼の歯がかすめた。

「あっ」痛みが快感へと変化して、両脚のあいだが熱を発する。「お願い」

「おれは仕事に戻る、ベイビー」ペンはささやき、キスでたどってわたしの腹部に戻ってきた。「そしてきみはおしゃべりに戻る」

わたしは頭から枕に倒れ込んだ。「あなたって、ほんと意地が悪い」

「我慢してるのはきみだけじゃない」ペンが腰を揺らし、硬いものがわたしの太腿に当たる。

「ペン」切ない声を出し、腕と腕を絡ませて彼と向き合った。「わたしもあなたも我慢する必要はないのよ。わかってる?」

ペンはわたしの鼻先にキスをして微笑すると、離れていった。「今夜は必要がある。きみが話すのを聞きたいから」

ペンがわたしのタンクトップを放って寄越す。彼にキスをされるなりわたしが部屋の向こう側まで投げたやつで、そのさまにペンは笑った。タンクトップを着ると泣きたくなった。「おしゃべり好きが災いしたわ」

「嘆くことはない」ペンがウィンクを送る。その美しさに、女子生徒みたいにわたしの口からほうっとため息が漏れた。

ペンがあきれたように頭を振りながら、声をあげて笑った。それから作業を再開し、カーペットを床に固定していた鋲《びょう》付きの板を剝がしにかかった。

カーペット自体は何日か前の夜に剝がした。作業のあいだじゅう、ペンはののしっていた。けれど、バルコニーから下の駐車場へ投げ落としたあと、彼の全身は力を使い果たしたかのようにしぼんで見えた。

　正直なところ、あのカーペットはわたしも嫌いだった。醜い茶色のせいで部屋全体が暗くなり、陰気に感じた。ペンの反応を見てからはその分余計に嫌いになった。マットレスはまだ前のやつを使っているけれど、ペンによれば、それも床板を貼り終えるまでのことだ。彼の貯えがどれくらいかは――それに、それをわたしのために使ってもらうのを自分がどう感じているのかは――わからないが、〝自由のための貯金〟に手をつけるつもりはなかった。この五年間、ファミリーの資金をちびちびくすねて貯《た》めてきたお金だ。ペンが新しいベッドを買ってくれると言うのなら厚意に甘えよう。

　マットレスの上でうつ伏せに寝転んで頬杖をつき、彼の背中の筋肉がシンプルな白いTシャツの下で動く様子を眺めた。

「ただ見てないで、おしゃべりスタートだ」ペンはわたしのほうを見ずに命じると、板を投げて部屋の中央に築かれた小さな山に加えた。

　仕方ないわね。「オーケー、ここの住人はわたしたちのことを密告したりしない」

「絶対にか？　正直、おれたちのことが噂になろうとどうだっていいが、マルコスやダンテが喜ぶとは思えない。おれがここに入り浸ってると告げ口されて、ホームセンターに出かけてるときや、ドリューを迎えにバーへ行ってるときに、連中に抜き打ちでやってこられるのはごめんだぞ」

わたしはうつ伏せのまま両膝を曲げ、足首を交差させて揺らした。「ええ、絶対によ。みんなマルコスとダンテを憎んでるもの」

「だったら、なぜあいつらのもとで働く？」

それは賞金百万ドルの質問だ。「理由はいろいろね」わたしはどう話そうかと体を揺すった。「二階の住人は仕事が好きでここにいるわ」

ペンは嘘だろうという顔つきで眉をあげた。

「わかってる。理解しがたい話なんでしょ。この世界の外の人はみんなそう思う。お金が好きな者も。だけど、注目されるのが好きな者もいる。自分にはこれしかできないと思い込んでる者もいる。でもね、ペン、彼女たちはここでなければ、どこか別のところで働いてるのはたしかよ」

彼はふんと鼻を鳴らした。「自分たちで選んでここにいると言ってるのか？」

「そうね、いずれにしても、みんな自分で選んでここにいる」

ペンの瞳が暗く光った。「きみも含めて？」

わたしは硬い笑みを向けた。「嘘。そうよ」

「そう出るか」彼がぼやく。「で、二階の住人は？」

「新人か、まだ心を決めきれていない人たち。大半はダンテからなんらかの暴行を受け、どうしてこんなことになったのかいまだに理解できず、このままでいいのか迷っている。わたしも彼女たちには特に気を配るようにしてるわ」

ペンは板をもう一枚、山へ放った。「彼女たちが出ていきたいときは？　出ていくことはできるのか？」

わたしは片方の肩だけすくめた。「物理的な意味で？　ええ、できるわ。きちんとした支援システムの助けを借りれば、ここから抜けだすことはできる。ダンテに追跡されるでしょうけど、過去にも成功している。次だって成功は不可能じゃない。けれど、精神的に囚われている場合もあるの。ここへたどり着く前に虐待を受けている女性は多いわ。誰も好きこのんでこんな暮らしに入らない。邪悪な暗黒の騎士さえもヒーローに見えるほど、世の中に散々踏みつけられた果てにここへ流れ着くのよ」

ペンは部屋の一角に膝をつき、手を止めてわたしに視線を据えた。「ニックを失ったあとはきみもそうだったのか？　ダンテがヒーローに見えたのか」

想像するだけで胸が悪くなる。「違うわ」きっぱりと言った。

ペンが眉を吊りあげて問いかける。「それは嘘か？」

「正真正銘の真実。わたしの物語の中では、ダンテはいつでも悪役よ」

「きみの物語を詳しく聞かせてくれるか？」

彼と視線を交えたまま言った。「真実。いいえ、できない」

ペンの表情がこわばり、いくつもの疑問が瞳をよぎる。だけどわたしはどれにも答えるつもりはなかった——少なくとも、真実を答えるつもりはない。

「ダンテは口がうまいの」話をもとに戻した。「女たちの頭の中へ入って、適切な紐を引っ張るの。するとみんな、自分みたいな女にはこれが精いっぱいの暮らしだと信じるようになるのよ」

「きみは信じてないんだろうな、コーラ?」

真実がわたしの瞳を燃えあがらせた。「まさか。信じるもんですか」

ペンは見るからにほっとした様子だ。心配してくれているとはいえ、侮辱的だ。

「わたしをなんだと思ってるの、ペン? 洗脳なんかされてない。わたしは……なんであれあなたが勝手に想像しているものとは違うわ」

ペンは両手をあげて降参した。「ちょっと待った、怒らないでくれ。勝手な想像などしていない」一瞬沈黙して小声で悪態をつく。「いまのは嘘だな。本当はきみのことを想像してばかりだ。だが悪いことは何ひとつ想像していない。それならいいか?」

探るような彼のまなざしを避けて、戸口へ視線を投げた。「誰の哀れみもほしくないわ」

視界の隅でペンが立ちあがるのが見えた。そのあとコンクリートを踏む足音が近づき、彼が腰をおろしてマットレスが沈む。わたしは寝返りを打って離れようとしたが、彼はわたしを遠くへ行かせなかった。片手でわたしの頭を自分の膝へと導き、反対の手でわたしの脚を引き寄せる。彼に膝枕されて、わたしは子猫みたいに体を丸めた。ペンの表情はやさしく、体はリラックスしている。彼はわたしに顔を寄せて断言した。「だったら、おれは決してきみを哀れまない」

わたしは彼の腹部をじっと見ていた。「どうかしら――」

「おれもここで暮らしている、コーラ。きみの言うとおり、みんなそれぞれ理由があってここにいる。おれはきみの理由を理解しようとしてるだけだ」ペンはわたしの顔から髪をどけた。ざらつく指先が頰から喉をなぞる。彼はまるでそれが持つ意味を知っているかのように、星のネックレスにたどり着く手前で手を止めた。「きみを知りたい。明かしたくない秘密がある？　もちろん、いいさ。嘘のゲームをやってくれ。だけどおれが質問することや、きみのすべてを知りたがることを、批判のたぐいや哀れみと勘違いするのはやめてくれ」

ああ。なんてやさしいの。

自分がばかみたいに思える。

頬が熱くなった。「ごめんなさい。長いこと誰とも話をしてなかったの。その、おしゃべりはしてるわ……それもたくさん。だけど、いつも自分のことではないから」

「いいんだ。こっちも悪かった。おれは誰より偏見のない人間とは言えないしな」

「ええ、それは違うと断言できるわね」薄目を開けて彼を見あげた。

ペンは微笑している。「そっちは、おれにききたいことが何かあるか?」

「そうね、百万個ぐらい」

「交代で質問して、〝真実か嘘か〟で答えるのはどうだ? 今夜の仕事はこの辺で終わりにしよう」

わたしは大きな笑みを浮かべた。ペン・ウォーカーについてもっともっと知りたいからもあるけれど、仕事が終わったということは、彼はわたしと一緒にベッドで横になり、おしゃべりをして、わたしが眠りにつくまで抱きしめてくれるということだからだ。

「いまの提案が気に入ったらしいな」

こくこくとうなずいた。

ペンは顎でマットレスの頭側を示した。「先にベッドに入っててくれ」

魅せられたように見つめるわたしの前で、ペンはブーツの紐をほどいてマットレスの足側に並べ、寝室のドアの鍵をすべてかけてから、横になっているわたしの隣へ体を滑り込ませた。胸板の上のちょうどいい位置に来るよう、くすくす笑うわたしを動かす。

それから片腕を曲げて自分の頭をのせると、わたしの頭頂にキスをした。「きみからだ」

はじめは簡単な質問から。「好きな色は？」

「真実。ブルーだ」

「ライトブルー？　ダークブルー？」わたしは頭を傾けてちらりと見あげた。ペンが顎を胸まで引いて見おろしてくる。

「ひとり一問ずつだろう。おれの番だ。好きな食べ物は？」

「嘘。野菜よ」ウィンクする。

彼が笑う。「忘れてるぞ、おれはきみがカップケーキをほおばるところを見たばかりだ」

わたしは目を大きく見開いてみせた。「嘘って言ったもの」

ペンがにらみつけるが、唇はぴくぴく動いている。

「初体験はいくつのとき？」彼のTシャツの裾をいじりながら質問した。

ペンは驚いたように眉をあげ、彼の胸へのぼろうとしていたわたしの手を止めた。

「初体験はすませてると誰が言った？」

　今度はわたしがにらみつける番だった。

　そして彼が笑う番。

笑いが収まるとペンは答え、すぐに次の質問に移った。「十六のときだ。両親が仕事で留守にしていたときにダニエル・ロジャースとおれのベッドで。アイスクリームで好きな味は？」

「チョコレート」

「嘘だろ」ペンがわざとまじめな顔で言う。

「高校は卒業してる？」これはわたしの質問だ。

「ああ。クラスで最優秀の成績だ」

わたしはあんぐりと口を開けた。「ほんとに？」

「驚かれるのは心外だな。きみのほうは？」

「何年か前に高校修了同等資格《GED》には合格したけど」自分の無学さが急に恥ずかしくなった。

ペンは安心させるようにわたしのヒップを握った。「そんな言い方をするな。がんばったんだろう。すごいじゃないか、コーラ」

褒められて頬が熱くなった。「大学は行ったの？」

「それは……」ペンは頭を左右に揺らした。「嘘。フロリダ州立大学出身だ」

わたしは笑った。

彼が肩をすくめる。「きみは？」

唇を噛んだ。大学に入り、一科目ずつ講義を受けて数年になる。最初は、一科目分の授業料を支払うのがやっとだった。お金の工面はいつだって楽ではない。けれど最近では、時間を工面するほうが難しくなっていた。おおかたの授業はオンラインで受けているが、うちにコンピューターはないから、地元の図書館まで出かけることになる。わたしの出入りはいっさい監視されていないとはいえ、それはこれまで疑いを持たれるようなことをまったくしていないからだ。一日に何時間も姿を消し始めたら、何が起きるかわかったものではない。目立たないよう行動するのが最も安全だ。それには屋根の上から自分の成果を大声で叫びたいときでも、口を閉じていることも含まれる。

誘うようなウィンクのあと、ペンのまねをして言った。「嘘。フロリダ州立大学出身よ」

「なるほど」ペンが笑う。「きみの番だ」

彼の体の脇にさらに身を寄せる。「ご両親とは仲がいいの？」

「ふたりとももういない」ペンはそっけなく言った。「残ってる家族はドリューだけ」

わたしは顔を曇らせてささやいた。「お気の毒に」

「いいんだ。両親はいい人生を送った。互いに愛し合い、おれを愛し、おれもふたりを愛した。気の毒がることは何もない」ペンは物思いに沈んでそれからしばらく黙っていた。わたしは彼に時間を与え、そのあいだ、彼の腹筋に指でゆっくりと円を描いていく。

ペンは不意に咳払いをした。「悪い、ぼんやりしてた」彼の手がわたしのヒップの丸みをつかみ、体の側面をなぞりあげる。「友だちは？」

「たくさんいるわよ」

「コーラ、そうじゃない。ビルの住人たちのことじゃなく、電話で何時間もおしゃべりするような女友だちのことだ。みんなでドレスアップしてバーへ繰りだし、羽目を外し、大きな笑い声をあげてほかの客からにらまれながらも、男たちの視線を集めるようなことはしないのか？」

「ああ、そういう友だちならいないわ」

「カタリーナは？」

彼女の名前が出ただけで全身が固まった。「えっ？」

ペンがわたしをぎゅっと握る。「落ち着いてくれ。彼女は親友だったときみが話していたから、きいただけだ。リヴァーとサヴァナを除いたら、きみが誰かと親しげにしてるのを見たことがない」

わたしはすっと目を細くした。「親友だったと、わたしが話したの？」

ペンは顎を引いてわたしを見おろした。「ああ。マニュエルの手先だと言って、おれをアパートメントから追いだそうとしていたときだ」

わたしはまばたきをして記憶を巻き戻した。キャットのことはいっさい何も言わないようにしている。だけどあの夜、わたしの頭はまともに働いていなかった。傷ついた心と怒り狂った口が勝手にわめいていたから、何かを口走った可能性がないとは言いきれない。わたしが覚えていないだけだろう。口走った内容によっては、たとえ相手がペンひとりでも危険かもしれなかった。

「わたし、ほかにも何か話した？」

「何も。きみは彼女の居場所は知らないと言ったあとは、〝出ていって〟の連発だった」

ほっとして息を吐いた。「そう、よかった」

ペンは眉を吊りあげた。額にしわが刻まれる。「何かおれに話したいことが?」

わたしは唇を突きだし、かぶりを振った。「ううん。それから、これは真実。いいえ、ドレスアップして一緒に出かけるような女友だちはいないわ。夜遊びってやったことがないの。カタリーナがいた頃も、いなくなってからも。でも、楽しそう。冬になって客足が鈍くなったら、みんなを誘って夜の街へ繰りだそうかしら」

ペンは自分の体を下へずらす一方でわたしを引きあげ、枕に頭が並ぶようにした。

「おれには話をしてもいいんだ。それはわかってるな?」

「もちろんよ」ささやいて、彼の唇をついばんだ。嘘は半分だけだ。ペンにはなんでも話せる気がするのは真実だが、キャットの命を危険にさらすことはできない。「わたしの番ね。ペンって名前の由来は?」

彼は真剣な顔をして質問を無視した。「カタリーナのことが心配か?」

その質問と答えの両方に胃が締めつけられた。「心配しない日はないわ」

「きみは彼女がまだ生きてると考えてるんだな?」

警報ベルが鳴るのを聞きたくなかった。危険を察知してうなじの産毛が逆立つのを感じたくなかった。関心も露わにわたしの目を見据えて返事を待つ、ペンの表情など見たくもなかった。だけど、それらすべてが現にそこにある。

そしてわたしが破裂するまでどんどん不安をふくらませていく。

「飲み物を持ってくるわ。何が――」背中を向けて起きあがろうとすると、うしろから抱きしめられた。たくましい腕がわたしを引き止めるくらいにはきつく、だけど簡単に逃げられるくらいにゆるく、体に回される。

ペンらしい。

「きみが孤独なのがおれはいやでたまらない」彼がかすれた声で言う。「きみが九十九パーセントの時間をこの壁に囲まれて過ごしているのがいやでたまらない。きみの友人は、きみを好きというより、きみを必要としている女性ばかりなのがいやでたまらない。きみには頼ることのできる家族がひとりもいないのがいやでたまらない。それに、毎晩おれがここへ来るのを待っていてくれるのは本当にうれしいが、きみとふたりきりになるために部屋から追いだす相手が誰もいないのがいやでたまらない。コーラ、きみには気の置けない仲間が必要だ、そしてきみが名前をあげたそんな相手はカタリーナひとりだ。おれが彼女の話をするのが気に障るなら、すまない。だが、きみが友人を取り戻すのに何かできることがあれば、せめて試させてくれ」

ペンの説明を聞いて緊張が少しゆるみ、うるさい警報ベルの音も小さくなった。だけどよく言われるように、地獄への道は善意で舗装されているものだ。

「わたしのためにあなたが取れる最善の行動は、カタリーナの話をやめることよ」首をめぐらして言う。耳の奥では鼓動が轟いていた。「もしも彼女が生きてるとしたら、それは誰にも見つかっていないからだわ」彼の手に自分の手を重ね、指を絡めた。

「ええ、ペン。わたしだって彼女が心配よ。ええ、彼女に会えるならなんだってする。でもね、カタリーナが暴力を振るう夫との生活に縛りつけられていないのがわかっていて、狂人同然の父親や兄たちの手が届くところにいないのがわかっているなら？女同士の夜遊びより、わたしにとってはそのほうがよほど意味がある」

「そうか」わたしを抱きしめるペンの腕がぴくりと動いた。

「あなたがよかれと思って言ってくれたのはわかってる。だけど、このことは放っておいて——彼女を放っておいて」

ペンはうなずき、わたしの肩に顎をのせた。寝室のみすぼらしい壁をふたりで見つめる。

彼の目には何も映っていないだろう。

わたしの目には側柱上部の飾り枠と、その裏に隠した二十万ドルが映っている。

まだだめだ。

それでは足りない。

でも、近づきつつある。

キャットと会える日が。

「代々受け継がれた名前だ」彼がささやいて、わたしの肩にキスをした。「父も、祖父も、曾祖父《そうそふ》も、みんなペンだった」

わたしはうなずいて首をめぐらせた。「今夜はもう終わりにしない？」

彼の口の片端があがる。「そうだな」

おしゃべりはそれで終わり、ふたりとも今夜は眠ることにした。

ペンは仰向けに横たわっている。

わたしは横を向いてペンの腰に片脚を巻きつけ、片方の腕は彼のおなかにのせている。

永遠にこうしていられそうだった。まだ眠りに落ちてもいないのに、数時間後、部屋を出ていく彼に鍵をかけるよう起こされるのをいまから恐れていた。

「今夜はずっといてくれる？」胸板にキスをして尋ねた。

「いつもずっといるだろう」

頭を傾けて彼を見あげる。「いいえ。わたしを起こして帰るか、帰宅の連絡でわたしが目を覚ましたときに帰るかでしょ」

ペンの表情はやわらかく、瞳には純粋な愛情が満ちていた――数週間前、初めてうちの玄関先に現れたときとは大違いだ。「ベイビー、帰宅の電話やメールは夜通し入ってくるだろう。最後のやつできみが目を覚ますのはたいてい五時だ。おれは自分のアパートメントにいるときでも、五時には起床する。きみのベッドから這いだして、自分のベッドで寝直すわけじゃない。きみの部屋を出たあとは、コーヒーを飲んでランニング、シャワーを浴びたら手早く朝食をとって、七時から仕事開始だ」

わたしは眉根を寄せた。「毎朝走ってるの？」

「ああ」

「ほんとに？」

ペンはわたしの手の下で腹筋を動かしてみせた。「もう一度言うぞ。驚かれるのは心外だ」

「そう見えないって言ってるんじゃないわ」頭を起こして肘をつき、弁明した。「どこからどう見ても体を鍛えてる人の体つきだもの。毎日走ってるとは思わなかっただけ」

ペンがにやりとする。「おれについてきみが知らないことは山とある、コーラ。だからこそふたりでベッドに寝転び、〝真実か嘘か〟をやってるんだろう。きみはこれから学ぶ」わたしの体に回された腕に力がこもり、ペンは天井を見あげて目をつぶった。満足げに深呼吸をひとつしたあと、言葉を結ぶ。「おれたちはふたりともこれから学ぶ」

ペンがいるといつもそうなるように、その夜わたしは笑みを浮かべて眠りに落ちていった。

翌朝早く、ゆっくりとしたキスのあと、ペンはランニングに出かけていった。走れば体がほてるし、汗が流れ、ひょっとするとTシャツを脱ぐことになるかもしれない。そう考えてわたしも早起きし、コーヒーを飲みつつバルコニーの手すりから駐車場を見おろした。

どれも思ったとおり。

ランニングして帰ってきたペンは、体をほてらせている。

それに汗びっしょり。

やったわ。Ｔシャツも脱いでいる。

ペンは腰に手を当てて胸を波打たせ、ハンサムな顔に笑みを浮かべてバルコニーを見あげた。息をするたび、見事な腹筋がくっきり浮かびあがる。それを眺めてわたしは決めた。今日からこれは朝の日課の仲間入りだ。

20

コーラ

「回ってー！」わたしの新品のマットレスを三階へ運ぶドリューとペンに向かって、リヴァーが声を張りあげる。

「もう、やめなさいったら」

リヴァーはくすくす笑った。「コーラが悪いんだよ。『フレンズ』を十シーズン全部観せたんだから。これってロスがソファを運ぶシーンにそっくり」にんまりとし、手でメガホンを作ってまた繰り返す。「回ってー！」

わたしは笑いながら、少女の手を軽く叩いた。「やめなさい。せっかくわたしのベッドを買ってくれたのに。ペンが後悔したらどうするの？」

サヴァナが反対側からわたしを肘でつついた。「これから毎晩ベッドの中でよろしくやるんでしょ。だったら、しばらくは後悔しないよ」ウィンクをする。

わたしはあんぐりと口を開けた。「言っておきますけど、ペンはわたしのベッドで眠ってるだけですからね。大きなお世話さま」

「ありゃりゃ、勃たないんだ。コーラのせいじゃないって。もういいおじさんだから――」

「ちゃんと勃つわよ！」大声をあげてしまったそのとき、クイーンサイズのピロートップマットレスの一角とともにペンが現れた。

「何がたつんだって？」わたしの脇をバックで通り過ぎながら彼がうめく。

数歩遅れてドリューがマットレスの反対側を持って現れ、心得顔でにやりとした。

わたしは天を仰いだあと、サヴァナをぎろりとにらんだが、向こうはケラケラ笑うばかりだ。わたしは甘めの――願わくばペンの気をそらせる――声音で返事をした。

「学校の話よ。新しい校舎が立つんですって」男性たちが玄関を通れるようサヴァナを押しながら脇へどく。

中へ運び込むふたりに、リヴァーがもう一度かけ声をかけた。「回ってー！」

わたしの寝室のほうへふたりの姿が消えたところで、小声でサヴァナを叱責した。

「いいこと？　まずひとつ目、ペンとわたしが寝室で何をしようとしなかろうと、あなたには関係ないことよ。それからふたつ目、彼はまだおじさんって年じゃないわ」

「ペンとつき合ってひと月以上になるのに、ほんとにまだヤッてないって言ってるわけ？」

どきりとしてリヴァーに目を向けると、少女はやにわに——そしてありがたいことに——自分の靴を一心に見つめだした。

「それもあなたには関係ない話」さらに声を低めた。「でも本当よ。まだヤ、ヤ、ヤッてないから」わたしは拒んでないのに、という部分は胸の中だけで言った。

サヴァナは大きく目を見開き、その顔からいきなり色味が失せる。「嘘言わないでよ。まじでファックしてないわけ？」

思わず体を引いていた。サヴァナの言葉遣いの汚さはいまに始まったことではない。口を慎むことをまったく知らないのだ。だけどわたしをぎょっとさせたのは、彼女の顔をゆがませている純粋な恐怖だった。

まじまじと見つめて返事をした。「ええ、してないわ」

サヴァナは飛びかかるようにしてわたしの両肩をつかみ、激しく揺さぶった。「なんでよ！」

「ちょっと！」リヴァーが割って入ろうとする。

「サヴァナ、いったいなんなの？」わたしは声を荒らげた。

サヴァナは目の色を変えて食い入るようにわたしを見つめた。「ペンとセックスしなきゃ！　男ってのは、出ていってよそで女を見つけるか、無理やり奪うかなんだよ。男は待ったりしないんだから！」わたしをどんと押してよろめかせる。「引き止めておきたいなら、ゲームはやめにして、相手がほしがるものを与えなきゃ」

胃が沈み、苦いものが喉に込みあげた。「人との関係はそういうものじゃないのよ、ハニー。ペンは出ていったり――」

「このままだと出ていくよ！」サヴァナの声は割れ、ぶるぶる震える手でふたたびわたしを押そうとする。

その前にわたしは彼女の手首をつかんだ。「やめなさい」なだめるように言う。

サヴァナには逆効果だった。真っ赤に染まった頬に涙がぽろぽろとこぼれ落ちる。

「あの人は男なんだよ！　女がほしいに決まってる。このままじゃ出ていっちゃう。お願い、お願いだから。彼がほしがるものを与えてよ。あたしたち、彼を失うわけにいかないんだから」

わたしは凍りついた。「あなたたち、彼を失うわけにいかないって、どういうこと？」

答えたのはリヴァーだった。「サヴァナは、ペンとドリューがやってきてから、マルコスとダンテがここに現れなくなったことを言ってるの。アンジェラが亡くなったあとでさえ来なかった。あのふたりがこんなに長く顔を見せないことってなかったでしょ。とりわけああいうことが起きたあとは」

それには気づいていたが、考えないようにしていた。ペンがいれば忘れるのは容易だった。

そしてそのために、リヴァーとサヴァナはわたしの代わりに心配係を引き受けていた。

ふたりの気持ちにようやく思い至り、胸にずきりと痛みが走った。この娘たちはペンを慕っているのだ。彼はふたりにやさしくしてくれる、ドリューもだ。ウォーカー兄弟は、作業の後片づけや洗濯物をたたむのをふたりに頼んでは、お駄賃をあげていた。ペンなど、わたしのところで夕食後にサヴァナをテーブルにつかせ、宿題を見てくれたこともあった。こうなることを予測できなかったのはわたしの落ち度だ。リヴァーとサヴァナは誠実な男性というものに初めて出会い、そして彼を失うことを恐れるようになったのだ。

深呼吸をしようとしたが、空気が見つからない。それも無理はなかった、このふたりの少女が短い人生で早くも学んだことの重圧がこの場に覆いかぶさっているのだから。

リヴァーの人生に登場する男たちは、反社会的人間、最悪の部類の犯罪者ばかり。そしてサヴァナの服の下には、父親につけられたやけど跡と傷跡がいまも残っている。

ふたりともふだんは虐待の痕跡を巧みに隠していた。だけど、忌まわしい記憶は数週間や数年で消えるものではない。わたしを含めた大勢の女性はその後一生、ありとあらゆる決断の場面でその記憶に振り回される。

過去は必ずしも過ぎたことではない。いま踏みしめている道がどれほど美しかろうと、過去はいびつなスポットライトのように足もとを照らし続ける。

決して壊すことのできないスポットライト。

走って逃れることもできない。

たとえライトが焼き切れたあとも。

もっと明るく大きな光の存在を知ることだけが、痛みを遮断する手立てのときもある。

真実の輝きを放ち、凍える肌をあたため、傷ついた心を癒やしてくれる光。

それが男性である必要はない。誰だってかまわない。友だち。家族の誰か。行きずりの人。それか、同じ境遇にいる女性でも。

わたしは手首を放すと、サヴァナをぐいと引っ張ってハグした。彼女は身をよじったものの抗いはせず、きつく抱きしめるわたしの腕の中でやがて肩を震わせ静かに泣きだした。

「誰かを引き止めるために体を差しだす必要はないのよ、サヴァナ」

「だって、わかったときには後の祭りかもしれないじゃない」サヴァナはしゃがれた声で言い、わたしの肩に顔をうずめた。ポニーテールにしている豊かな赤毛がわたしの鼻をくすぐる。

廊下の奥の動きがわたしの注意を引いた。視線をあげると、ドリューがそこに立っている。しばらく前からいたらしく、壁に寄りかかり、関節が白くなるほど拳をきつく握りしめていた。ドリューはサヴァナの背中を見つめているが、それがどういうことかを考える間もなく、背中にペンの体温を感じた。

つまり、ふたりともいまの話を聞いていたわけだ。ああ、最悪。

ペンはわたしに触れず、サヴァナを抱く手をほどかせようともしなかった。

サヴァナがわたしたちの救済者になってくれるよう切望している男性はただそこにいる。わたしは、腕の中で泣き崩れているサヴァナとペンに挟まれていた。

ペンの声は岩のようにしっかりと揺るぎなく、わたしの空いているほうの肩からのぞき込んで、サヴァナに向かって語りかけた。「七百年だ、サヴァナ」

サヴァナは体をこわばらせたが、ペンは続けた。

「心を寄せる女性を抱くためなら、男はそれだけの歳月を待ち続ける。出ていきはしない。興味が失せもしない。自分のものでないなら、奪ったりするものか。男は奪わない。体を差しださせる目的で心を操りはしない。髪型やメイクがどうだろうと、そんなことははなから気にしない。たとえ子どもと一緒につまらないミュージカルを観せられたって、少しも気にしない。本物の男は、ベルトをきっちり締めて七百年でも待ち続ける。それは、心を寄せる女性とともに過ごす一秒一秒が喜びだからだ」

わたしは息が詰まって体の内側が溶け、ペンへと首をめぐらせた。

「男ってのがどんなものか、あたしが知らないみたいな口をきかないでよ」サヴァナが嚙みつく。「男が求めるものはひとつでしょ。コーラがそれを与えないなら、与えてくれる女を見つけるくせに」

「ハニー、やめなさい」わたしはなだめるように言った。「これはわたしとペンのあいだの問題でしょう。あなたたちに関係があるわけじゃない」

「そんなの嘘よ」リヴァーが横から口を出し、わたしに向かって指を突きだす。「だって、コーラの行動は全部、あたしたちにも関係してくるんだよ。コーラが誰と寝てるかってことまで。この先どうなると思ってるの？　ゲレーロ・ファミリーがコーラとペンに結婚プレゼントを買ってくれるとでも？　このビルで披露宴まで開いてくれて、めでたし、めでたし？　ダンテは絶対にコーラを手放さないよ。自由にしてもらえると考えてるのなら、コーラは自分で自分をだましてる」

　砕けた心が百万もの破片になって飛び散り、痛みが増幅する。「おとなしくダンテの言いなりになれと言うの？」

「そんなこと言ってない！」リヴァーが叫ぶ。「誰かに助けてもらおうって言ってるの。あたしたちが知りたいのは、その誰かはペンかってことよ」目に涙が盛りあげる。「真実。コーラはペンと寝てるんだと思ってたときのほうが、あたしも安心できた。だって、ペンはいつも戻ってきたから。でもいまはもうわかんない。ペンは口説くために戻ってきてただけじゃないの？　ペンが来なくなったら？　ペンが出ていっちゃったら？　そっちのほうがもっと怖い。噂はいつか絶対に広まる。スーパーで誰かがぽろりと漏らしただけでも。次にあいつらが来るとき、ペンはいったいどこにいるの？　コーラの居場所はみんな知ってるんだよ」

視界の端でペンが身じろぎするのが見えた。続いて彼は背筋を伸ばし、さらに大きくなったように感じた。リヴァーの言うことには一理あった。幸せには代償がつきものなのを知らないほど、わたしはおめでたい人間じゃない。だけど一生に一度経験できるかどうかわからない幸せを手にしたのなら、賭けてみるだけの価値はあると思った。

でもいまは？　ダンテの影に怯えるサヴァナとリヴァーを見たあとでは？　自分の行動が正しかったのかどうかよくわからない。

「リヴァー」わたしはサヴァナとの抱擁に加われるよう腕を広げた。「あたしたち――リヴァーはあとずさりした。「ううん。ハグは要らない、コーラ。あたし――に必要なのは答えなの。正直に答えて」深く息を吸い込む。「真実か嘘か」

ネックレスに手をやって星を握り、チェーンに沿って右へ左へ滑らせた。リヴァーが何をきくつもりかはわからないが、真実を答えるとは約束できない。「いいわ、質問して」

リヴァーは首を横に振った。「答えるのはコーラじゃない。彼よ」

顔を横へ向けると、ペンはリヴァーを見据えている。

彼は舌で唇を湿らせ、首をかしげた。「ああ、きいてくれ」

「ペンはこれからもコーラの世話を焼くの？　あたしがきいてるのは、本気でコーラに関わるつもりかってことよ。カップケーキやテイクアウトの料理を持ってくるとか、そんな話じゃない」リヴァーはペンに向かって足を踏みだした。「ゲレーロ・ファミリーの怒りを買って、自分の家族全員の命を危険にさらす覚悟がペンにはあるの？」

部屋にいる全員の視線が、沈黙して立ちすくむペンへと向けられた。彼は気まずそうに、それでもなお堂々と、床を見つめて何度も足を踏み換えた。おそらく数秒ほどの重苦しい間が数時間に感じられた。

ペンとわたしは、まだつき合い始めたとも言えない間柄だ。そんな彼に、リヴァーは大きな責任を負うよう求めている。あいにくわたしの心にとって、彼の返事を聞くのは大きな試練だった。聞いてしまえば、聞かなかったことにはできない。彼を失うのは自分の一部分を失うのと同じで、そんな心の準備はできていなかった。だけど、彼の返事が疑問の余地のない確たるイエス以外のものなら、喪失は避けられない。

「答えなくていいのよ」わたしはささやいた。

「だめよ。答えて」サヴァナがわたしの腕の中からうしろへさがる。

わたしは肺が焼けるまで息を殺した。ペンは、ダンテが現れたら必ずそばにいると言ってくれたが、これはさらに重大な——もう後戻りはできない約束のように感じた。ペンがようやく視線をあげたとき、その顔にはなんの表情もなかったが、瞳は魂の中で炎が渦を巻くかのように燃えていた。「おれにはほかに家族は残っていない。失うものは何もない。あいつらがおれから奪えるものはない」

なんて寂しい人生だろう。

そう思ったのはつかの間だった。

ペンはわたしの手を握り、つけ加えた。「コーラ以外は」

まぶたの裏で感情がはじけた。どれほど速くまばたきしても瞳がうるむのを止められない。

わたしの手を持ちあげてすばやくキスしたあと、ペンはリヴァーに注意を戻した。「その延長にはきみとサヴァナも含まれる。だからリヴァー、答えはイエスだ。おれはどんなことをしてでもコーラを守る。それが百パーセント、真実の答えだ」

サヴァナが顎を震わせながらも、肩を怒らせてペンの目をまっすぐとらえた。「ここから連れだすために、コーラをあたしたちから奪うことになっても？」

罪悪感に血が凍りつき、わたしは目を見開いた。「そんなことあるもんですか」サヴァナのほうへ大きく足を踏みだす。

ペンは落ち着き払ってわたしの手を引き、自分のそばへ引き戻した。「きみたちを置いて彼女が出ていくと思うのか？」〝いいや、そんなはずはない〟という反語的な言い方ではなく、〝なるほど、それはいいアイデアだ〟という口調だ。

「ペン」わたしは叱責した。

不安に怯える子どもたちをからかうの？　手を振りほどこうとすると、彼はさらにきつく握り返した。

「答えるんだ」ペンが迫る。

少女ふたりは顔を見合わせ、無言のやりとりをした。

そのあと、リヴァーは涙に濡れた笑みをわたしに向けた。「ううん。コーラはあたしたちを置いて出ていったりしない」

愛情がわたしの中で破裂する――だが、それはサヴァナが口を開くまでだった。

サヴァナは華奢《きやしや》な体を震わせ、わたしから視線をそらした。「あたしは、わかんない」

「サヴァナ」彼女の告白はわたしを骨まで切り裂いた。

「だったら、その目をちゃんと開くんだ、サヴァナ」ペンが命じた。「たしかに、コーラとおれのあいだでは何かが起きてる。その何かは日ごとに強まり、深まっている。だがな、おれはきみたちから彼女を奪うようなまねはしようとも思わない。理由は、彼女がついてくるはずがないからだ。これは神にかけた真実だ」

サヴァナははっと視線をあげた。その顔には不信の念が刻まれている。

「そうだ、聞こえただろう。おれがきみたちふたりを捨ててくれなんて口にしようものなら、ここにいる女性はためらうことなくおれのほうを捨てる。ふたりで長い時間一緒に過ごすようになっても、きみたちの話ばかりされて、正直参ったよ」

ふたりの少女の顔に美しい安堵の色が広がるのを目にして、わたしは心臓が止まりそうになった。ふたりの頭からつま先まで緊張が解ける。だけどペンはさらに続けた。

「サヴァナ、きみの好きな色はパープルだ。それも色そのものが好きなわけじゃなく、瞳が大きく見えるからだろう。そうそう、眉毛の描き方をコーラに教えてやってくれないか？　どうやってもきみのような眉毛にならないって、毎晩毎晩十分間聞かされて弱ってる。きみのアドバイスでおれの鼓膜が救われる」

わたしはあ然とし、首をねじって彼を見あげた。

「それにリヴァー」ペンは続けた。「Aを取ってくるたびに見せびらかすのはそろそろ卒業だ。あと、身長が伸びすぎじゃないか？　おれがここへ来てからだけでも五センチは伸びてるぞ。コーラはまだきみを見あげるつもりはないそうだ」

最大級の褒め言葉をもらったかのように、サヴァナは顔を輝かせた。

リヴァーは照れくさそうに靴を見おろし、大きな笑みを浮かべている。

わたしはというと、心臓は激しい鼓動を打ちながらも止まりそうで、ただただ畏敬のまなざしでペンを見つめた。

サヴァナの眉毛について話したことは一度もない。正直言うと、もう少し自然な眉にしてほしいところだ。彼女がよくパープルを着ているのは本当だった——ペンは観察して気づいたのだろう。リヴァーがいつもAをもらってくるのも事実。彼女はとびきり頭がいい。それにわたしの身長を追い越す日も遠くはないが、そのことをペンの前で口にした覚えはなかった。

わたしはこの娘たちを愛している。たとえ墓に埋められても、土を掘り返してこの娘たちのもとへ戻ってくるだろう。

もっとも、ペンがいま口にした言葉はすべて真っ赤な嘘だ。

それなのに、感謝の気持ちで膝から力が抜けそうだった。ペンは知っていること、見聞きしたことを用いて、シンプルな言葉では決してきちんと伝えられないやり方で、愛されていることをふたりに感じさせた。

わたしは嘘をずっと憎んでいた。幼い頃から嘘ばかり聞かされてきた。わたしに言わせれば、嘘は偽物の安心感へ人を誘い込むだけのものだった。

だけどいまは嘘に感謝している。何かに対してこんなに感謝したことはない。いまいましいわたしの目がまたもやうるんでくる。ペンは彼の光の真の明るさを示してくれた。一日目からわたしたちを守ってくれていた。

シャワーカーテンを引き戻してくれた。

アンジェラのアパートメントを清掃してくれた。

うちの玄関先に座り込んでくれた。

そして、わたしを待ち続けてくれた。まだ七百年にはならないかもしれないが、期待するわけでもなく毎晩そばにいておしゃべりし、一緒に過ごしてわたしを知ろうとしてくれた。

そしてわたしがリヴァーとサヴァナに背を向けることは決してないと理解してくれた。嘘をついてまで、ふたりにもそれをわからせてくれた。

どれほど忘れようとしても、わたし自身、いびつなスポットライトに照らされ続けている。だけどニックを失って以来初めて、ペンがスポットライトをさえぎり、自分の顔にひんやりとした影が落ちるのを感じた。

わたしはまばたきした。何度も、何度も。ペンはわたしの世話をすると前にも言ってくれた。けれどこれは違う。

これは約束だ。

誓い。

否定しようのない真実。

そして何より恐ろしいことに、これはわたしに希望を与える。

希望ほどわたしを失望させ、傷つけ、粉々にしてきたものはなかった。

それなら、ペンに対して希望を感じるのは？　そんなの、死ぬほど怖いに決まっている。

彼の胸に向き直り、子どもたちから顔を隠した。

堰を切ったように泣きだすわたしの体にペンのたくましい腕が回される。

「ごらんのとおり、おれはここにいる。きみたちはみんな安全だ、何があろうと。さて、ふたりともこの場を外して、おれのために祈ってくれないか。内緒話をすっかりしゃべったからな、おれはこれからコーラにうんとどやされる」ペンはそう言ってわたしを引き寄せた。

リヴァーは表に出したくない感情のひとつやふたつ自分にもあるとばかりに、咳払いをした。「うん、わかった。あたしたち……もうベッドに行くね」

「そうだね。なんだか疲れちゃった」サヴァナが勢いをすっかり失った声でささやいた。

木製の廊下をパタパタと遠ざかる足音が止まり、おやすみと小さな声がふたつ聞こえた。

次はドリューだった。「おれも失礼するよ。フレームの組み立てはひとりでできるか？」

「ああ、大丈夫だ。手伝ってもらって助かった」

「お安いご用だ」ドリューがわたしの背中をぽんと叩く。「おやすみ、コー」

「おやすみなさい、ドリュー」ペンの胸に向かって応えた。

ようやくドアが閉まり、ペンは頭をさげてわたしの耳もとへ唇を寄せた。「大丈夫か？」

わたしは首を横に振った。

「それは〝少しだけ大丈夫じゃない〟と〝少しも大丈夫じゃない〟のどっちだ？」

「まだよくわからない」波のように押し寄せる涙が喉を詰まらせ、言葉を出すのが難しい。「あなたは……あの娘たちに嘘をついたわ」

ペンがわたしの横顔にキスをする。「嘘は悪い嘘ばかりじゃない、ベイビー。ときには必要な嘘もある。きみとおれはこのところずっとふたりきりで過ごしていた。あのふたりはまだ子どもだ。きみの人生で一番大切なのはいまも自分たちなんだと聞く必要があるだけだ」

唇が震え、片手で口を押さえて言った。「そうに決まってるじゃない。あの娘たちはわたしにとって何より大切に決まってる」

「ああ。いまはあのふたりもそれを知っている」

彼の胸に体をすり寄せながらも、もっと近づきたくてたまらなかった。「ペン、あなたってどうしてそんなにすばらしいの？」

「ようやく質問が変わったな」

わたしは彼を見あげた。「えっ？」

ペンがにやりとする。「数週間前、きみは〝どうしてわたしを助けるの〟と繰り返してばかりだった。それが今夜は〝どうしてそんなにすばらしいの〟に変わった。大きなステップだ、コーラ」

たしかにそうだ。わたしにとってはとてつもなく大きなステップ。

それをわたしはごく自然に踏みだしていた。

恋に落ちるのにどこか似ている。

わたしはまばたきをした。

もう一度まばたきする。

まばたきを止められない。

「おいおい、また泣きだすのか」彼がぼやいた。

また彼の胸に顔をうずめた。「だけど今度は、〝少しだけ大丈夫じゃない〟のほうだと思う」

「おれがベッドを組み立てるあいだに、どっちだかはっきりさせられそうか？」

「あなたは仕事が速いから、時間が足りないかもしれない」

ペンが小さく笑う。「かもな。だが、きみがちゃんと大丈夫になるまでキスをするのに、心地よく横になれる場所は少なくともできあがっている」

泣き笑いが漏れた。「あなたは本当にやさしいのね、ペン。あの娘たちを安心させることを言ってくれる。ベッドを買ったり、わたしが喜ぶことをしてくれる。わたしの世話をすると約束してくれる」

「いつもきみを泣かせてばかりいる」彼がわたしのリストにつけ加える。

「ううん、それは違う。医学的症状だって言ったでしょ」

ペンは笑い、向き合うわたしの腰に腕を滑らせて引き寄せた。「なんだそれは、べイビー？　おれとしては悪いことをしたつもりはひとつもないんだが」

「悪いことじゃないわ。あなたは本当にすばらしいことをしてくれた」

それは事実だ。けれどもわたしの人生で、すばらしいことはいつまでも続きはしない。

ペンが微笑む。「安心した。おれはきみが喜ぶことをするのが好きだ。それにきみの手料理が好きなんだが、明日の夜はお礼の夕食を期待していいか？」顔を寄せ、わたしの耳たぶを噛んでささやく。「始まりに戻って、ターキーベーコンバーガーとビールに一票」

わたしは心からの——けれども無理をして作った——笑みを送った。ペンがベッドを組み立てるあいだ、わたしは部屋で座っていることができる。そのベッドに体を横たえ、息の仕方を忘れるまで彼のキスを浴びることもできる。

だけどできないこともあった。ペンがずっといてくれると期待することは、わたしにはできない。

期待してしまえば、彼を失うことになりそうだから。

「オーケー。いいわよ」

ペンがわたしの唇をついばむ。「カップケーキやおこづかいで機嫌は取ってるが、リヴァーとサヴァナに好かれている自信はない」

「あの娘たちもあなたを受け入れるしかないでしょうね。今夜をもって、わたしたちは公式につき合ってることになったんですもの」

ペンは、今度は笑みの浮かぶ唇でわたしに口づけした。「それは違う。おれたちは何週間も前から公式につき合ってるだろ。毎晩きみのベッドで一緒に寝てるんだからな」

わたしは彼の腰に手を回すと、引き締まったヒップへ滑らせてきゅっと握った。

「言っておきますけど、わたしたちがセックスしていれば、今夜あんな騒ぎにはならなかったのよ」

ペンは目を丸くした。笑みがさらに大きくなる。「本当か?」

「ええ」

「驚いたな」彼はわたしのヒップを握り返し、キスで喉の上から下までたどった。

「いいニュースは、あと七百年はそれでいいってことだ」

わたしはペンの胸板をぴしゃりと叩いた。

「悪いニュースは、工具を取りに自分の部屋へひとっ走りしなきゃならないってことだな。きみは着替えてビールをふた缶用意していてくれ。すぐ戻る」

うしろへさがるペンを不満たっぷりの顔でにらみつけたが、彼は笑うばかりだった。こっちは体の芯を炎になめられていて、笑うどころではないのに。

玄関から出ていくペンのヒップに目を注いでひゅーひゅーと口笛を鳴らすと、わたしの口にもようやく笑みが戻った。

21

ペン

「ベッドを運ぶのに手を貸したお礼に、コーラがおれのために作ったうまい料理を運んできたって可能性はあるか？」電子レンジの前で三分前に突っ込んだ冷凍ディナーができあがるのを待ちながら、ドリューが尋ねた。

「ないな」おれはキッチンを通り過ぎ寝室へ向かった。コーラのベッドと一緒に買った新品のベッドをぐるりと回り込む。彼女のベッドのほうが上等だ。だが、初デート以来、自分のアパートメントで寝ていないのを考えれば、実際にはドリューのための買い物だ。

ツールボックスを開いて六角レンチを探していると、電子レンジがチンと音をたてた。

「今夜はえらい騒ぎだったな」

ドリューはダンボールを食うよりは幾分ましというだけのブリトーをかじって言った。

「あの娘たちは見た目より賢い」

「あんたも、まあよく言えるもんだよな。〝そうだ、その延長で、きみとサヴァナの安全もおれが守る〟とかなんとか。ああまで嘘がうまいとは知らなかったぞ」

「あれは嘘じゃない」おれはクローゼットへと向かい、着替えのスウェットの上下を出した。

「なんだって?」

「あれは嘘じゃないと言ったんだ」

ドリューはあきれたように眉を吊りあげた。「そう聞こえたからきき返したんだ。言い間違いに決まってるよな?」

スウェットを肩にかけ、ドリューと向き合った。「計画変更だ。三人とも守る。コーラたちは三人でひとセットだ」

ドリューは歯嚙みした。「いいだろう。すべてが終わったら、あのふたりは役所の社会福祉課に引き取らせる。あんたの女は悲しむだろうがな」

おれはベッドの端に腰をおろし、ブーツの紐をほどいた。「コーラはおれの女じゃない。だが、おれたちが出ていくとき、彼女もここには残らない」

ドリューはばか笑いした。「まず、〝コーラはおれの女じゃない〟ってところには触れないでおくよ。そこをつつく時間はないからな。いいか、彼女はあんたに惚《ほ》れてるんだぞ。しかもあんたは彼女に期待を持たせてる」

はらわたがねじれた。何も耳新しいことじゃない。コーラ・ゲレーロのような女性とあれだけ時間をともにして、何も感じない男はいないだろう。彼女がおれに向ける、微熱にうるんだようなまなざしにも気づいていた。

夜になって眠りに落ちるとき、コーラはひとつになろうとするかのごとく、やわらかなふくらみをおれの体にぴったりくっつける。寝返りを打つことも、体を離すことも絶対にしない。女たちからの電話やメールに起こされたときは、体を起こして携帯電話をつかむと、すぐまたおれにくっつく。

そして何かしてやると、コーラはたちどころに涙目になる。何かしてやると言ってもたいしたことじゃない。おんぼろの車を買い直してやったとか、ブランドもののハンドバッグを買ってやったとか、ひと口ごとに恍惚《こうこつ》とする彼女を眺めるためだけに五つ星のレストランに連れていってやったとかなら、まだわかる。だが、そうではなく、単に日用品を買ってきただけだ。

週のはじめに彼女のアパートメントでシャワーを浴びていたとき、ボディウォッシュの残りが少ないのに気がついた。スーパーへ行ったついでに買ってくると、コーラは目をうるうるさせ、液体石けんの三ドルの容器におれがこの世界を封じ込めてみせたかのように大感激した。ありがとうと百回も言われ、おれはそそくさと退散した。

コーラにはもっとましな暮らしがあるはずだ。

もっといい暮らしが。

最高の暮らしが。

コーラの信頼を得るのは予想よりはるかにたやすかった。男に対して期待を抱いていないから、彼女のもとへ毎晩通うだけでおれに心を許した。

まずいことに、状況はこっちもおんなじだ。コーラの寝室で過ごし、彼女の反応を通して世界を体感し、安いボディウォッシュを買っていき、たったの三百ドルだと言ってある最高級のマットレスが運び込まれるのに目を輝かせるコーラを眺めているうちに、気づいたら彼女に心を許していた。

コーラは世間知らずとはほど遠いくせに、人生に対するハードルはやたらと低く、目に映るものすべてが新しく、魔法みたいに見えるようだ。ビーチへ連れていったら、あの瞳にはどんな驚きの色が浮かぶだろうか。海外や、そうだ……オハイオだ。きっと大はしゃぎして笑い続け、パリでブティックめぐりでもするかのように、大喜びでクリーブランドのチェーンレストランをのぞくことだろう。

彼女の陽気さには感染性がある——恐ろしい疫病のような。

なぜならおれは死にかけているのだから。

数週間前は、コーラと一緒にいるのを想像するだけでパニックを起こしていた。いまは、彼女を手放すことができるのかと毎日もだえ苦しんでいる。

コーラはいまではおれの一部だ。そしてどんな結末を迎えることになろうと——おれが墓場行きになるのはまず確実だが——彼女はこれから花開く。

そのためにはコーラだけでなく、リヴァーとサヴァナも必ず無事にここから抜けだせるようにする必要があった。

おれはあの娘たちに約束した。約束は守り通す。

ブーツの紐をほどく手を止め、ドリューを見あげた。「言っただろう、どんな犠牲を払おうと、だ」

「コーラを巻き添えにしないよう気をつけるってことで話はついてるだろう」

「もはやそれでは不充分だ。計画はやり通す。カタリーナと彼女の子どもは探しだす。

必要なことはなんだってやるさ。だが、すべてが終わったとき、コーラはここから脱出させる。のびのびと自由に呼吸できる場所へ彼女を移してやるんだ、あの娘たちと一緒に」

ドリューは茶色い髪をかきむしった。「何考えてんだ。そんなことをする資金はないぞ」

おれは勢いよく立ちあがってにらみつけた。「資金ならある。おれはあの三人を一刻も早くこの泥沼の外へ連れだす」

「ペン、コーラには前科がある。知ってるだろう。彼女はすでにツーストライクだ。三度目の有罪判決を受けたら、終身刑になる身だぞ。彼女が家出娘ふたりを連れて逃げるのを手助けするだと？ うちひとりはヤク中なのに？ 警察に捕まれば、コーラはスリーストライク、バッターアウトだ。よく考えろ。カタリーナの娘を見つけたあと、コーラはここから連れだす。彼女ひとりをだ」ドリューがこっちへ大きく足を踏みだす。「おれたちがここにいる理由を忘れるな。あんたは物語に出てくる救済者じゃないんだ。あの娘らを救うのはあんたの義務じゃない。〝コーラには指一本触れさせない〟ってあんたがわめくのにはつき合うよ。だがな、子どもたちまでとなると、おれはつき合っていられない」

ガキの頃、寄り目になるまで錯覚アートを見つめたが、水中からジャンプするイルカも、小島に生えた椰子《やし》も絵から飛びだしてくることはなかった。それでもショッピングモールの壁に描かれた絵の前を通るたびに、今度は見えるんじゃないかとやってみたものだ。

こうしてドリューをにらんでいるとあのときと同じ気分がした。

ドリューは絵の中に隠れた椰子の木だ。なぜなら目の前にいる男、十三歳と十六歳の少女は見捨てていくと話すこいつは、姿も形も何もかもおれが知っているドリューとは違う。

「いまのおまえは何者だ?」おれはそれで絵が変化するかのように首を左右に傾けた。

「おれが何者か?」ドリューは耳を疑うかのように繰り返した。瞳は暗い光を放ち、冷えきった怒りに顔がゆがむ。そして自分の胸に親指を突きつけ、怒鳴った。「おれは刑務所で二年間、腐るようにして生きていた男だ。マニュエル・ゲレーロのケツにキスし、ひざまずいてあいつを口でイカせてやった男だ。おれのきょうだいを殺したやつの手がかりを見つけるためにな」

「彼女はおれの妻でもある!」おれは体を押しだし、自分の胸をドリューの胸にぶつけた。「復讐《ふくしゅう》は世の中に背を向けることじゃない」

ドリューが笑い声をあげるがそこにユーモアはない。「あんたはいますぐこの件から手を引け。計画をおじゃんにされちゃかなわない。あんたがあの娘たちを救うのにこだわるのは、リサを救えなかったからだろう」

アドレナリンが噴きだして視界がぶれた。だが幸い、ドリューは数センチ離れているだけでロードマップが必要なわけじゃない。

身をそらしてドリューの横面に拳を叩きつけた。ドリューもパンチを繰りだし、おれたちはどちらも床に倒れた。取っ組み合って転がり、あたりにあるものを倒しまくった。おれは左眉を切り、ドリューは上下の唇が裂けた。

ドリューとの殴り合いは何も珍しいことじゃない。大学時代、年下の親友だったこいつの双子のきょうだいに惚れたことを白状してからは、実のところちょくちょくやり合うようになった。だが、これは最悪の部類だ。

四年前にふたりで復讐の計画を練ってから初めて、おれたちは対立していた。

無数のパンチが飛んだ。

顔面に。

ボディに。

そして寝室での喧嘩にプロボクシングのルールは適用されないということは……。

後頭部やベルトの下にもだ。

最後のパンチを出したときには、ふたりとも汗まみれ、血まみれで、息を切らしていた。

「くそったれめ。肋骨が折れたぞ」ドリューはうめき、おれの隣に仰向けに転がった。

「そりゃあよかった」自分の脇腹の痛みには触れなかった。

床に並んで横になり、天井を見あげ、荒い息をして新たな怪我を発見してはうめいた。

「いいか、こういうのを荒療治って言うんだ。問題に取り組むおれたちの責任ある態度は見事なもんだった。おれの保護観察官なんて、涙を流して喜ぶぞ」

首を振ると後頭部にたんこぶができていて、おれは顔をしかめた。「なんでこうなった？」現実が喉をふさぎ、声を絞りだす。「なんでおれたちはいまここにいる？」

「あんたはいなくていいんだ」ドリューがこっちへ顔を向けるが、おれは相手を見なかった。「うちへ帰ったらどうだ、ペン？」

「断る」即答した。

「いいから聞けよ。コーラ、それにあの娘たちを連れてビーチへ戻れ。家はまだそのままあるんだろう。おれはここに残って、後腐れないようすべてに片をつける」

血圧が上昇した。「いいや、それじゃ計画と違う。おまえは自分の役目を果たした。あの車を盗み、マニュエルとの接触に成功した」

「おいおい。その前にも一台盗んだのを忘れてくれるなよ」

一度目に刑務所へ迎えに行ったときのことを思い返し、おれは力なく笑った。アウディに乗り込んできたドリューは悪態をわめき散らした。軽い処罰で放免されたことに激怒した男は、おそらくこいつが初めてだろう。ドリューはならばと二台目を盗み、それでめでたく二年の懲役を食らった。

「ああ、そうだったな。だから今度はおれの番だ」ようやくドリューに目を向ける。「それがおれたちの計画だったろう、ドリュー。おまえは刑務所での時間を犠牲にする。おれは残りの人生を犠牲にする。塀の中にいるのであれ、棺桶《かんおけ》の中にいるのであれ。それがおれたちの計画だ」

「それはコーラが出てくる前の話だ」

「いいや」おれは断固として首を振った。「おれはコーラの男にはなれない。おれの終点はここじゃない。彼女を巻き込むことはできないんだ。彼女はすばらしい女性だから、ここから出してやりたい。だがおれがしてやれるのはそこまでだ、それはおまえだってわかってるだろう」

ドリューは冷笑した。「自分をごまかすなよ。気づいてるんだろう？　ここへ来てからのあんたはこれまで見たことないほど生き生きしてる。しかもこれまでっていうのには、リサが生きてた頃も含まれる」

顔がこわばり、肋骨を押しつぶさんばかりの苦悶が胸を締めあげた。「やめろ」

「あんたはリサを愛してた。誰もそれを疑ってはいない。だがな、コーラに対しては、あんたはめろめろだ。嬉々《きき》として世話を焼き、コーラが笑うたび、クリスマスツリーみたいに顔を輝かせてでれでれと喜ぶ」

苦笑いするおれの横でドリューは続けた。

「リサは違うタイプだ。彼女は過剰なぐらい独立心が強かった。いいか、おれは子宮の中で十カ月一緒だったんだぞ。医者たちがなんと言おうと、へその緒を首に巻かれてリサに始末されかけたことが一度ならずあったのをはっきり覚えてる」

ふたりして笑った。それが事実だったとしても驚きはしない。

ドリューはなおも昔を回想した。「リサはあんたを愛してた。だがそれ以上に人生における冒険を愛していた。あんたと彼女はもともと合ってなかったんだ。あんたはビーチハウスを取り壊した跡地にハリケーン対策を強化した目玉が飛びでるような価格の大邸宅をいくつも建てて、一大帝国を築いた。おれの知る限り、そんな仕事をしていれば、旅行や探偵まがいの調査にかけられる時間はたいして残らない。だがリサがずっとやりたがっていたのはそれだ。あんたが最初にデートする前におれに言っていれば、教えてやってたんだ」ドリューは手をあげておれの腕目がけて振りおろし、すでに打撲している場所に命中させた。「おれに隠れてリサとベッドに飛び込む前に、〝おまえの双子のきょうだいとつき合うがかまわないか?〟とひとこと断っていればよかったんだよ。だがあんたは何も言わなかった」

おれは眉に手をやり、血が止まったかを調べた。まだ流血している。起きあがってTシャツを脱ぎ、それで目を押さえてもう一度横になった。「十五年も前の話だ、ドリュー。いい加減水に流せよ」

「おれが言いたいのは、あんたにとって、コーラは別の存在だってことだ。この目で見たからわかる。彼女といると幸せなんだろう、ペン。何もあんたが幸せにしがみつくのを責めはしない」

「だめだ。おれはおまえと約束を交わした」

「その約束からあんたを解放するんだ。あとはおれがやる」

理屈的には、これ以上ない申し出に聞こえる。だがおれの心、おれの魂――おれの良心――は受け入れようとしなかった。感情の雨が降り注ぎ、あらゆる角度から切り

「リサに関しては、おまえの言うとおりだ」おれは言った。「彼女は何に関しても自由な精神の持ち主だった。だが彼女は一度だけおれを必要とした。そしてそのときおれはそこにいなかった。おれなら両方やれる。そうすることをリサも喜ぶだろう。子どもたちとコーラを安全な場所へ移し、そのあとでおれたちが始めたことを終わらせる」

ドリューはおれを凝視したあと、視線を天井へ戻した。「本当にそれでいいのか、シェーン？」

全身がびくりと動いた。心臓の鼓動が止まる。次の呼吸で、おれは自分がここにいる理由を思い出した。

ひとつ吸って。ひとつ吐いて。

「お願い、シェーン」

「ああ、覚悟はできてる」

22

コーラ

工具を取りに行ったペンが戻るのを待っていると、携帯電話が鳴りだした。

「嘘！　夜空に映したバットシグナル（バットマンを召喚するときに照射するサーチライト）をほんとに見てくれたの？」電話を耳に当て、わたしは驚喜した。

「んんんー、なんですって？」キャットが尋ねる。

わたしは誰もいないアパートメントを見回した。リヴァーとサヴァナは鍵をかけて部屋にこもったままだ。今夜は泣いたり怒ったりで疲れて、もうぐっすり眠っていると思いたいけれど、たぶんテレビを観るか携帯電話をいじるかして起きているだろう。

「電話してほしいって思ってたところなの。あなたのアドバイスが必要よ」

「オーケー。今夜そこから逃げだしなさい」

キャットときたら、すぐにこれだ。「まだ講義が五つ残ってる。でもね、片足はもうドアの外へ出たようなものよ。だけど話をしたいのはそのことじゃないの」

「講義が五つもあったら、いまのペースだとあと一年かかるじゃない」

うろうろと歩いていたわたしはぴたりと止まった。「大学の問題は脇に置いていい？　わたし、ある人と出会ったの」

予想したとおり、電話の向こう側は沈黙した。

「あなたの頭はいまの情報を処理中なんでしょうけど、待っていられないから話を続けるわよ。彼、最高にゴージャスなの。ヴォルデモート級よ」

「映画版の『ハリー・ポッター』シリーズではひどい顔だったじゃない。褒めているようには聞こえないんだけど」

わたしはくすくす笑って携帯電話を反対の耳に当てた。「名前はペンよ。ヒューゴのあと、彼の弟とふたりでビルのメンテナンススタッフとして入ってきたの」

さらに沈黙。

そのあと沈黙は消し飛ばされた。「あなた正気なの？」

鼓膜が破れないようあわてて携帯電話を耳から離したが、キャットはわめき続けている。

「コーラ、いったいどういうことよ？」

「彼らはゲレーロの人間じゃないわ。彼らは……ウォーカー兄弟よ。弟のドリューはマニュエルがいる刑務所に入ってたの」

「ああ、なんてこと！」キャットが悲鳴をあげる。「なお悪いじゃない！」

わたしはソファに腰をおろした。「落ち着いて。そんなのじゃないから。ふたりともいい人たちよ」

「わたしの父と関わりがある人にいい人なんていないわ」

「でも、ペンは彼には会ったことないのよ。いいからわたしを信じて、ふたりはああいう人たちとはまったく違う」

「ああ、まさかわたしの話をしたとか言わないで」

わたしはふんと鼻を鳴らした。「正気じゃないのはそっちよ。わたしが言うわけないでしょう。わざわざ確認するなんて、傷つくわ」

「ああよかった、神様」

ソファに深く座り、両膝を胸に引き寄せた。「神様は関係ないわ。男性のためにあなたやイザベルを危険にさらすようなことをするもんですか。たとえその男性がとびきりゴージャスで、やさしくて、思いやりがあって、その上――」

キャットがはっと息をのむ。「もうベッドをともにしたの？」

「やっかまないの。いつの日かあなたのもとにもプリンス・チャーミングが現れるから。あなたが閉じ込められている塔の窓に小石をコツンとぶつけて、お高くとまったイギリス英語で呼びかけるのよ、〝キャット姫、いま参りますぞ、ながーく伸ばしたすね毛を垂らしてくだされ〟って」

「いやだ！」キャットは噴きだした。

くだらない冗談だけど、キャットを笑わせることができるならわたしはなんでもする。いまでは滅多に聞くことのできない彼女の笑い声に耳を傾け、わたしはばかみたいににこにこしていた。

ようやく笑いの発作が治まると、キャットはささやいた。「ああ、あなたにすごく会いたい」

「わたしもよ。でもバットシグナルを見たのでも、わたしの恋バナを聞くためでもないとしたら、なぜ電話をくれたの？」

「それは……ちょっと困ってて」

わたしは急いで背中を起こし、素足を床におろした。「何があったの？」

「電気を止められたわ。あなたも知ってのとおり、それはいつものことだけど、家の掃除にわたしを雇ってくれている女性から、この夏はメイン州に暮らす孫のところへ行くといきなり言われて」

「そんな、どうして？」

「理由は知らないわ。きっとお気に入りのお孫さんなんでしょう。問題は、ほかの仕事が見つかるまでこっちはお先真っ暗ってことね」

キャットはゲレーロ・ファミリーのお姫様として育てられた。家族からひどい扱いを受けていたのは事実で、父親や兄たちは常に彼女を見くだし、都合のいい駒として扱った。けれどもキャットはダイヤモンドがちりばめられた靴を履いて歩いているようなものだった。一度も働いたことはなく、ファミリーのためと父親に命じられて地方検事のトーマス・ライアンズと結婚したときも、食物連鎖のピラミッドの下段におりることはなかった。すべてに背を向けて姿をくらましたその日まで、ジャガーを乗り回し、二百坪の大邸宅に暮らして身につけるものはすべてパーソナルスタイリストが届けていた。外側だけ見れば夢のような生活だ。その内側は、わたしが暮らしているのと同じ地獄で、ただインテリアが少しばかりましなだけだった。

トーマスは日常的に暴力を振るい、彼女が拒もうと妻としての務めを強要し、激しい言葉の暴力で彼女をぼろぼろに傷つけた。キャットは父親に助けを求めたが、マニュエルは刑務所送りを免れるためにトーマスの首根っこを押さえておく必要があった。

このふたりが手を組めば怖いものはなかった。裏社会の王マニュエルは、売春とドラッグの両方を牛耳り、自己愛の塊の悪徳地方検事トーマスは、自分は法をも超越していると考えていた。

けれど奇跡中の奇跡が起きて、キャットは囚われの暮らしから脱出した。そしていまは他人の家を掃除して、その日暮らしを送っている。その話をする彼女の声は、これまで聞いたことがないほど生き生きしているが、いつもどこか寂しげだった。

「いくら用意すればいい？」わたしは尋ねた。

「それは大丈夫。電気の心配はしてないわ。どうにかなるでしょう。ただ、イザベルの具合がね。よくならないの。医者からは扁桃炎《へんとうえん》だと言われて、抗生剤を飲ませて一度はよくなったけど、またぶり返して。まだ十四歳でしょう、熱があってつらいものだから、わたしに当たるの。もう一度診てもらわないと」

「あなたまで精神的に参ってしまうわ。いくら要るの？」

キャットはため息をついた。「保険なしの診療は一回当たり二百ドルぐらいだけど、あなたからもらった六十ドルがまだ残ってる。あなたに甘えてばかりいられないのに、ここのところ出費が重なってしまって」

　わたしは微笑した。「子どもがいるといつだってそう」

「ほんとにね」

　立ちあがって玄関へ行き、のぞき穴に目を当てる。ペンが戻ってくる様子はなかった。「わかった。ひとつひとつ確認していきましょう。電気代は？」

「八十七ドルよ」

「それに診療費が二百ドル、と。前回抗生剤にはいくらかかったの？」

「三十八ドル数セント」

　片目をつぶって暗算した。「しめて三百二十六ドルね」

「マイナス六十」キャットが訂正する。

「いいえ。マイナスはなし。ちょっとは余裕を持たせなきゃ。ロッカーまで何度も出かけるのはわたしたちのどちらにとっても危険よ。今夜、二千ドル配達しておく。すべての支払いをすませて、ひと月先の分まで払っておいて。それに新しい仕事が見つかるまでの生活費も要るでしょ」

「全部合わせても二千ドルにはならないわよ、コーラ」そう言いながらも、手で押さえた口から嗚咽が漏れるのが聞こえた。

「ちょっと、まだ最後までしゃべってないわよ。それから、残ったお金でベーカリーを見つけてチョコレートカップケーキを十二個買うこと。わたしがあなたと一緒にいると思って、週末に好きなだけ食べてちょうだい」

今度は、キャットは嗚咽を隠そうともしなかった。「そんなにもらうことなんてできない。そのお金はあなたが逃げだすためのチケットなのに」

「わたしが逃げだすためのチケットはあなたよ。わたしたちはチームでしょ、忘れたの？　それに、すぐに取り戻せるわ。今月分の請求書はまだあなたのお兄さんたちへ送ってないの。数字をあちこちいじればその分ぐらい上乗せできるわよ」

恐怖に襲われてキャットの声から涙が消える。「コーラ、いけないわ。ごまかすには多すぎる金額よ」

廊下を進んで自分の寝室に入り、ドアに鍵をかけてその前へと椅子を滑らせ、携帯電話を肩に挟んだ。「わたしのことは心配しないで。先月は五千ドルごまかしたけどばれなかったわ。それに今月はペンがホームセンターでもらってきた領収書があるの。ゼロをちょこちょこっといくつか増やせば、補塡《ほてん》完了よ」

洗濯カゴから汚れたTシャツを拾いあげ、椅子の上にのぼる。戸口上部の飾り枠に親指の爪を引っかけて外したあと、ちくちくしないよう手にTシャツを巻きつけてからピンク色の断熱材をつかんで剝がすと、その下からさらに断熱材の入った透明なビニール袋の列が現れた。ひとつを取って床に落とし、ほかの袋をずらしてふたたび壁がきちんと断熱材で覆われて見えるようにする。

「コーラ、お願い、やめて。もっと慎重にならなきゃ。メンテナンススタッフの男性と寝ているのなら、なおさら気をつける必要があるわ」

わたしは口を尖らせて飾り枠を戻した。「どうして誰も彼も、わたしたちが寝ているものと思うわけ?」椅子からおりて修正液を取り、もう一度椅子にあがってつなぎ目がわからなくなるよう液を塗り込む。あとで半乾きになったら乾燥機に溜まっている埃をまぶそう。自然な汚れ具合をうまく作りだせるようになるにはちょっとした歳月を要した。このビルでは清潔さほど不自然なものはない。

「だって……大人同士でデートをしていればそうなるのが当然のなりゆきだからでしょう。えっ、ちょっと、まさかその人とまだ寝てないの?」キャットが尋ねた。

わたしはうんざりとばかりに天井を仰いだ。「一緒に寝てるという意味ではイエス。実際、彼にベッドを買ってもらったところ。だけどセックスならノーよ」

キャットはしばし無言だった。「あなた、彼はホットだって言わなかったかしら?」

「そうなの! それになんでもしてくれるのよ。カップケーキを買ってきてくれて、薄汚いカーペットを剥がして木材に張り替えてくれて、今夜リヴァーとサヴァナの前で、わたしがあの娘たちの話ばっかりしてるって、本当はそんなことないのに嘘をついてくれた」

「ワオ。話を聞いている限りじゃ理想の男性だわね」

わたしは笑い声をあげた。「実際にそうなんだから。それにやさしいの。やさしすぎて涙が出ちゃう」

「はいはい、わかりました。ホットでやさしいヴォルデモートなのね。だけど秘密を知られないよう気をつけて、コーラ。その人を信じてはだめ。情報を与えてわたしのファミリーへ持ち帰らせるようなことをしてはだめよ」

わたしは鼻を鳴らした。「それぐらいわかってるわ」

「だけど心配なのよ」

床からビニール袋を拾いあげてクローゼットへ持っていき、金庫の上で逆さまにして振る。紙幣を五千ドル分束ねたものが転がり落ちた。

「わたしのことなら心配しないで。お金のこともちゃんと考えてあるから」札束を半分取って、残りは金庫にしまう。非常時に備えて、いくらか現金を手もとに置くようにしていた。たとえば……マルコスやダンテがいきなり現れて、ここの金を着服しているだろうと言いだしたときなどに。二千五百ドルと殴打でわたしを裁いた気分を味わわせておけば、頭上に隠された五年分のわたしの努力には気づくことなく引きあげるだろう。

「配達は今夜の予定?」キャットが言いにくそうに尋ねる。「せかすつもりはないの。あなたがさっきそう言っていたと思って」

「安心して。現金はここにあるし、いまから駐車場へ向かうわ。車で一時間かかるけど、すぐに配達するから」

「ありがとう、コーラ」

「気にしないで。あなたも体に気をつけて。早く元気になるようイザベルに伝えてね」

彼女の声に笑みがまじる。「ええ」

ふたり同時に通話を終了した。

ペンはまだ戻らない。残念だけれど、わたしのベッドで、すっかり大丈夫になるまで彼にキスをしてもらうのはお預けだ。

携帯電話でテキストメッセージ画面を呼びだし、用事でちょっと出かけてくるわ、とリヴァーとサヴァナにメッセージを送った。入力中を示す〝・・・〟はどちらも表示されず、ふたりを眠らせてくれた涙の神様に感謝した。

ペンにもメッセージを送ったあと、携帯電話はカウンターに残して外へ出た。

わたし：ハイ、用事ができたからちょっと出かけてきます。サヴァナとリヴァーをよろしく。ふたりとももう眠っています。帰宅したら電話するわ。ハグ&キス

23

ペン

彼女を失う十分前……

「落ち着いてください、ミスター・ペニントン」緊急電話のオペレーターが固定電話でなだめようとする。

落ち着いてなどいられるわけがない。あいつらがリサを見おろし、薄汚れた手で彼女の髪をつかんでベッドに押さえつけ、血が彼女の胸や腹の傷口からどんどん沁みだしているというのに。

リサのピンク色のシャツは真っ赤だった。

目の焦点を合わせることができない。

息をすることができない。

何もかもが早送りでスローモーションだ。

振りあげられたナイフがまたたく間に襲ってくる。

やり返そうとするリサの動作はのろすぎる。

おれは絶叫していた。喉が裂けそうな痛みはぼんやりと感じるが、自分が何を叫んでいるのかはひとつも頭に入ってこない。

決壊したダムのごとく激しい怒りが腹の底から噴出する。しかし、それをぶつける対象はどこにもなく、怒りは無力だった。

おれは無力だった。

自分の妻が殺されかけている。

なのにおれは何ひとつできない。

「ミスター・ペニントン、室内を見回してください。警察官はすでに待機しています。彼女がいる場所の情報さえあれば出動できます」

「ホテルの一室だ！」

「どこのホテルですか？　ホテルの名前はわかりますか？」

言葉が出てこない。これまで感じたことのあるありとあらゆる感情が襲いかかり、おれの体から皮膚を剥がし取る。「わ……わからない。シカゴのどこかとしか」

また突き刺される。

また叫び声があがる。

またリサが命乞いをする。

「彼女に手を出すな!」大声で吠え、全身をわななかせた。

それしかおれにはできなかった。

口を手で押さえられても、彼女の悲鳴はおれの耳にこだました。リサが半狂乱で脚をばたつかせ、襲撃者たちを引っかく。

おれの血管に絶望感が流れ込む。

「室内をよく見てください」オペレーターがうながした。

アドレナリンに焚《た》きつけられておれは室内へ目を走らせた。男たちはリサをなぶり続けている。考えるな、彼女を救うんだろう……。

「くそっ」うめき声をあげ、自分の頭に従えと命令した。血眼になって室内を探す。

「ブルーのベッドカバーが見える。ほかは……ほかは……やめろ!」

拳がリサの顔を殴打し、血しぶきが壁に飛散する。おれはそれを自分の腹で感じた。

自分の中で痛みが炸裂する。

それよりさらに強烈なのは、おれの視界を曇らせている罪悪感と絶望感だけだ。

人生でこれほど無力に感じたことはない。何もできずにいるのは死ぬよりつらかった。

だが死にかけているのはおれじゃない、彼女だ。

「深呼吸して、しっかり見てください、ミスター・ペニントン」オペレーターの女性がおれの注意を目の前のことに引き戻す。

「わかってる、わかってる。くそっ、デスクがあって、ああー、テレビがある」

「ほかには？　電話機かメモ用紙は見当たりませんか？　なんでもいいからホテルの名前が書いてありそうなものは？」

自分の髪をつかんで携帯電話の画面を顔に近づけた。「いいや、何もない。なんの変哲もくそもないただの安ホテルの部屋だ。世界中のどこにでもあるビジネスホテルと同じにしか見えない」

また殴られる。

また刺される。

また悲鳴があがる。

おれはくずおれた。

床にひざまずき、おれの言葉に耳を傾けてくれるなら、どんな神の慈悲にもすがりつこうとした。「お願いだ、お願いだ、このとおりだ、神様、リサを見つけるのを手伝ってくれ」声とともに心が割れた。「おれに彼女を見つけさせてくれ。お願いだ。

おれに力を貸してくれ」
お願い。おれは言葉をこれほど憎んだことはなかった。

「コーラはどこだ！」おれはドリューに向かって怒鳴った。苦悩のあまり頭が半分に割れそうだ。

「あわてるなよ。じきに戻ってくるさ」ドリューはおれたちのアパートメントの玄関に背を向けて立ち、おれが出ていくのをさえぎった。

「どけ！」

「コーラのところへ行って子どもたちを叩き起こす気か？　ふたりはもう眠っていて、彼女はちょっと出かけてくるだけとメッセージを寄越したんだろう。おまえが暴れ狂ってるところに彼女が戻ってきたら仰天するぞ」

「落ち着けだと？　その言葉を二度と使うな。おれがどんな思いをしたかはおまえもわかってるはずだ」歯を食いしばって息を吸い込む。目は血走り、胸も似たようなものだ。

コーラが出かけてから三時間が過ぎていた。

三時間はちょっとじゃない。

駐車場をうろうろと歩き回り、心は悲鳴をあげ、耳には心臓の鼓動が轟き、天を突かんばかりに不安が高まった最初の一時間はちょっとじゃなかった。

街に車を走らせて思い当たる場所を片っ端から探し、コーラが戻っていないかドリューに何度も連絡して、まだだと返されるばかりだった二時間目はちょっとじゃなかった。

自分のアパートメントで物に当たり散らし、過去から現在へとタイムトラベルして頭の中で記憶をめぐり、ついには自分がどこにいるのかさえわからなくなった三時間目はちょっとじゃなかった。

わかっていることがひとつある。

何かが起きたんだ。

マルコスかダンテか……くそっ、相手が誰だかはわからない。だがコーラの身に何か起きた。

そして今度もまた……。

おれには彼女の居場所も、どうやれば助けられるのかもわからない。

悪い想像ばかりが頭に浮かんでおれを窒息させる。

おれはコーラに電話した。

何度も。

何度も何度も。

コーラは電話に出なかった。

通路に出て、彼女のアパートメントの中で呼び出し音が鳴っているのを耳にしたとき、おれの人生はふたたび終わった。

コーラは消えた。

彼女を見つける手立てはない。

そして……そして……。

くそっ。

「お願い、ペン。お願いよ！」彼女の声がおれの頭の中で叫ぶ。

現実が苦い塊となって喉をふさいだ。

「彼女を見つけるんだ」

ドリューは目を剥いた。「コーラはリサじゃないんだ、ペン。ちゃんと帰ってくるさ」

「帰ってこなかったらどうする！」おれの怒声が室内に反響する。「神にかけて誓う、もしも連中が彼女に触れでもしたら、おれは――」

ドリューは両手でおれの頭を挟み込み、てのひらでおれの耳を覆った。指が頭に食い込み、ドリューの顔がおれの視界を占める。ドリューはゆっくりと断言するように言葉を発するが、茶色い瞳に滲む不安は隠せなかった。その不安がおれの胸を焼いて穴を空ける。

「コーラは、ちゃんと、戻ってくる」

「いいや」おれは何度も首を振ってからあとずさった。「もう一度外に出て彼女を探そう。今度は一緒に行くぞ。拳銃を持ってこい。ダンテのところへ行くんだ」

「あんたはダンテのところへは一度行ってるじゃないか、ペン。彼女の車はなかったんだろう」

「そうだが」震える手を腰に当て、コーラを見つけるだけじゃなく、生きて連れ帰ることのできる方法を頭の中で模索する。「コーラたちが到着する前だったのかもしれない」

ドリューはおれの肩を乱暴につかみ、もう一度顔をのぞき込んだ。しっかりとした落ち着いた声で言う。「ペン。ブラザー。ちゃんと聞くんだ。コーラは携帯電話を置いていってる。このビルの女たちへの、リヴァーとサヴァナは言わずもがなだ、彼女の愛着ぶりを考えたら、これは偶然じゃない。ここは論理的になれ。彼女は見つけられたくないいんじゃないか？　追跡されるのを恐れてるとは考えられないか？」

おれはごくりと唾をのんだ。希望が胸の中で旋風のごとく渦を巻く。すがれるものならなんだっていい——たとえ竜巻だろうと。「カタリーナ」おれはささやいた。

「ビンゴ」ドリューが微笑む。

その希望がもったのはきっかり一秒だ。

「彼女が捕まったってことか？」おれは指を組んで頭を抱え、ふたたび部屋をうろうろと歩きだした。空気が肺に入ってこないし、一歩ごとにパニックは大きくなる。

「あいつら、コーラをつけたんだ」あの恐ろしい場面が意識下で再現され、体中の筋肉が収縮して痛みを発した。

同じホテルの部屋。

同じ血。

コーラの遺体。

「くそっ！」おれは怒鳴った。「くそっ、くそっ、くそっ！」

すべての悪夢が現実となっていた。

おれはリサが死ぬのを見た。彼女を助けようにも何もできなかった。

そしてまたこれだ。一周回って同じことの繰り返し。ただし今度は、おれが失うわけにいかないただひとりの女性だ。

こんな形では。

いつの日にかコーラは去るだろう、自分の人生を送り、大笑いしながら。人生の大半につきまとってきた地獄の雲から逃れて。それなら耐えられる。

だがこれは？

胃袋がよじれた。「ああ、神様」

ついに、天がおれの祈りに応えた。

駐車場に車が入ってくる音が響く。

はっと顔をあげるのと同時に体が飛びだしていた。ドリューは賢明にもおれの前からどいた。おれはアパートメントから躍りでると、階段を飛ぶように駆けおりた。

「ただいま！」コーラは壊れかけのバッグを肩にかけ、笑みを輝かせた。

おれはずかずかと近づきながら、彼女の頭のてっぺんからつま先まで視線を滑らせて顔へ戻した。

コーラの瞳に涙の痕跡はない。

彼女の肺は呼吸で満たされている。

ブルーのタンクトップにはごくわずかな血もついていない。

彼女は生きている。

彼女は無事だ。

彼女は……。

「いったいどこへ行ってた！」

24

コーラ

わたしは凍りついた。顔に浮かべた笑みが滑り落ちる。ペンは目の色を変えてわたしの全身に視線を走らせていた。

「なんですって？」尖った声で問い返した。

ペンはわたしの前で立ち止まり、両手を腰に当てて吐き捨てた。「ちょっと出かけてくる？　ちょっとだと？」ユーモアの代わりに皮肉をたっぷりきかせた笑い声をあげる。「三時間はちょっとじゃない！」

「それがどうしたの？」悠然と言い返して視線をあげると、三階のバルコニーにドリューが立っているのが見えた。その顔に浮かぶ深い安堵の色はこれだけ離れていてもたじろぐほどだった。

ペンに視線を戻したとき、初めて彼の姿が本当に目に入ってきた。片方の眉は切れて腫れあがり、乾いた血がこめかみ上部から髪の中へ消えている。

心臓が、

止まった。

「その顔、何があったの?」あわてて尋ねた。「まさか、子どもたちはどこ?」脇を走り抜けようとするわたしの腕をつかんで彼が引き止める。

「眠ってる」ペンは即答した。しかし、怒りに満ちた表情はなんの安心感も提供しない。

「だったら、どういうことなの?」

彼の手がわたしの腕を締めつけて引き寄せる。うなじの産毛がぞくりと逆立った。ペンはわたしにのしかかるようにして顔を近づけると、怒気をはらんだ声で言った。

「携帯電話も持たずに、いったい全体三時間もどこへ行ってた?」

わたしはまばたきした。わたしの腕を乱暴につかんでいるこの人は誰? こんな男に見覚えはない。

彼の歯は食いしばられ、奥歯からギリギリと音がする。

喉の血管は体から分離しそうなほど浮きあがっている。

それにこの目——これは眠りに落ちるわたしを毎晩抱きしめてくれる男性の目ではない。大きく見開かれた目は激昂《げきこう》し、敵意すら湛えている。

口の中が干上がり、胃の奥に恐怖の種子が根をおろした。だけどそれが成長する前にわたしは最後の抵抗を試み、この男性の中にペンがいるのかを確かめた。

弱さを表に出すのを拒絶して彼を見あげた。「手を離して」

瞳が暗くなったが、ペンは次の瞬間には手を離した。

わたしはふうっと息を吐いて胸を押さえた。その下では心臓が飛びださんばかりに暴れている。「何が起きてるの？　喧嘩の相手は誰？」

「ドリューだ」

困惑して首をかしげた。「深い理由があるの？」

「おれの怪我の話はいいから、きみが出ていった話をしたらどうだ？」

「いいわよ。メールを送ったでしょう」

「いいや。きみのメールにはちょっと出かけると書かれていた。ところがきみは三時間姿をくらましていた。きみに何かあったと思って、おれは発狂するところだったんだぞ」

気をもませたのは悪かったけれど、ペンが心配してくれたのを知って体の内側が熱くなった。

彼の上腕に手を置き、安心させるように握った。「ペン、ベイビー、心配することは何もないの。用事があって出かけただけ」

ペンは眉間にしわを寄せ、大きく息を吸い込んだ。「三時間もか?」

「ええ。三時間もよ。だからくたくたなの。階上《うえ》へあがって続きはベッドで話さない? マットレスをそのまま床に敷いて、ベッドの組み立ては明日にしましょう」わたしは彼から手を離して階段へ足を踏みだした。

ブーツが砂利を踏む音があとからついてくる。

「どこへ行ってた?」ペンがぶっきらぼうに尋ねた。

わたしはうんざりとして天を仰ぎ、そのまま歩き続けた。「用事を片づけに。さっきも言ったわ」

「なんの用事だ?」二階にたどり着いたところで彼がまたもや追及する。

わたしは唇を突きだし、ゆっくり首をめぐらせた。「あなたには関係ないでしょ。しなきゃいけないことがあったから、それをすませて帰ってきた。もうどうでもいいでしょう」

「おれにはどうでもいいことじゃない！」ペンが冷静そのものの声で言い返した。

キャットがお金を必要としていたことは絶対に話せない。だけどペンに嘘をつくのも気が進まなかった。とはいえ、どんな言い訳を思いついたところで〝嘘〟と先に断れば、どのみちペンは納得しないだろう。

わたしは三階へと階段をあがりだした。「そうやって朝まで怒ってるつもり？　だったら、今夜は一緒に眠るのはパスするわ」

「神に誓おう、きくのはこれで最後だ、コーラ。いったいどこへ行ってた？」

その言葉は黒板を爪で引っかく音のようにわたしの神経を逆撫でした。彼の口調はこれまでわたしの人生に登場してきた男たちと少しも変わらない。そしてそれはいい意味ではなかった。

「あなたには関係ないでしょう」

ペンが今度はわたしに触れなかったのには感心した。

サンダルの踵を踏まれそうになるほど、彼にぴたりと真うしろについてこられてもわたしの頭が破裂しなかったのには、われながら感心した。

三階に着いたときにはドリューの姿は消えていた。

それにわたしの忍耐力も消えていた。

もう相手にするものかと、鍵を差し込んで回し、同じ動作をもう一度繰り返してドアを開けた。頭に来ていたけれど、ペンの顔は気に入っているから、彼の鼻先でドアを叩き閉めて傷を増やすのはやめにして、ドアは開けたままにした。

「どこへ行ってた！」

わたしはこめかみをさすりながら寝室に入った。何かと向き合う気力はもう残っていない。「ペン、お願い。静かにして。子どもたちは寝てるのよ。わたしも疲れたわ。もう夜更けなんだし」

「三時間も姿をくらましておいて、本当に答えないつもりか？　コーラ、おれには答えを聞く権利がある」

「ないわよ」ぴしゃりと言った。ハンドバッグを床に落として彼に向き直る。「そんな権利――」言葉が途切れた。先が続かない。

ペンは怒り狂っているのではない。

傍若無人にふるまっているのでも。

彼はわたしの人生に登場したどんな男とも違う。

だって、ひと目見ればわかる、彼は怯えきっているのだと。

「ペン」わたしはささやいた。心臓が喉までせりあがる。

彼の胸は苦しげに上下していた。寝室のドアの側柱に腕をつき、まるでそれだけが彼を支えているかのように寄りかかる。瞳は悲嘆の暗い水溜まりと化していた。

「オーケー、答えるわ、ちゃんと答えるから。たいしたことじゃないの。働きに出ていた娘のひとりにお金を届けに行っただけ」戸口へ引き返し、彼の腹部に手を当てた。

ペンはかぶりを振った。痛ましさを絵に描いたような顔つきだ。

「ペン」ささやき、彼の空いている手を持ちあげて手の甲にキスをする。「わたしは無事でしょう。わたしたち、ふたりとも無事でいる。中へ入って。座りましょう」

ペンはその言葉を文字どおりに受け取ったかのように、ドアからわずか数センチ入ったところで床に沈み込み、膝を曲げてうなだれた。

わたしも隣に座り、彼の膝に腕を回して顔をのぞき込んだ。「どうしたの？」

ペンは目をつぶり、なんであれ彼の頭に侵入してきた暗雲を払うかのように顎をさすった。「不安でならなかった」

わたしはさらに顔を寄せた。「ベイビー、わたしはここにいるわ」

「いいや、コーラ。おれはきみを失ったと思った。きみの行き先も、どうすれば連絡が取れるのかもわからなかった。無事なのか知る方法はなかった。きみが生きているのか、それとも……」終わりまで言うことができずにかぶりを振る。「まばたきするたびに見えるのは、きみを……妻と同じように失う光景だけだった。ただし、今度はきみを失っているのかすらわからないんだ、手遅れになってしまうまで。あんな思いをまた味わうのは耐えられない。きみを失いたくない。きみだけは失いたくない。きみはこれから勝利するんだ。幸せになるんだ。ここを出ていくんだ。きみは生きていくんだ」

あとから思えば、このとき疑念を抱くべきだった。だけどペンは感情のたがが外れたように言葉を吐きだし、言っていることの多くは意味を成さなかった。それでも、恐怖をしまい込んでいるクローゼットの奥深くから出てくる言葉はわたしの心を揺さぶった。

「わかってるわ、ベイビー」

「リサみたいにならないでくれ、コーラ。今夜、きみが出かけたのはわかっているのに、きみを見つけるすべはなかった……きみを守るすべはなかった」ペンは遠くを見る目つきになり、ナイフが肌を滑る痛みをこらえるかのように、歯を食いしばって息を吸った。

罪悪感が胸を突き、わたしも同じ痛みを味わった。リサが殺された夜、ペンは彼女の居場所を知らなかった。彼は何よりそのことで自分を責めているのだ。

なのにわたしときたら、彼にどこにいたのかと尋ねられて——どこにいたのかと心配されて——つっけんどんな態度を取っていた。

「ごめんなさい」ささやいた。

ペンはわたしの頭のうしろに手を回し、自分の肩へ引き寄せた。「きみを失うことはできない。こんな形では。おれには耐えられない。どうしたって耐えられない」

「わたしはどこへも行かない」謝罪を込めてペンの首にキスの雨を降らせた。身を乗りだして彼の膝にのる。「約束するわ、わたしはどこへも行かない」

「そんなことは誰にも断言できない。もっと用心するんだ」ペンは横を向き、顔が見えなくなったが、打ちのめされた表情は隠しきれなかった。

ペンの頬一面にキスし——少し伸びたひげがちくちくする——鼻梁《びりょう》に沿って唇を押し当て、彼の顔の届くところすべてに口づけしながらささやいた。「断言できるわ、ペン。だってあなたがいるもの。あなたが守ってくれる。あなたを信じるわ」

まるで平手で叩かれたかのように彼の顔が横に揺れ、うめくように言う。「きみをここから連れだす。くそっ、おれがきみをここから連れだす」

どういう意味か尋ねる間もなく、ペンはわたしを抱えて体を起こすと、板張りの床に仰向けに横たわらせ、その上に覆いかぶさった。

わたしの脚が開いた——その誘いをペンは拒まなかった。彼の腰がわたしの太腿のあいだに割り込み、彼の口がわたしの口をふさぐ。それはこれまで交わしたどんなキスよりも切迫した口づけだった。

ゆっくりとした焼けつくような口づけ。

悲しみに満ち、それでいて愛情のこもった口づけ。

荒々しく、けれど誠実な口づけ。

ペン・ウォーカーという男性を作りあげる光の点がすべてそこに集約されていた。

「ゲームはおしまいだ」ペンがささやいた。わたしの頭の横に片手をついて体重を支え、反対の手でわたしのタンクトップを押しあげる。「きみを失いたくない、コーラ。きみだけは」

わたしはタンクトップを頭から脱ぐ短いあいだだけ背中を起こして約束した。「あなたがわたしを失うことは絶対にないわ」

「いいや、いつか失う。だがおれの命を懸けて、必ずきみに勝利させる」彼の声はひどくかすれてよく聞き取れない。それに、理解するのをあきらめるまで一秒もかからなかった。「きみを感じたい、ベイビー。おれを信じると言ってくれ」

わたしは思案ひとつせずに応えていた。「あなたを信じるわ」

わたしを見おろしてペンは動きを止めた。彼の視線がためらいの色を探してわたしの顔をたどる。「いまのは真実か、コーラ？」

「真実よ。お願い、ペン」

それで充分だった。

彼は片足で蹴って、ドアを閉めた。

片手でブラのカップを引きおろして、わたしの胸を露わにし、頭を沈めて熱い口の中へ胸の先端をきつく吸い込んだ。

体の中で火花が炸裂し、両脚のあいだの敏感な箇所へわななきが駆けおりた。ペンの手がもう片方の胸を探り当て、舌の動きに合わせてつまみ、まさぐる。

わたしは床から背中をそらして、無我夢中で彼を求めた。

ペンがそれに応えてくれる。

舌を動かして吸い込み、喉からうめき声を漏らし、わたしの肌を愛撫してなおも高みへ押しあげる。

わたしは息を切らして彼の髪に指を差し入れ、恍惚としてわれを忘れた。

舌が這わされたあとには、そっと歯が立てられた。

歯が立てられたあとには、なだめるように丹念になめられた。

ペンは丹念になめたあと、腰を回して押し当て、自分の昂《たかぶ》りを露わにした。そして腰が押しつけられるたび、どちらの喉からも小さなあえぎがほとばしった。あまりに長く待ち続けたから、わたしはたちまちのうちに歓喜の頂へ駆けあがっていたが、その先まで行くにはこれでは物足りなかった。

起きあがって、彼のTシャツを引っ張って脱がせたあと、ブラのホックを外して腕から滑り落とした。

「なんて美しいんだ」ペンがうなった。十代の少年みたいに、視線はわたしの胸に釘付けになっている。

わたしは笑いだしそうになったものの、彼の称賛に頬が熱くなる。昔から恥ずかしがり屋だったことはないのに……。

ペンはあらゆる意味でゴージャスだ。それは彼がしなやかな力と隆々とした筋肉の塊だからというわけじゃない、もちろん、どちらもそうであるに越したことはないけれど。ペンがゴージャスなのは、彼は十年以上もわたしの世界に存在しなかったもののすべてだからだ。

狂おしい熱に突き動かされ、迷うことなく彼のジーンズに手を伸ばした。ボタン相手に奮闘するわたしの手をペンがつかむ。

「ゲームはおしまいでしょう?」わたしは言った。彼の瞳に炎がともるのを見て、両脚のあいだに熱いものが流れ込む。わたしは彼の獰猛《どうもう》な視線を受け止めた。「あなたを信じる。あなたがほしい。いま、あなたが必要なの、ペン」

彼の動きはすばやく、わたしの口をキスでふさぐなり、ファスナーには触りもせずにわたしのショートパンツを太腿へ引きおろした。そのあとパンティーも同じ道をたどった。

わたしがジーンズを引っ張ると、ペンはわたしの背中に腕を回して一緒に立ちあがった。わたしを腕にぶらさげたまま、壁に立てかけてあったマットレスを大きな音をたてて床に倒す。

ペンの切迫した様子にわたしはくすくす笑った。だけど彼はあくまで真剣だ。わたしは先にマットレスの上にのり、ペンがジーンズから足を抜くのをうっとりと眺めた。彼の高まりは長く、太かった。

そして何より、準備ができている。

ペンがマットレスに両膝を落とすと、わたしは小さな歓声をあげた。彼はわたしの頭の両脇に手をついて体を支え、もう一度キスをした。はじめは慎ましやかな口づけで、心からあがめるようにわたしの吐息を吸い込むその姿に、目がちくちくした。

ペンに話しかけたい。わたしは大丈夫だともう一度言ってあげたい。だけどおしゃべりはもう充分だ。

待ちきれないように彼の口が開き、舌が滑りでてわたしの舌と絡み、指がわたしの両脚のあいだへ潜り込むと、彼も同じ気持ちなのははっきりとした。

わたしが思わず首をのけぞらせたせいで、彼の唇は離れてしまったが、意識できるのは一度触れられただけで形づくられていく甘美な圧迫感ばかりだった。

ペンの口がわたしの喉を荒々しくむさぼり、舌でなめて唇で吸いあげ、わたしを極限へと運んでいく一方、彼の指はわたしの両脚のあいだで戯れ、ピアニストの巧みな指使いで、わたしの体が差しだす音のひとつひとつを奏でていく。

言葉にならないうめき声がわたしの口から漏れた。

美味を味わうようにペンがそれをのみ込む。

わたしは悲鳴をあげ、まだ終わりにしたくないと、絶頂に達しそうになるのに抗った。

ペンはわたしの一番敏感な部分を探り当てると、そのまわりに円を描いて指先で転がした。もうこれ以上は耐えられない。

「ああ」わたしは息をあえがせた。体の中で渦を巻くものが痛いほどきつく締めつけたあと、不意にはじけて純粋な悦《よろこ》びがほとばしる。二本の指がわたしの中へ侵入してきて、息が震えた。ペンはわたしを押し広げ、炎を焚きつけて、どこまで落ちていくのかわからなくなるまでわたしの歓喜に次の層を重ねていく。

頭がくらくらして全身が脈打ち、最後の波を乗りきったとき、ペンの口が耳もとへ寄せられるのを感じた。

「これは真実だ、コーラ。いま、ここにあるものが。きみとおれ。この瞬間。この感情。これが真実だ」

はっと目を開けた。嵐を思わせる彼の瞳が見つめ返す。「ペン?」口にすることができたのはそれだけで、すぐに彼は自分自身をわたしの中へと導き、完全にわたしを満たした。

その夜、ペンはわたしと愛を交わした。

本物の愛を。

だけどそこには悲しみがあった。

果てしなく続く彼のキスには、熱気も狂おしさもなかった。

ペンの手はわたしの体をまさぐり、愛撫するのをやめなかった。それはまるでわたしのすべての曲線を自分の記憶に刻み込むかのようだ。

彼はひとつひとつの動きを噛みしめるかのごとく、ゆっくりと濃密に結び合った。この上なく美しい愛の交歓——なのに、心の片隅が砕けた。

わたしは二度絶頂を迎え、そのたびに彼の名前が唇からこぼれ落ちた。

ペンが達する頃にはどちらも汗に濡れて、唇はひりひりし、わたしの脚はしびれていた。でもわたしは完全に満たされていた——内側も外側も。ペンはいつもみたいにわたしの体に腕を回して眠りについた。

だけど、いつもと同じではなかった。

たとえわたしにはその理由を解き明かすことができなくても。

25

コーラ

わたし：たとえばの話なんだけど、あなたのお誕生日にディナーを作るとしたら、日にちはいつかしら？
ペン：おれの誕生日だ。
わたし：それって、もしかして火曜日？
ペン：おれの誕生日は火曜日じゃない。
わたし：じゃあ水曜？
ペン：水曜でもない。この話はどこへ向かってるんだ？
わたし：紙テープとパーティーハットがあるところなんてどう？
手の中で携帯電話が鳴りだした。ペンの番号と彼がドリューと話しているときに隠し撮りした彼の笑顔が、ひびの入った画面に表示される。

「もしもし、ゴージャス」甘い声でささやいた。

「ベイビー、おれは壁に石膏《せっこう》ボードを貼る作業中で、手はパテでべたべただ。あと一回メールを入力したら、おれの携帯電話は石膏彫刻になる」

ふたりの関係がついにR指定になってからの二週間で、さまざまな変化があった。いい方向への変化、と言いたいところだ。毎晩、彼がわたしのベッドに入ってきて、息の仕方を忘れるまでキスしてくれたあと、ひとつに結ばれるときは、いい方向なのだと感じる。それに、リヴァーとサヴァナが学校へ行ってから、彼がわたしのところへ来てふたりでシャワーを浴びるときもだ。このシャワーではどちらの体もぴかぴかにはならないけれど、ほかの意味では効果満点だ。

だけど、何かが違った。

依然としてふたりは微笑んだ。

依然として笑い声をあげた。

依然として〝真実か嘘か〟のゲームをやった。

しかし、かつてはペンの瞳の中だけに垣間《かいま》見えていた重さが、いまや彼の全身に覆いかぶさっている。

ペンは遠い目をすることが増え、わたしの過去について踏み込んだ質問をするようになった。ニックについて尋ねてきた。夫を失ったとき、わたしはどう感じたか。何が一番つらかったか。ゲレーロ・ファミリーの囚われの身とならなかったら、どこへ行きたかったか。

自分でも意外だが、わたしはたくさんの真実を教えた。

どの観点から見ても、ペンとわたしは日を追うごとに密接になっていた。

だが、ふたりのあいだには、わたしには言い表すことのできない何かがあった。いずれわかることだ——どんなこともいずれは明るみに出る。彼の心の準備が整うまで、わたしは待っていればいい。

「ドリューがたまたま星座の話をして、あなたは双子座だって言ってたわ」

「ほう、あいつがたまたま星座の話を？　きみとしゃべってるときに？　〝ああ、そうそう、コーラ、ペンは双子座だ〟」彼がからかう。

「うーん、ちょっと違うかしら。ドリューにあなたの誕生日を尋ねたら、〝本人にきけばいい〟って教えてくれないから、ゆうべの残りのスウェーデン風ミートボールを賄賂に差しだしたの。そしたら、〝誰にきいても変わるわけじゃないな〟って、双子座だと教えてくれたわ。そしてわたしの調べによると、双子座は先週から始まっている。ドリューをもうひと押ししたけど、ホームメイドクッキーをもってしても日にちを聞きだすことはできなかったわ。だから……まだ過ぎてないよう祈って……もしかして木曜日？」

ペンが笑い声をあげる。「次の木曜だ、ベイビー」

わたしはひゅーっ、と大げさに息をついてみせた。「ああ、よかった。まだ計画を立てる時間があるわ」

「好きなようにしてくれ。だが、ひとつはっきりさせておくぞ、おれはパーティーハットはかぶらないからな」

「オーケー。仕方ないわね。でも、目隠ししてくす玉《ピニャータ》を割るのはいいでしょう？」

「勘弁してくれ」ペンがぼそりと言う。「もう仕事に戻らないと。今夜は何か作る予定か、それともおれがテイクアウトを買ってくるか？」

わたしはうめいた。テイクアウトにすれば楽だけど……。「サヴァナにタコスをリクエストされてるの」

「レストランに行けばタコスのテイクアウトもやってるぞ」

わたしはふんと鼻を鳴らした。「材料を買っちゃったわ。今晩作らなきゃお肉が傷んじゃう」

「だったらきみに任せる。気が変わったら知らせてくれ」
「わかった」
「バイ、ベイビー」
「バイ、ペン」

通話が切れたあと、わたしは数分のあいだ携帯電話をじっと見つめてそこに座り、純粋な幸福感に包まれてふたりの関係の正常さに浸った。

わたしの人生は狂っている。わたしの世界は狂っている。だけど、ペンがいればまるで正常であるかのように思えた。

それではいけないのに。

この場所から逃れるために多くの歳月を費やしてきたのだ、いまさら満足することはできない。

でも、ペンと一緒なら、日々の長さを感じない。

つらさを感じない。

笑う理由がいくらでも見つかる。

けれども、ここにとどまることははじめから選択肢に入っていなかった。わたしには計画がある。以前はその計画だけが生きていく理由だった。

いまは毎日のように自分に命じなければ、その計画に従うこともままならない。ペンとの暮らしは安らぎを与えてくれる。そしてその安らぎはわたしには許されることのないものだ。

「三階で暮らす女性たちはどうなんだ？」その夜遅く、ふたりでベッドに横になっているとペンが尋ねた。

あいにく、ふたりとも服は全部着たままだ。リヴァーとサヴァナはまだ起きているが、おなかいっぱいタコスを食べさせたから、そろそろまぶたがくっつく頃だと祈っている。

わたしは彼のTシャツ越しにくっきりと盛りあがる胸筋を指でなぞった。「どうって？」

「前に一階と二階の女性たちについては聞いたが、三階についてはまだだ」

「ああ、あの話ね。三階にいるのは足を洗いたがっている娘たち」わたしは認めた。

「きみが援助しているのか？」

「できることはやってるわ。だけど結局のところ、わたしはひとりの人間でしかない」

「ばか言うな」ペンはわたしの手をつかんで動きを止めた。「ここでのきみの働きは軍隊一個分だ。それはちゃんと自分に認めろ」

「そうかしら。わたしなんてたいていのときは、脚が四本とも折れてる競走馬みたいなものよ」

わたしの手を握る彼の手に力がこもる。「きみが手伝って足を洗った女性は何人いる？」

わたしは唇を嚙んだ。「四十九人」

ペンが低く口笛を鳴らす。「脚を折った競走馬にしては、たいした数の人生を救ったもんだ。だがきみには酷だったろう」

わたしは頭をあげた。「酷？」

「ああ。自分の願望をほかの女性たちが成し遂げるのを見守らなきゃならないんだ。楽しいはずはない」

「あんなに楽しいことはないわよ。彼女たちはわたしなの。ええ、最終的に足を洗うのを決めるのは彼女たちよ。学校へ戻る人もいるし、友だちや家族に頭をさげて一緒に住まわせてもらう人もいる。薬物を断ってクリーンになる人もいるわ。どんな行動であれ、それを取ったのは彼女たちだけど、わたしはそれに協力した。だから、ある意味ではわたしも自由になってるの」

ペンの表情がやわらいで瞳がぬくもりを帯びる。「きみを自由にするには何が必要だ、コーラ？」

考えるまでもない。この質問に対する答えならほかの何よりもよく知っていた。

「百十万、六百、八十四ドル」

ペンが驚いて眉をあげる。

わたしは硬い笑みを送った。「と、九十九セント」

彼の顔つきといったらなかった。「なんだって？」

わたしは笑い声をあげた。「高校修了と同等と見なされる資格を取るためのプログラムに住居、新しいワードローブ、カウンセリング、それにいくつかのリハビリプログラムを合わせると、ビルで暮らす全員が自由になるにはそれだけの費用が必要になるわ」

「ここの女性たちのことを尋ねたんじゃない、おれはきみのことを尋ねたんだ」

「あら、そう。それならたったの……百十万、六百、八十四ドルね。わたしもここを出るのなら、〈ストップ・アンド・ショップ〉でお祝いのキャンディーを買うのはやめにするから、それで九十九セント浮くわ」

ペンが怖い顔をする。「おれは本気できいてるんだ」

「わたしも本気で答えてるわ。ある日わたしがいきなり消えたら、みんなはどうなるの?」

「サヴァナとリヴァーの話をしてるんじゃない。あのふたりはきみと一緒に行くしかないからな。だがほかは……ほかの女性たちは大人だ」

「ええ、ほとんどはね。だけど年齢と状況は関係ない。たとえ百五歳の人だって、助けが必要な場合があるわ」

彼は耳を疑うように顔をしかめた。「つまりきみは、誰かがここへやってきて救命ボートを差しだしても、女性三十数人が乗るのは無理だから断ると言ってるのか?」

わたしは少し困って目を細くした。「いいえ。そんなことは少しも言ってない。理解してちょうだい。わたしは、救命ボートをくださいと何年も何年も祈ってきた。何度か手に入ったこともあったけれど、最初に襲いかかってきた波を乗り越える前にどれもばらばらになった。この暮らしから抜けだすのに必要なのは方舟《はこぶね》よ。自分の手で作らなければいけないたぐいの舟。なぜなら、ここを抜けだして暮らしを立てるすべを見つけた暁には、最後のひとりを連れだすまで、わたしはここへ戻ってくるんですもの」言葉を切って、片方の肩をすくめた。「それに、途中で溺れている男性を見つけて、舟に乗せてあげることになるかもしれないでしょ？」

ペンは額にしわを寄せて渋い顔をした。瞳の中では畏敬の念とばからしさのあわいにある何かが揺らいでいる。

わたしはふんと息を吐いた。「クレイジーだと言わんばかりの目で見るのはやめて。わたしは――きゃっ」続きを言う間もなく仰向けにされた。

ペンがわたしにのしかかり、彼の上体がわたしをベッドに押さえつける。「きみはクレイジーだ、コーラ。どこからどう見ても」うなるように言って、口をわたしの喉へさげた。

わたしは息をのんで頭を傾けた。彼の手が太腿を滑りあがり、わたしの脚を自分の腰に巻きつけさせる。

「それにきみは美しい」ペンはキスの合間にささやいた。熱い吐息が素肌にかかり、その上を顎の無精ひげがかすめていく。「しかも信じられないほど大胆だ。病院で頭を調べてもらったほうがいいのか、聖人候補に推薦すべきか、どうにも決めかねる」

ペンの体に腕を回し、わたしの喉を存分に味わってもらえるように頭を横へ向けた。

「精神病院の個室でバカンスを送るのは静かでよさそうだけど、彼氏の訪問も禁止だと問題ね」喉の上で彼の唇が笑みを描くのを感じた。「それに、聖人になると禁欲の誓いを立てるんじゃないの？　その点を調べてからあなたに報告するわ」

「そうしてくれ」ペンはわたしのタンクトップをめくりあげようとしたが、廊下でサヴァナとリヴァーが言い争う声がして、動きを止める。「やれやれ」彼はわたしの上からどくと仰向けに転がった。

ペンが自分の顔の上に腕を投げ、わたしは笑った。大いに目立つふくらみが彼のスウェットパンツを押しあげていた。

「仕方ない……〝真実か嘘か〟の続きだ」

「今度はわたしが質問する番ね。あなたのタトゥーにはなんの意味があるの？」

「なんだろうな」ペンは口を引き結んで片腕を掲げ、初めてじっくり見るかのように腕をひねった。

「なんだろうなって、どういうこと？　自分で選んだんじゃないの？」

「選んだは選んだが」ぼんやりと言い、左手の甲に描かれている歯車を見つめる。

それはペンのタトゥーの中でもひときわ凝った複雑なデザインで、骨と血液の代わりにナットやボルトで作られた機械の手に見える。それをぐるりと囲むローマ数字の文字盤が、手にのぞき穴が空いているような効果を与えた。彼はしばしのあいだそれを見つめて手を開いたり閉じたりした。手の甲の腱《けん》に引っ張られてタトゥーが躍る。

「じゃあ、その絵柄に決めた理由は？」わたしはなおも尋ねた。

ペンは小さく笑ったが、その声は少し悲しげで力ない。「彫り師が手がけたタトゥーの写真集《ポートフォリオ》から適当に選んだ。どこでもいいからページを開いて、指さしたんだ」目のあいだにしわを寄せ、これ以上一秒でも見るのは耐えられないかのように腕をマットレスへ落とす。「なんだろうとかまわなかった。タトゥーを入れる必要があっただけだ」そう言って黙り込んだ。

彼の体はまだここにある。ほんの数秒前と同じようにわたしを抱えて。彼の心は少なくとも百万キロは遠く離れていた。だが沈黙が長引くにつれて、正しくは百万キロと四年なのだろうと思えた。

ペンが深々と息を吸い込んで胸を盛りあがらせ、ありえないほど長く息を止めている。

わたしはじっと待った。本当はもちろん気になってならない。ペンのタトゥーに隠された真実を知りたい。簡単な質問に腹をえぐられたかのように反応する理由を。だが、彼を苦しめてまで答えを求めるつもりはなかった。

ペンの腹部へ手を滑らせて力いっぱい抱きしめた。「嘘。もういいの」

「きみに嘘をつきたくない」

「嘘って前置きすれば、嘘をつくことには――」

「それでも嘘には変わらない、コーラ」

「嘘は悪い嘘ばかりじゃないって、前にどこかの賢者がわたしに教えてくれたわ」

ペンはため息をつき、それ以上は何も言わなかった。

わたしたちふたりは長いことベッドに横たわっていた。

わたしの頭はペンの胸の上に、彼の手はわたしのヒップの丸みに置かれて。

いつもと何ひとつ変わらない。

なのに息が詰まるほどぎこちない。

やがてペンの吐息が規則正しくなり、眠ったのかと思って彼を見あげた。ペンはまだ目を開けていて、昔ニックが星の形の夜光ステッカーで天井に描いたのと同じ言葉を見つめている。ニックが貼ったときには思いもしなかったが、その言葉は彼がささやいたどんな〝愛してる〟という言葉より、わたしにとって大切なものになった。

ニックを失ったあと、その言葉は生きる理由をなくしたわたしに思い出させた。

もうだめだと思ったときには息を吸うことを。

あきらめたくても進み続けることを。

わたしの知っている限りでは、ニックに予知能力はなかったはずだ。だけど天井に描くのにこの言葉を選んだあの日、ニックはほかの誰よりもわたしのことをよくわかっていた。

ひとつ吸って《ワン・イン》。ひとつ吐いて《ワン・アウト》。

いま、ペンとベッドに横になり、これまでわたしに与えてくれた慰めのほんの一片でもいいから、この言葉が彼の慰めとなるよう願うことしかできなかった。

わたしはペンの顎の下側にキスをした。「あなたは何も言わなくていい」

「いいや、それじゃだめだ」ペンが小さく応える。「ただ、答えになる嘘がいつでもあるわけじゃない。すべてが白か黒かではないんだ。一番大事な細部は灰色の中に見つかることもある。おれが今夜きみに答えられるのはこれだけだ」彼の目がわたしをとらえる。そのまなざしはかつてないほどずしりと重い。「真実。おれのタトゥーにはなんの意味もない」

わたしは慎重に彼を見つめた。「さっきの反応はそうは思えなかったわ、ペン」

「そうだな。だが真実は真実だ」

目を細くして彼の表情を探った。けれどペンはいかにも彼流のやり方で、息を吸い込んで数秒止め、ふうっと吐きだしたあとは何ごともない顔つきに戻った。

何か、ひどく、変だ。

「次はおれの番だな」ペンが言う。

「いいえ、だめ。今夜はもう公式にこのゲームは終了よ」寝返りを打って離れようとするわたしを彼がつかまえる。

「おれが哀れだからか？」ペンの口の端がからかうようにあがるが、瞳はまだ悲しげで、それがつらかった。

「まさか。落ち込もうと怒りだそうとあなたの勝手。でも、怒るのは心臓によくないと思うわよ。あなたはもう若くはないんですものね」

ペンの瞳が明るくなって口が大きく広がる。続いて彼はわたしに抱きついた。

わたしの喉もとに顔をうずめて爆笑する。

くだらない冗談だし、それはペンもわかっているのだろう。だけど、闇と重苦しさが光と楽しさをさえぎるこんな人生では、心が軽くなる一瞬に誰もがしがみつく。

その夜ペンはわたしをずっと抱きしめていた。

わたしがおしゃべりする。

彼が耳を傾ける。

わたしが笑う。

彼がキスをする。

そして子どもたちが眠ったのを確かめたあと、ようやく彼がわたしを抱く。

わたしはペンの体をすみずみまで知っている。

彼の好きな色はブルー。

彼の好きな食べ物はターキーベーコンバーガー。

そして彼のタトゥーにはたくさんの意味があるのと同時になんの意味もない。

けれど本物のペン・ウォーカーは、わたしには謎のままだった。

それでもその日から、わたしは彼が口にするすべての言葉——すべての真実、すべての嘘、すべての文、すべての語句——に灰色を探すようになった。

わたしに見つけることのできるのは、それだけだとも知らずに。

26

コーラ

「サプライズ！」日の出から二十分後にランニングを終えて戻ってきたペンに向かって、わたしは声を張りあげた。ほてった体は汗に濡れ、Tシャツは着ていない――まさにわたしの好みどおり。

ペンはわたしが手に持っている耐熱容器に目をやった。これにはちゃんと3と8の数字のキャンドルを立てて火をつけてある。彼は近づき、わたしの唇に軽くキスした。

「これは？」

「カップケーキは嫌いなんでしょ。それ自体ショッキングなことだけど、あなたの誕生日ですもの、あなたの出身地、合衆国南部の伝統的なデザート、ブルーベリーコブラーを作ったのよ」

ペンはぽかんとしている。「おれの出身地はフロリダだ」

わたしは耐熱容器を押しやった。「知ってるわ。さあ、キャンドルを吹き消して」

「フロリダは南部じゃない、コー」

わたしは天井を仰いだ。「地図ぐらい見たことあるわよ。アメリカ合衆国の南端に位置するのをはっきり覚えてる」

彼は笑みを押し殺して唇をぐっと引き結んだ。「位置としてはそうだが、文化圏という意味ではフロリダは南部じゃない。フロリダは文字どおり世界中から集まった人々のるつぼだ。ジョージア州までドライブすれば、コブラーを食ってるかもしれないが、フロリダだと、海岸のどこにいるのかにもよるが、この前きみが言ってたピニャータや、鎮静軟膏のベンゲイのほうが、おれの」にっこり笑い、指で引用符を作る。「〝出身地〟の名物としては合ってる」

「嘘！　まじめな話？」

ペンが笑う。「きみはあんまり旅行をしたことがないって言ってたな。南はどこまで行ったことがある、ベイビー？」

わたしは唇を突きだした。「インディアナとか？」

今度は彼が驚く番だった。「まじめな話か？」

わたしは肩をすくめた。「旅行はしないって言ったでしょ」

ペンは頭を傾けた。「北はどこまで行ったことがある？」

「さあ。このビルで一番北になる部屋はどこ？」

「おいおい」

「考えてみると、ちょっとむかつくわね。わたしだけゲレーロ・ファミリーのバカンスに一度も招かれたことがないのよ」ウィンクするわたしに彼が大笑いする。

ペンは頭をさげてキャンドルを吹き消すと、笑みを浮かべた口をわたしの唇に重ねた。「だがいいニュースがある。おれはコブラーに目がない」もう一度キスをする。

わたしは得意になって笑みを広げた。「きっとそうだと思ってた。フルーツたっぷりだもの。それってアンチチョコレートみたいなものよね」

ペンがまた笑う。「果物の糖分のほうが体にはずっといい」

「だったら言わないほうがいいかしら。これには昔ながらの加工された白砂糖も丸々ひと袋入ってるの」

「それは聞かなかったことにする」

「よかった。フロリダがテーマのバースデーパーティー、第一幕は成功ね」

彼が片眉を吊りあげる。「第二幕はなんだ？」

　わたしは階段をあがりながら首をめぐらせて言った。「それはあとのお楽しみにさせて」

「こいつは絶景だ」ドリューが息をのむ。彼はわたしと一緒に、猫の額ぐらいしかないビルの裏庭を見おろすバルコニーへと、ペンの手を取って導いていた。ふたりには窓辺には絶対に近づかないよう指示して、仕事を早めに切りあげさせていた。

　ペンは不満げにうめいた。なぜならそれがペンだから。

　ドリューは大きな笑みを浮かべてわたしとハイタッチをした。なぜならそれがドリューだから。

「いったいなんなんだ?」ペンが問いかける。彼の目はやっとのことでなだめすかして巻いたスカーフで覆われている。

「おれへの不滅の愛を誓ってくれるんだとさ」ドリューはそこで言葉を切って拳を噛んだ。「おいおい、トップレスを拝ませてくれるのか?」

「なんだと?」ペンがあわててスカーフに手を伸ばす。

　わたしは爆笑してその手をぴしゃりと叩いた。そして手すりから身を乗りだして声を張りあげる。「ちょっと！　おっぱいは隠して。殿方の到着よ」

これは歓声とうめき声と悪態のシンフォニーで迎えられたものの、数秒のうちに隠すべきところはきちんと隠された。

それを確認してから、わたしはペンの目隠しを取った。

「お誕生日おめでとう！」

女性たち全員が下の裏庭から声を合わせて繰り返す。

ペンはまぶしい陽光に何度もまばたきした。もっとも、二十人を超えるビキニ姿の女性たちがタオルやラウンジチェアでくつろぐ光景のほうがもっとまぶしかったのかもしれない。

小さめのビニールプールを四つに、砂場用の砂を三袋、インテリア用貝殻ひと袋を購入し、うちの裏庭はフロリダのパラダイスに大変身を遂げていた。まあ、五十三ドルという超低予算で近づけられる限りでは。

ペンの頭がわたしへぶんと向けられる。「これは……」

「言っただろ、コーラはおれを愛してくれてるんだよ」ドリューがささやく。

わたしはドリューに指を突きつけた。「お触りはなしだから」

ドリューはもっとよく見ようと手すりから身を乗りだしている。「眺めるだけならいいんだろ？」

「どうぞご自由に」

ドリューは手をもみ合わせて一目散に階段を駆けおり、三階にはわたしとペンだけが残された。

「これが第二幕か？」ペンがわたしの腰に両腕を回す。

腰をかがめてキスをするのかと思ったら、ペンはわたしの体をつかんで自分の口へと持ちあげた。わたしは小さな悲鳴をあげた。

「フロリダへようこそ、ペン。今年の夏はイリノイで我慢してもらわないといけないから、あなたのためにビーチを用意したわ。みんなに手伝ってもらって午前中にセッティングしたの。ブリタニーなんて、自分のアパートメントを開放してバーにしてくれたのよ。ミニ傘とネオンストロー付きのカクテルがあるわ。だけどサヴァナには目を光らせておいて。すでに二度もあの娘の手からグラスを奪わなきゃならなかったんだから」

ペンは小さく笑ってわたしを下におろした。「こんなことをする必要はなかったんだ、コーラ。いつもと同じ一日だろう」

「いいえ、ペン。あなたの誕生日よ。誕生日はお祝いするものでしょ。わたしたちの暮らしにはなんの約束も保証もない。だから水着を着てお日様の下に横たわり、つま先を砂に埋めて、ミニ傘とネオンストロー付きのフルーティーなカクテルをちびちびやりながら、大切にしているみんなに囲まれるチャンスがあるときは、それに飛びつくのよ」

ペンはわたしを見おろした。その目は澄み渡り、口には笑みが浮かんでいる。けれどいつもの陰が彼の顔をすっとよぎった。「いままで出会った中で、きみは誰よりも驚くべき女性だ」

「あなただって、そう悪くないわ」

ペンの手がわたしのヒップへ滑りおりる。「きみもビキニになるのか?」

体を寄せて彼の首に腕を回した。「ちょっとのあいだだけね」彼の唇をついばむ。

「でも一日の終わりには何も着ていないのがわたしのゴールよ」

「それでね、車のバッテリーがあがってしまって、女四人で、しかもうち三人はハイヒールよ、下り坂が始まるところまで車を押していったの。〝クラッチをつなげばエンジンがかかるから〟ってみんなが言うの。〝簡単よ〟って」わたしはカクテルグラスを掲げた。「大嘘よ! 車はものすごいスピードで坂をくだっていくだけ。エンジンは全然かからないし、ブレーキだってきかない。サイドブレーキを引けばいいんだと気がつくまでに、心臓発作を十二回は起こしたわ」

半円になってベビープールを囲んで座り、みんながどっと笑う。ペンとわたしはひとつのラウンジチェアをシェアしていた。彼はビールを片手にチェアの上で脚を開き、わたしはそのあいだに座って胸板にもたれかかって、三杯目のピニャコラーダを楽しんでいた。

最高の一日だった。今日はペンの誕生日だけれど、おしゃべりして家族のようにからかい合うみんなの笑顔に、月に一度はこういう機会を持とうとわたしは心に誓った。こんな息抜きも必要だ。たいしたつき合いもせずに、それぞれのアパートメントに閉じこもっているのではなく。

こんな日には、みんながつくづく愛おしく思える。ひとりひとりがわたしの大切な家族だ。ときにはほとほとうんざりするほど手を焼かされることがあろうとも。

「おかわりは?」おしゃべりが続く中、ペンがわたしの髪にささやきかける。

わたしは首をそらして彼を見あげ、ひそひそと尋ねた。「今夜、あなたの誕生日にセックスのプレゼントはいかが?」

ペンの目が輝く。「それは断れないな」

「だったら、おかわりはなし。三杯で結構よ」

ペンが頭をさげてわたしの唇にキスをする。けれど一度では物足りない。彼の頭のうしろへ手を滑らせて引き寄せ、さらに何度かキスをした。

「うへっ」愛し合う男女を見るのは初めてだとでも言わんばかりに、誰かが絶句した。

愛し合う？

わたしたち、愛し合っているの？

その質問をふたたび自分に問いかけることができるようになるなんて。

わたしはふんふんとハミングしてもう一度キスをした。

「コーラ」誰かが強い口調で言うのを、手を払ってしりぞけると、重ねた唇の上でペンが笑った。

そこで、終わった。

楽しさ。

幸せ。

安らぎ。

ペンが現れてから、わたしを包み込んであたため、わたしの魂を満たしてくれていた希望がはじけた。そして、わかっていたことだが、その余波はわたしを切り刻んだ。

「こいつは楽しそうだな」背後でダンテの声が響いた。

わたしは凍りついた。脈拍が急停止したあと、どこまでも急上昇する。

ペンがすばやく立ちあがる。わたしも急いで起きあがり、ふたりのあいだに割って入った。

「こんにちは、ダンテ」声から震えを消そうとしたもののうまくいかず、しゃがれた声が出た。

ペンは手でわたしを制して前に出た。「ここにいったいなんの用だ?」

ダンテが笑い声をあげる。足もとはふらついているが、危険であるのに変わりはない。瞳孔は異常に収縮し、白いシャツからのぞく肌は汗ばんで赤みを帯びていた。今日はいったいなんの薬物をやっているのかは神のみぞ知るだ。ただでさえクレイジーな性格が、ドラッグの影響でさらに予測不可能だ。

わたしは裏庭へ視線を滑らせてドリューを探した。ドリューは一度、誰も死なせることなくダンテをうまくあしらった。彼なら今度もやれるかもしれない。こっちへやってくるドリューを見つけ、わたしはほっと大きな息を吐いた。ドリューは愛想笑いの下に渋面を隠した。

「よう、ブラザー!」ドリューが近づきながら、声をかける。

ダンテが焦点の定まらない目をそらした隙に、ペンはわたしに耳打ちした。「行くんだ。自分のアパートメントへ戻って鍵をかけろ」

わたしは唾をのみ込んだ。ダンテが自分の所有物と見なすわたしを彼から遠ざけようとしたところで、状況を悪化させるだけだ。最も簡単かつ安全なやり方は、わたしがダンテの相手をし、彼が飽きるか、ドラッグが回って正体をなくすまで、やりたいようにさせることだ。

「いいえ」わたしは言った。「ここはわたしに任せて」

ペンはわたしの腕をつかんで引き寄せ、うなった。「だめだ」

わたしは彼をにらみつけて腕を振りほどいた。ペンに反論するのはあとでできる、ダンテが去ったあと、ふたりともまだ息をしていればだが。

ドリューがペンの横に並ぶのと同時に、わたしは顔に笑みを貼りつけて進みでた。

「来るとは知らなかったわ。飲み物を用意しましょうか?」

ダンテが冷笑する。「飲み物。なあ、飲み物と来たぞ」見回して観衆を求めるが、女たちは抜け目なく散っていた。「おれの売春婦のひとりがメンテナンススタッフにまたがってるとこに出くわしたかと思えば、そいつが飲み物はどうだときさやがる」

「わたしは別に――」

「金は取ってんのか、コーラ？　おれの売春婦のくせに、まさかただでやらせてるんじゃないだろうな」

わたしの背中にペンがぶつかるが、彼の手を握りしめ、ばかなことはしないでと無言で念じた。ダンテの嘲弄はいつものことだ。わたしは少しも気にしない。だけどペンの体から発散される息も詰まるような怒気から判断するに、彼もそうとは言えないらしい。

ドリューはというと……。「何か話があるのか？　それともひとりごとを言うためだけにここへ来たのか？」

「おいおい、おまえまでこいつとやってんのか？」ダンテは指を振ってペンとドリューに向けた。「ひとつの穴にひとりか、それとも交代でか？」

ドリューはダンテの話を実際におもしろいと受け取ったかのように笑った。

一方、ペンは体を震わせ、わたしの背中に当たる彼の胸板はますます硬くこわばった。まるで両手の拳をダンテに送り込まずに体の両脇にさげているのに、膨大な努力を要しているかのようだ。

わたしはもう一度ペンの手を握ってささやいた。「お願いだからやめて。彼はすぐに帰るわ。とにかく待って」

返事はなかったが、ペンは動きもしなかった。

わたしにとっては大きな勝利だ。

ダンテをここから追い返せれば、さらに大きな勝利になっただろう。

「それで、ご用は何？　何か入り用なものでも？」わたしは尋ねた。

ダンテはわたしに向き直ってにやりとした。「そうそう、思い出した。昨日な、クリッシーと話をしたんだ。おまえは覚えてないかもしれんが、あいつは少しばかり前に、マルコスにお払い箱にされたんだってな」後頭部をぽりぽりとかく。「クレイジーなアマだ。べらべらとしゃべりやがって、うるさくてかなわない。ここへ戻らせてくれとおれに泣きついて、作り話までする始末だ。おれのお気に入りの娘を、おまえがペットにしてかくまってるってな」

肺の中で空気が泥と化し、血管を流れる血に火がつく。けれどわたしはすべてを抑えつけ、恐怖を表に出さずに冷笑した。「はあ？　くだらない」

ダンテが微笑する。「ああ。赤毛の娘がどうのとほざきやがって。なんのことだかさっぱりだから、ここに寄って確かめようと思ったってわけだ。おまえ、何か知ってるか？」

耳の奥で鼓動が轟き、考えることもできない。「いいえ、わたしもなんのことだかさっぱりよ」

ダンテは片手をポケットに突っ込んだ。「おれもそうだと思った。おまえがおれに嘘をつくわけがない。そうだろう？」

わたしはうなずいた。虚脱感が胃の中に居座る。

ダンテは冷たい笑いを浮かべた。「なんてったって、おまえは自分が失うものをようくわかってるんだからな。違うか？」

「ええ、わかってるわ」わたしは何度もうなずいた。

ダンテはペンのほうへ頭を傾けた。「このくそ野郎とファックして、おまえはおれの所有物じゃないなんて考えを起こしてみろ、どうなるかはわかってるよな」

「黙って聞いてりゃ――」ドリューが詰め寄ろうとするのを、わたしは手で制して黙らせた。

そしてペンから離れ、喉が燃えあがるのをこらえて笑みを繕う。

これは前に口にしたことのある言葉だ。

一度はそうだと信じ込んだ言葉。

わたしを打ち砕く寸前だった言葉。

自分がつく一番大きな嘘だとわかっている言葉。

「わたしはあなたの所有物よ、ダンテ。誰とも寝てはいない。そんなことをしてあなたが与えてくれたもの全部を踏みにじるようなことは決してしない。わたしはゲレーロの一員だわ。いつも、いつまでも」

ダンテはゆがんだ笑みを浮かべた。「嘘には結果が伴うぞ、コーラ」

「知ってるわ。でも、わたしは嘘はついてない」

ダンテはわたしを見据え、濁った目で探った。

わたしは見つめ返し、彼が求める真実以外は顔に出さなかった。

「いいだろう、おまえがわかってりゃな」ダンテは踵を返すと、よろめきながら駐車場のほうへ歩きだした。

その瞬間、わたしは何かがおかしいことに気づいた。

何かがおかしい、おかしすぎる。

ダンテがこうもあっさり引きさがるはずがない。なんであれ彼が疑っていることへの代償をわたしにたっぷり払わせるまでは。

「子どもたちはどこ?」ペンにささやいた。車にたどり着くダンテを見つめ、両手が震える。

ペンが返事をするまで五秒の間があり、そのあいだに時間が止まり、大地は口を開けて地獄の悪魔たちを吐きだした。

「わからない」

ペンにはわからなくても、ダンテには子どもたちの居場所がわかっているのが唐突に明白になった。

「リヴァー!」わたしは絶叫した。

27

ペン

ドリューとおれは階段へ向かって飛びだした。恐怖に満ちたコーラの悲鳴がおれの足に拍車をかける。三段飛ばしで階段をあがるおれの足音がコンクリートに響き、ドリューがすぐあとを追う。

視界の隅でダンテが駐車場から車を出すのをとらえながら、階段を曲がって二階へあがった。

あのくそったれ。

ヤク漬けのろくでなしが。

子どもたちに指一本でも触れていたら……。

コーラと同じ空気を吸うだけでもあいつを殺してやりたかった。あいつの所有物だとコーラが言うのを聞かされたときは？　あのあと何ごともなく立ち去れたダンテはついている。

だがリヴァーかサヴァナに何かしていたら、あいつのつきもそれまでだ。

三階に到着すると、コーラのアパートメントの玄関へ直行した。肩で体当たりするが、木製のドアは開かない。取っ手をガチャガチャやってもだめだ。

「リヴァー！　サヴァナ！」拳をドアに叩きつけた。

「どいて」ようやく追いついたコーラが息を切らして言った。手にはすでに鍵を握っている。彼女は解錠して、慎重にドアを押し開いた。

チェーンロックはかかっていなかった。

ドアは外から鍵をかけられたのだ。

ダンテは棺までさらに一歩近づいた。

「リヴァー！」コーラが叫んだ。

廊下の奥からどすんと音がした。人けのない子ども部屋の前を通り過ぎ、コーラの寝室のドアを開け放って飛び込む——だが、奥にリヴァーとサヴァナがいるのを目にしておれは急停止した。

安堵すべきところなのに、子どもたちはどちらも無事とは言えなかった。

リヴァーは猿ぐつわを噛まされ、怯えた顔には涙の筋がついている。両手は電気コードで縛られて、おれがコーラのために買ったベッドフレームに結びつけられていた。ベッドは部屋の奥へ移動されていて、ひざまずくリヴァーの隣には、顔が紫色に変色し、生気のないサヴァナが横たわっている。口からは白い泡が流れ、足もとの床に注射器が転がっていた。

コーラの悲鳴があがる。

おれは先にサヴァナへ駆け寄り、彼女のかたわらに膝をついた。心臓が喉までせりあがり、リサとのあの電話以来初めて、あらゆる神に向かって祈っていた。あのとき、助けは現れなかった。神がまだいるのかどうか知らないが、もしもいるなら、今度こそ現れてもらう必要がある。

「脈がある」おれはサヴァナを仰向けにさせて言った。

ドリューはすぐさま行動に出て、彼女の唇のあいだに指を押し込むと、口内の吐瀉《としゃ》物《ぶつ》をかきだした。

「ああ、神様」コーラがあえぐように言う。「息はあるの?」その手はリヴァーの猿ぐつわを外そうと必死だ。

「ああ、息をしてる」おれは励ますように答えた。もっとも、サヴァナの胸は上下しているとはいえ、呼吸は浅く、いまにも最後の息になりそうに見える。

そして彼女のまぶたを押しあげたとき、錆びたナイフがおれのはらわたを刺した。緑色の瞳は虚ろで、すでにどろんとしている。

コーラがようやくリヴァーの猿ぐつわを外した。

それと同時に世界は動きを止めた。

おれが四年間探していたもの全部が、唐突に向こうのほうから転がり込んできたが、その瞬間それはもはやどうでもよく思えた。罪もない子どもが瀕死の状態とあっては。女たちが食い物にされ、利用され、虐待されていては。ダンテやマルコス・ゲレーロのような連中が街を闊歩《かっぽ》していては。

それはまさにおれの目標が変わった瞬間だったものの、意外にもゴールは変わらずじまいだった。

「ママ！」リヴァーが叫び、上半身、それに両手をベッドにつながれたまま、コーラの胸に倒れ込む。

ドリューが身じろぎするのを目にし、おれははっと頭をあげた。ドリューは驚きと困惑の顔つきで目を細くし、娘を抱きしめるコーラを凝視し……。

彼女の娘？

「大丈夫、もう大丈夫、大丈夫だから。わたしがいるわ。もう大丈夫。何もかも大丈夫よ」コーラが繰り返す。

「あいつ、注射を打ってってサヴァナに命令したの」リヴァーは泣きながら言った。ドリューがポケットナイフで電気コードを切ってやる。「サヴァナはいやだって言ったのに、無理やり打たせたの。打たなきゃここから連れてくぞって。あいつのとこに、サヴァナの居場所はそこなんだからって」

コーラは涙に濡れたリヴァーの顔を両手で包んだ。「あなたは何もされなかった？」

「うん」

「錠剤とか食べ物、飲み物、どんなものでも口に押し込まれなかった？　リヴァー、考えて！」

「何もされてない！　あいつ、あたしには手出ししなかった。逃げださないよう縛られただけ。ああ、ママ、サヴァナは大丈夫なの？」

「ええ」コーラがきっぱりと言う。「サヴァナは大丈夫。何もかも大丈夫だから。ドラッグの効き目が切れればちゃんと目を覚ますわ」涙を湛えたブルーの瞳をおれに向けた。「そうよね、ペン？」

イエスと答えてやりたかった。だがコーラに嘘はつけない。これについては。

「いいや、ベイビー。彼女は病院へ連れていく必要がある」

コーラの顔から血の気が失せる。だが口から出る言葉は落ち着いていた——自分自身への激励だ。「いいえ。病院へ行く必要はないわ。眠りさえすればサヴァナは元気になる」

おれは手を伸ばしてコーラの肩を握りしめた。「コーラ、ベイビー、サヴァナには——」

「いいえ！」焦燥が怒りに形を変え、コーラは声を荒らげた。「サヴァナを抱きあげてベッドへ運んでちょうだい。あとはわたしが看病する。サヴァナは必ず元気になるわ」

眠ったところで薬物の過剰摂取はどうにもならない。ふたたび目を開かせたいのなら治療は不可欠だ。

「サヴァナをトラックに乗せろ」おれはドリューに指示を出した。コーラの体に腕を回そうとしたが、彼女は暴れ、ドリューを追い払おうと怒りを剝きだしにした。

「サヴァナに触らないで。彼女はどこへもやらない」

おれはコーラとサヴァナのあいだに体を割り込ませ、言い放った。「このままだと彼女は死ぬ」

　コーラの体が石と化したので、おれは声音をやわらげた。

「サヴァナを見ろ。病院に連れていって、医者に診てもらう必要がある。なんの薬物を摂《と》らされたのかもわからないんだぞ。量だって。ダンテはサヴァナを罰することできみを罰しようとしてるんだ。馬一頭を薬殺できる量を投与されてたっておかしくない。サヴァナには医者が必要だ、ベイビー。さもなきゃ、きみは彼女を失う」

　コーラはわっと泣きだした。「診せたら診せたでサヴァナを失うことになるのは一緒でしょう、ペン。彼女は未成年の家出娘なのよ。役所の社会福祉課に連れていかれて、インディアナにいる彼女の家族のもとへ送り返される。父親は死ぬ一歩手前まで彼女を暴行虐待し、母親はその痛みの緩和にドラッグを与えるでしょうよ。サヴァナは十二のときからヤク中だった。あんな暮らしに戻れば、もう出てはこられない。行く当てもなく路地裏で暮らし、ドラッグを買うために体を売るようになる。わたしは二度とサヴァナの顔を見ることもない」

　胸の中の圧迫感が耐えがたいほど増していく。

　コーラの心が折れかけているのは見ればわかった。

　彼女を思い、おれの心も折れかけていた。

　だがコーラは冷静に考えていない。

母親として考えている。

一方、おれは男として考えている。自分の女から苦しみを取り除くためならなんでもやると。

どんな犠牲を払おうと。

ひとつ吸って。ひとつ吐いて。

ばらばらに崩れかけているコーラを守るかのように、おれは彼女をきつく抱え込んだ。そしてドリューにぐいと顎を向ける。

「やめて！」コーラが泣き叫ぶ。ドリューはサヴァナを床から抱えあげ、寝室から急いで運びだした。

コーラは絶望の波にのまれ、全身をわななかせた。

おれは彼女の頭のてっぺんにキスをした。「サヴァナは必ず連れて帰る。これから病院へ運んで緊急治療室に預けてくる。いまできるのはそれだけだ。サヴァナが元気を取り戻したら、すぐにきみのところへ連れて戻ると命に懸けて誓おう。約束しただろう、おれは子どもたちを守る。必ずだ。そのためにはいますぐ行動しなきゃならない。サヴァナの状況は一刻を争う。おれたちがここで口論したって、彼女を助ける役には立たないだろう」

「ええ、ええ、あなたの言うとおりだわ。行って。サヴァナを病院へ連れていって」コーラは涙声で言い、おれの腕から離れた。「緊急治療室へ預ける前に彼女のポケットを調べて」

「なんだって?」ドアへあとずさりながらおれは問い返した。

「前にやられたの。リヴァーがまだ赤ん坊だったとき、ダンテはわたしを半殺しにしたあと、ポケットにヘロインを押し込んで道ばたに放置した。そのせいで一年間刑務所に入れられたわ」

おれの骨はコンクリートと化し、視界が赤く染まった。「冗談だろう?」

コーラは首を横に振ると、リヴァーの肩に両腕を回して胸に引き寄せた。

これで確定だ。ダンテは殺す。

「おれはもう行く。出たあと、鍵をかけてくれ。できるだけ早く戻ってくる」

「サヴァナをお願い」コーラがささやく。

「わかってる。おれが必ず守る」

ほんの数キロの距離だが、これほど長いドライブは初めてだった。ファミリーの中で唯一——いまのところ——前科のないおれは、サヴァナを抱えて緊急治療室のドアをまっすぐ通り、助けを求めて狂人さながらに声を張りあげた。サヴァナが車輪付きストレッチャーに乗せられると、彼女のために祈りを送り、急いで廊下を引き返した。

舗道際でドリューがトラックをアイドリングさせているのに乗り込んだ。「助かりそうか？」ドリューがきいてくる。

「わからない」おれは手で顔をこすった。「あいつらを殺す。ふたりともだ。地上を歩くゲレーロがひとりでも残っていれば多すぎだ」

ドリューは道路に目を向けたまま車を出し、交通の流れに乗った。「リヴァーはゲレーロってことになる」

おれはドリューにさっと顔を向けた。「おれたちが探してるのはリヴァーだってことか？」

「どうだろうな。つじつまが合わない」

たしかにそうだ。

何ひとつつじつまが合わない。一日目からそうだった。

リサを失ったあと、おれは苦悶の嵐の中にいた。私立探偵に数十万ドルを投じて、答えを探した。リサを助けることはできなかったが、事件の黒幕を法の裁きの前に引きずりだすことにおれは取り憑《つ》かれた。警察は強盗殺人として片づけた。容疑者は二名とも警官に射殺され、事件は終了だ。だがおれはふたりの男たちが二十九分かけて彼女をなぶり殺しにするのをこの目で見ていた。

あれは偶発的な事件じゃない。

あれは個人的な恨みだ。

最初からあらゆるサインがゲレーロを指し示していた。しかし、確たる証拠は何ひとつ得られなかった。それに、ゲレーロどもを殺したところで、ぐっすり眠れる夜など来ないだろうし、魂を焼く敗北感がやわらぐことがないのもわかっていた。

おれと並んで火あぶりにされていたドリューがこの件をおれたちの手で処理すると決断したのはその頃だ。マニュエル・ゲレーロが収監されている刑務所に自分も送り込まれるよう、ドリューは車を二台盗難した。そのあとはあいつの最も得意とすることをやった――カメレオンになったのだ。

そんな経緯で、ドリューは問題の会談にたどり着いた。

そして、真実に近づきすぎた目障りなジャーナリストを始末するよう、何者かがマニュエルに依頼したことを知った。

マニュエルは自分のファミリーの団結力をドリューに向かってとくとくと自慢し、最後の決断をまだ若い孫娘に委ねたことをしゃべった。

マニュエルによれば、その孫娘は、〝ゲレーロは誰の命令も受けない〟と胸を張って宣言し、当の女の処刑を命じることを拒絶した。

なのにその翌日、おれの妻は殺されている。

会談の夜、マニュエルとその孫娘とともにいたのが誰であれ、そいつこそがリサを死へ追いやった張本人であるのは間違いない。これからどんな犠牲を払うことになろうがかまうものか、刑務所や死体袋の中で腐り果てることになろうとだ。そのときは連中を道連れにする。

何週間も前、おれがコーラに言ったように、この世界は醜い場所だ。聖者などごくまれであとは罪人だらけ。愛より憎しみ、親切心より無慈悲がはびこっている。そして、それはこの世が悪人ばかりだからじゃない。善良な人間が黙ったままでいるからだ。

おれ自身は罪人に当たる。心の縁まで憎しみで満たされ、頭の中は復讐と混沌で溢れ返っている。

だが、おれは黙ってはいない。

「マニュエルは孫はひとりしかいないとはっきり言ったんだぞ、ペン。おれはあのおやじの孫自慢を何時間も聞かされている」

おれは前方に顔を戻した。「会談の場にいたのはカタリーナの娘イザベルだとマニュエルは言ったのか？」

ドリューはハンドルに手のつけ根を叩きつけた。「いいや。自分の孫娘、ひとり、ひとりの孫娘と言ったんだ。それならイサベルに決まってる」

「リヴァーでなければな。もしもそうなら、答えはおれたちの手が届くところにずっとあったんだ。くそっ。カタリーナを見つけることばかりに気を取られて、目の前にあるものが見えてなかった」おれはそれで痛みがやわらぐかのように胸の真ん中をこすった。「なんてことだ、おれは間違った質問をし続けてたってわけか」

それぞれが別々の考え、しかし同じ方向性の考えに沈んで黙り込んだ。

「オーケー、状況を整理しよう。リヴァーがニックの娘じゃない可能性は？」ドリューが尋ねる。

「コーラが母親なら、リヴァーはニックの娘だ。コーラはほかの誰ともつき合ったことはない」おれは別として。

そして、おれの自由にできるものなら、彼女は今後ほかの誰ともつき合うことはない。

だがそのあとは？

コーラに出会ったからと、リサの死の責任を負うやつらのことは忘れるのか？　ふたりで夕陽へ向かって車を走らせると？　愛はすべての傷を癒やすとでも？　何を寝言をほざいている。そんな都合のいい夢物語がどこの世界にある？　おれは自分が炎に燃やされていることを警告した。近づきすぎれば彼女もやけどをすると。それがいまや、ふたりともども炎に包まれている。

「終わらせるんだ」ドリューに向かって言った。「マルコス、ダンテ、コーラ、それに……ペ、ペ、ペ、ペン・ウォーカー。もっとましな終わらせ方があるはずだ、ドリュー。もっとましな終わらせ方があるはずだ」

ドリューはつかの間進行方向から目をそらし、おれを見た。「コーラを愛してるって認めろよ。あんたの口からそれを聞くまで、彼女を傷つけるのに手を貸すことはできないぞ」

おれは助手席の窓の外を見つめ、血の味がするまで頬を嚙んだ。世界が流れていく。太陽はおれたちを追い、木々や車はぼやけて後方へ通り過ぎていった。頭上では雲がのんびりと移動し、光のない月が空にかかり、輝きを放つ順番になるのを待っている。コーラがおれの膝の上でピニャコラーダを飲み、屈託なく笑っていたときから一時間も経っていない。

あんな暮らしを彼女に与えたかった。

あんな世界を彼女に与えたかった。

ひとつ吸って。ひとつ吐いて。

「おれはコーラを自由にしたいだけだ。たとえ彼女がおれを失うことになろうと」

28

コーラ

「つまり、彼女はきみの娘なのか？」隣のダブルベッドからペンが尋ねた。

リヴァーはわたしの膝の上で小さな寝息をたてている。泣き疲れて眠りに落ちてから一時間近くになっても、わたしは彼女の髪をまさぐり、撫で続けていた。

ペンは病院にサヴァーとわたしを預けて戻るや、バッグに荷物をまとめるようわたしたちに指示した。リヴァーとわたしが支度をするあいだ、彼はドリューとともに玄関ドアを見張り、その後みんなでアパートメントをあとにした。

移動中も警戒し、ペンはわたしたちをホテルへ連れていった。しかも安いホテルじゃない。どうやって支払うつもりだろう。だけどわたしは動揺のあまり、お金の心配をする気力もなかった。

今夜アパートメントから逃げるためなら、〝自由のための貯金〟をからっぽにしたってかまわなかった。まばたきするたび、ベッドに縛りつけられているリヴァーと床にだらりと転がるサヴァナの姿がまぶたによみがえる。わたしは思考回路が完全に麻痺して、もはや恐怖さえ感じられなかった。

ダンテは感情を操ることで長年わたしをコントロールしてきた。だけど今回、彼はさらにもう一段階あげてきた。わたしの愛する人たちに危害を加えるのが、彼好みのコントロール法になるのは時間の問題だ。

次はペンだろう。それは間違いない。ドリューも巻き添えを食う可能性がある。

その次は……。

これまでダンテはリヴァーに手を出したことはなかった。だけど、いつの日かそれも変わる。

そうなったときに、リヴァーがアパートメントにいる危険は冒せない。これ以上待つのは無理だ。脱出するときが来た、たとえリヴァーと貯金をキャットに託すことになろうと。わたしひとりなら、そのあと何が起きてもどうにでもなる。

「いわゆるできちゃった婚よ」リヴァーの髪を指に巻きつけて答えた。「おかしなものね。十六で身ごもって、あのときはこんなに怖いことはないと思った。ほんと、世間知らずだった。ニックも不安は抱いてたけど、彼はどんな状況もものともしないところがあったから。でも、マニュエルは怒り狂ったわ。わたしにいっさい関わるなとニックに命じたの」思い出して微笑した。「次の日、ニックは婚約指輪を買ってくれた。さらにその次の日には、ホームレスの男性に百ドルやってわたしの父親のふりをさせ、役所で結婚したの」

幸せだったあの日々のあとに続いたつらい歳月に、息が震えた。「ゲレーロ一家は決してわたしを受け入れようとしなかった。リヴァーがニックの娘だってことさえ認めなかったわ。ニックはわたしのせいで、ひいてはリヴァーのせいで、死んだのだと言って。ニックはわたしたちを守るために自分の身を投げだしたのだから」

涙が頰にこぼれ落ち、急いでぬぐおうとしたが隠しきれなかった。どうしていまさら気にするのだろう。ペンにはほかの誰よりわたしの涙を見られているのに。

それがよい表れか悪い表れかはよくわからなかった。

ペンはこっちのベッドに移ってわたしの足もとに腰かけ、上掛けの上からわたしの脛に手を置いた。「どうして黙っていた？」

湿った顎を肩でぬぐい、彼を見あげた。「知らないほうが安全だからよ。長い年月のあいだに、大勢の女たちがあのビルへやってきたけど、全員に共通していることがひとつある。みんなゲレーロの男たちの手でひどい目に遭わされている。それがわかっていて、同じ屋根の下のすぐ上階にゲレーロの人間がいることを、わたしが宣伝したがるとでも？　とんでもない。わたしは結婚によってゲレーロの名前になっただけ。リヴァーは同じ血が流れる生粋のゲレーロよ」

「知ってる者は何人いる？」ペンが尋ねる。

「たぶん、誰も知らないんじゃないかしら。初めてあのビルへ来たとき、わたしは出所したてで、リヴァーは一歳半ぐらい。入所中はマニュエルがこの娘の養育権を握っていて、わたしのことはコーラと呼ぶよう教え込んでいた。心臓にナイフを突き立てられた気分だったわ。けれど、結果的にはそのほうが都合がよかった。この娘は以前働いていた女性の娘で、母親が亡くなり、もっとましな暮らしを送れるようにするのがわたしたちの責任だとみんなには話したわ。十年以上あのビルで暮らしていて、それを話す必要があったのは一度きりよ。あとは伝承みたいに口から口へと伝えられた。だけど、これははっきり言える。ビルの女性たちはみんなでリヴァーを育ててくれたの。いずれは自分たちのひとりになる娘としてじゃなく、いずれあそこから出ていく者として」わたしはリヴァーへ視線を戻した。「この娘がまだ幼い頃、ふたりでパジャマに着替えてドアに鍵をかけ、ベッドで頭から毛布をかぶったものよ。リヴァーは何時間でもニックの話に耳を傾けて写真を眺めていた。ベッドの中でだけ、わたしをママと呼ぶようになったのはその頃」夢を見てるのか、リヴァーの黒いまつげがひくひく動く。それを見つめて胸が痛んだ。せめて夢の中ではもっといい暮らしをしていてほしい。「たまにぽろりと言ってしまうの」

「コーラ、娘までいながらどうして逃げなかった？　なぜリヴァーを連れて出ていかなかった？」

わたしははじかれたように顔をあげた。「逃げようとしなかったと思う？　ペン、ひとりで残された第一日目から、死に物狂いで逃げようとしたわ。ニックの葬儀では、ダンテからおなかに膝蹴りされて、出血し始めた。わたしは妊娠四カ月で、夫は殺され、全財産は二十ドルだった。仕方なく、わずかばかりの所持品をまとめて実家へ戻ったわ。父はわたしの大きなおなかを見るなり淫売と叫び、わたしの鼻先でドアを叩き閉めた」

「なんてことだ」ペンが静かにささやく。

膝の上でリヴァーがもぞもぞと動き、わたしは口をつぐんだ。リヴァーはわたしの脚をぎゅっと抱きしめて、眠りながらも引き離されないようにしている。

「そのときはマルコスに見つかったわ」リヴァーが落ち着くとわたしはひそひそ声で

続けた。水門を開いたかのごとく、真実がわたしの口から止めどなく溢れでる。「彼らはわたしを憎んでいたけれど、手放すつもりはなかった。なぜって、憎む相手が必要だったからよ。ニックを殺したのはダンテの敵だった。ダンテはある連中の怒りを買い、相手は意趣返しにダンテの家族を襲った。ダンテは自分を憎み、その憎しみをすべてわたしにぶつけているの。リヴァーの誕生後、わたしは脱出を試みたけど、彼らはわたしが確実に刑務所送りになるよう手を回していた。出所したときは、娘を返してもらえたのがただただうれしくて、もう逃げださなくてもいいように思えた。ビルの管理の仕事に落ち着き、ふたりでちゃんとした暮らしを送ろうとしたわ。だけどダンテはわたしに決して安息を与えなかった。当時はいまよりも状況が悪かったわ。ダンテはアパートメントにやってきてはわたしを怒りのはけ口にし、彼の顔を見ずに一週間が過ぎることはほとんどなかった。わたしはさらに二度逃げようとした。最初のときは一週間の病院送りになり、二度目はふたたび薬物所持で収監された」わたしは唇を突きだしてつぶやいた。「それでツーストライク。だけど最悪なのはそれじゃない。わたしの入所中、マニュエルは娘婿のトーマス・ライアンズを使い、法的観点から見てわたしは子どもの養育に適していないと主張した。その結果、リヴァーの親権をマニュエルに奪われたのよ」

ペンは怒りに顔をゆがめて勢いよく立ちあがった。「そもそもそんなことがどうして認められるんだ？」

「しーっ。大きな声を出さないで」でもリヴァーはぴくりともしなかった。

ペンは声を落としたが怒りはそのままだ。「裁判官は子どもの親権を犯罪者に渡したと言ってるのか？」

わたしは身を乗りだし、小声で言った。「犯罪者だったのはこのわたしよ、ペン。逃げようとしたのはわたしなの。わたしはこの娘を守れなかった」

「ばかなことを言うな。この娘がきみの娘なのをおれは知りもしなかったが、それでもきみが立派な母親なのはわかっていた」

「いい母親だろうとそれでは充分じゃないの。そのあと、わたしは文字どおり身動きが取れなくなったわ。警察を頼ることはできなかった。唯一の救いは、実のところマニュエルにはリヴァーを養育する気はなかったってことね。黙って仕事をするという条件でわたしのもとへ返してくれたわ。わたしが命令を破ると、マニュエルはこの子をわたしから取りあげた。一日だけのこともあれば、ひと月会わせてもらえないこともあった。そのあいだ、彼らがこの娘に何をしているのか、わたしにはわかりようがなかった。無事かどうかさえわからなかった。わたしにはどうすることもできなかったのよ、ペン。わたしがついに抗うのをやめるまで、残酷なゲームは続いたわ」背筋を伸ばして彼の目をまっすぐ見つめる。「だけどあきらめたわけじゃない。この暮しを受け入れたわけじゃない。考える時間が必要だっただけ。そしてカタリーナが答えを与えてくれた」

ペンはわたしの脚を握ってうながした。「それはどういう意味だ?」

「トーマスは父親に対して不利な証言をするようカタリーナに命じ、彼女は従った。マニュエルは刑務所へ送られ、リヴァーの親権はマルコスに移った。マルコスはこの娘にはいっさい関心がなかったから、わたしは親権を取り戻すことができたの」

ペンは片方の眉をあげた。「トーマスとマニュエルは手を組んでいるんだと思っていたが」

「以前はね。当時のふたりは無敵だったわ。マニュエルは地域のドラッグ取引と売春に関する情報をトーマスに流す。それと引き換えに、トーマスはゲレーロの競争相手を壊滅させるかたわら、次々に有罪判決を勝ち取り、名声を確立した」

「で、何がその関係を変えたんだ?」

わたしはふんと鼻を鳴らした。「権力の誇示よ。両者とも成功を収めて酔いしれていた。マニュエルは自分がすべてを支配していると考え、トーマスは自分こそがそうしていると考えていた。リヴァーの話では、トーマスの不正が露見しかけたとき、マニュエルは動こうとしなかったそうよ。それがもとでふたりはパートナー関係を解消し、最後はトーマスが勝った」

まるでベッドに電流が流れたかのように、ペンがいきなり立ちあがる。「なんて言った？」彼はかっと目を見開いて詰問した。

「あの……トーマスが勝ったって」

ペンは指を組んで頭を抱えた。「ゲレーロは誰の命令も受けない。だがイザベルはライアンズだ、ゲレーロじゃない」

意味がわからず彼を見つめた。「ええ、そうね」

ペンは行ったり来たりし始め、室内に視線をさまよわせたが、それでいて何かに目をとめることはなかった。「それが起きたのはいつのことだ？　マニュエルとトーマスが手を組むのをやめたのはいつだ？」

「わからないわ。どうして？」

ペンは勢いよくこちらを向いた。「コーラ、考えろ！」

乱暴な口調にはっと顔をあげたものの、彼の顔に浮かんでいるのは懇願の色だけだった。

「その……カタリーナが家を出てからもう三年で、家を出たのは裁判後のことだから、四年か、五年前よ。どうして？　いったいどういうこと？」

ペンはまばたきをして目を閉じた。天井を仰ぎ、筋肉に覆われた全身から力が抜ける。こんな彼の姿は見たことがなかった。重みが彼の肩から持ちあげられただけではなく、全細胞、DNAの中からまでも、消え失せてしまったかのようだ。

わたしはリヴァーを膝からそっとおろしてペンに歩み寄った。彼の腹部に手を置いて問いかける。「何が起きてるの？　わたしに話して」

ペンの両腕がわたしの体に回され、彼の胸に引き寄せる。ペンの心臓は激しく鼓動しているが、体からは力が抜けたままだ。「おれがきみに質問していればよかった。最初の日に。だがどんなに認めたくなかろうとも、おれはきみを見た瞬間から畏敬の念に打たれていた。おれを見あげるきみは魅力的な女性で、抱え込んでいるたくさんの恐怖がきみを怖いものなしにしていた。それがねたましかった、ベイビー。リサが殺されるのを見ていたあの日から、おれの生活は恐怖と怒りと恨みに支配されていた」

寒気に鳥肌が立った。ペンの話は少しも意味を成さないが、魂からほとばしりでる告白に聞こえる。

彼の胸板に顎を預けて見あげた。「いま、あなたはなんの話をしているの?」

ペンは質問には答えずしゃべり続けた。「もっとも、おれが最初に尋ねていたら、いま、こうしてきみを抱くこともなかった。だから、あれでよかったんだ」微笑を浮かべ、額につらそうなしわが刻まれた。「きみは尊敬すべき女性だ、コーラ。尊敬すべき母親。尊敬すべき人」出会ってから初めて、ペンはわたしの胸にさがる星に指で触れた。「ひとつ吸って。ひとつ吐いて。どんなにつらいときでも。息をし続けるんだ」

過去のニックの言葉がペンの口からわたしのもとへ舞い戻り、目に涙が溢れた。覚えている限りでは、あの話をペンにしたことは一度もない。

でも、あの星たちの下でペンも毎晩眠りに落ちていたのだ。知っていたとしても不思議ではないのかもしれない。

彼はかがみ込み、わたしの唇に指で触れた。「クレイジーな一日だった。一緒に眠ってくれないか?」

わたしはうなずいた。これ以上何かを受け入れる心の余裕は残っていなかった。

その夜はペンと一緒にベッドへ入った。彼は仰向けになり、わたしは彼の胸に頭をのせた。眠れそうになかった。隣のベッドで眠るリヴァーを少なくとも一時間は見つめ、彼女の胸が上下するのを見守りながら、サヴァナの胸も同じように動いているだろうかと案じた。

サヴァナは無事なの？　今頃何を感じてるだろう？　怖がっていない？　ペンは本当にサヴァナをわたしのもとへ連れ帰ることができるの？

やがて眠気が訪れた。

いつの間にか深い眠りに落ち、彼がベッドから出ていくのにも気づかなかった。わたしの額にキスをして、〝愛してる〟とささやく声も聞こえなかった。知らないうちに、ペン・ウォーカーはカチャリとドアを閉め、わたしの人生から歩み去った。

29

彼女を失う一週間前……

ペン

「ハイ！　わたしの夫は今日もハンサムじゃない」携帯電話のスピーカーからリサの甘い声が聞こえるが、画面はいまだ真っ黒だ。

おれは片手で携帯電話をかざしたまま、スーツの上着の片袖を抜こうと奮闘した。

「こっちには映像が来てないぞ」

「ちょっと待ってて。ここのインターネット回線、不安定なのよね」

クローゼット中央にある花崗岩《かこうがん》のカウンターに携帯電話を置き、カフスを外しにかかった。

「いまはどう？」リサが尋ねる。

おれは画面へと身を乗りだした。「だめだ。まだ真っ黒だ」

「これなら――」美しい笑顔が画面にいきなり現れる。「どう？」

「だめだ」唇を噛んで笑いをこらえ、嘘をついた。

「もー！」リサは画面に顔を近づけた。コンタクトレンズを外しているらしく、鼻にかわいらしいしわを寄せて目を細める。

「コンタクトはしてないのか？」シャツのボタンに取りかかった。洗いざらしのやわらかなコットンTシャツに、早いところ着替えたい。

「んんー？」

リサは携帯電話をあちこちへ向け、画面には彼女の鼻から上だけが映っている。これ以上は笑いを隠しきれないな。「リサ、ストップ。冗談だ。こっちからもちゃんと見えてる」

リサが腕を伸ばして顔の全部がふたたび画面に映った。甘茶色の瞳は生き生きと輝いている。「映ってる？」

なんであれ最初に手の触れたビンテージもののバンドTシャツを引っ張りだして頭からかぶり、携帯電話を取って笑みを投げかけた。「ああ、映ってる。そっちの調子は——なんだその格好は？」

リサはかろうじて胸から脚のつけ根ぎりぎりまでを覆う、体に吸いつくような黒いレザーを見おろした。「ドレスよ」

「きみがキャットウーマンならそうだろう」おれは寝室へ引き返してベッドに腰かけた。「だがきみはふつうの人間で、猫の敏捷《びんしょう》さも、華麗な格闘スキルも身につけちゃいない。だからもう一度繰り返すぞ。なんだその格好は？」

リサはふんと鼻を鳴らした。「鞭《むち》を忘れてるわよ」

「鞭を持ってるのか！」

リサが大笑いする。「持ってないわよ、シェーン。キャットウーマンが鞭を持ってるって話。あなたのアメコミ知識って錆びついてるんじゃない？」

おれは彼女をにらみつけた。

彼女は笑みで応酬する。

「そのドレスについて説明してくれ、リサ」

リサは部屋を横切り、携帯電話をコンピューターに立てかけた。角度が調整されて、こちらからも部屋の大部分が見えるようになる。彼女はベッドの足もと側へさがった。そこには開いたスーツケースがのっていて、衣服が四方にはみだしている。「この時間は客を取ってることになってるの。着替える前に、あなたから電話がかかってきたってわけ」

「なるほどなるほど」わざと平然とした声で言った。「おれの妻が客の相手をね」リサガドレスを脱ぎ始めたので、おれは思わず顔を画面に近づけた。下着はセクシーな黒いレースのパンティーのみでブラはつけていない。おれは歯を食いしばり、鋭く息を吸い込んだ。今回彼女はすでにひと月以上家を空けており、おれが不自由しているのは夕食の相手だけではなかった。「おいおい、もうちょっといいだろう」淡いピンクのナイトガウンに袖を通すリサにおれは文句を言った。

「今夜はだめ。今週の調査結果を全部聞いてほしいの」

おれはうんざりしてベッドに仰向けに倒れ、携帯電話を顔の上にかざした。「きみのストリップショーと比べたらあくびが出そうだ」

「何を言ってるのか聞こえない。雑音が入るの。イヤフォンを取ってくるから待ってて」

リサが部屋の中を探しているあいだに、リモコンを取ってテレビをつけた。その日の株式市場の終値が画面下に流れ、ニュースキャスターはアメリカの失業率について淡々としゃべっている。おれは消音ボタンを押した。

「オーケー。これで聞こえるわ」

「いいニュースだ。アマゾンの株価が今日もあがったぞ。この調子でいけば老後も安泰だ」

「あらそう。でもあなたが禿《は》げだしたら、即刻、離縁するから」

おれは左胸をつかんでみせた。「そんな、おれを捨てないでくれ！」

「嘘、嘘。わたし、頭がつるつるの男性に弱いのよ」リサがウィンクする。「さて、まじめな話。とんでもないことがわかったわ。あの女性をあそこから助けだす方法を見つけたと思うの」

「あの女性って？」

「コーラ」リサはその名前を強調した。「ゲレーロの女よ。射殺された男と結婚してた人」

「売春宿のおかみか？」

リサは顔をしかめて唇を引き結んだ。「おかみじゃないわ。でも、その彼女よ」

「その女性が売春宿から出たがってるのか？」

「ちょっと、シェーン。わたしの話をちゃんと聞いてくれてる？」

「もちろん聞いてるさ。なんならこれまでのきみの話を要約してみせようか？　現在、おれの妻は売春宿に潜入している。先週の時点で、彼女は三階まで昇進した――それが何を意味するのであれ。そして週に三夜、売春婦の格好をしてホテルの部屋へ行き、朝まで金持ちの相手をするフリをしているが、実際には自分の夫とフェイスタイムでしゃべって時間をつぶしている。それが終わると、おれは欲求不満を抱えてベッドに入り、きみはおれたちの銀行口座から現金をおろして売春の仲介屋に渡す。信じてくれ、リサ。きみの話は聞いている。だがおれがそっちに現れて引きずり戻されるのがいやなら、きみの話の一部におれが耳をふさごうと文句は言わないことだ」

ふたりしてにらみ合った。先に折れたのはリサだ。

「とにかく……コーラの話よ。彼女はゲレーロの売春婦たちが暮らすビルを任されてるわ。ファミリーの末っ子と結婚していたんだけど、いまだって十八ぐらいにしか見えないから、そんなことってありうる？　話がそれたわね。で、先週ふたりで話していたら、彼女が亡くなったご主人のことを教えてくれたの。ああ、あれほど悲しい話はないわよ、シェーン。彼女、ご主人からもらった星のネックレスをいまも身につけているの。それに、これを聞いてよ。彼は亡くなる前に、コーラのために星の形の夜光ステッカーで天井に文字を書いてるの。彼女、こう話してくれたわ。もうだめだと音をあげそうになっていたときに彼が、〝ひとつ吸って《ワン・イン》。ひとつ吐いて《ワン・アウト》〟と書いてくれた。どんなに大変でも、息をし続けていれば、何もかもきっとうまくいくことを忘れないように」

「つらいな。彼は亡くなったんだろう？」おれはつぶやいた。

「ええ。ずいぶん前にね。だけど、以前暮らしていた場所から移るよう命じられたときに、コーラは天井の星も全部持ってきたの。そしてそっくり同じになるよう貼り直した」リサは言葉を切ると、誰もいない室内を見回してから、声を低めて急いで言った。「数日前の夜、コーラの留守中に彼女のアパートメントに侵入して、星があるあたりの天井裏に隠しカメラを設置したわ」言ってはいけないことをしゃべった子どもみたいに、あわてて手で口を押さえる。

おれはぎょっとして立ちあがり、自分の妻を凝視した。「何をやってるんだ、リサ！　隠しカメラなんてどこから入手した？」

「インターネット通販よ。玄関先まで配達してくれたわ」

おれは怒りに目を見開いた。「売春宿の玄関先に？　リサ・ペニントン宛でか？」

彼女は手で払いのけるしぐさをした。「まさか。そんな間抜けじゃないわ。ちゃんとレキシー・パーマー宛にした」

おれは歯嚙みした。「危険なのは同じだ」

「落ち着いて。大丈夫だから」

「大丈夫なわけないだろう。きみがシカゴへ出発したときは、行方不明になった女性たち、それに新聞に掲載されたモデル募集の公告に関するタレコミの追跡調査をするだけという話だった。ところが売春宿に住み込んだかと思えば、今度は隠しカメラの設置だと？　殺される前に手を引け。きみは探偵じゃない、リサ。おれがきみにそんなことをさせたのは――」

「あなたがさせたんじゃないわ。ここにいるのは、わたしがここへ来ることを望んだからよ。そしてわたしはこの仕事に情熱を抱いてる。それにわたしがやらなければ、コーラ・ゲレーロの力になろうとする人はほかにいないわ。コーラはすばらしい人よ、シェーン。本人は少しも意識していないけど、あの売春宿がうまく機能しているのはひとえに彼女のおかげだわ。ゲレーロ・ファミリーにとって彼女はなくてはならない存在なのよ。彼女は女性たち全員に性感染症の検査を受けさせ、きちんと避妊させている。話しかけて、問題があるときはちゃんと聞いてあげている。コーラはひとりひとりに心を配っているわ。たとえばね、毎晩女たちは帰宅後、彼女に電話を入れることになってるの。頭数を数えるようなものだけど、連絡を入れ忘れると、彼女、朝一番に飛んできて玄関ドアを叩くのよ。ビルで暮らす女性たちは、人から心配されたことなんてないわ。だけどコーラは気にかけてくれる。だからこそみんな、あそこにとどまっているのよ。もしもある日突然コーラがいなくなったら、すべてが崩壊するわ」

胸の中でいらだちが募った。興奮したリサの口調にいやな予感がした。リサがこうと決めると、誰にも止めることはできない。リサの愛情を疑ったことはないが、彼女にとって結婚生活はいつも二の次だ。彼女の小さな冒険の数々をおれはうしろで傍観しているだけ。そんな関係にほとほと嫌気が差していた。戻ってくるよう頼んだところで、リサはうんとは言わないだろう。なんであれ彼女がやると決めた無謀な任務を完遂するまでは。今度のそれはコーラ・ゲレーロの救出らしい。次がなんになるかは誰にもわからない。ひとつはっきりしているのは必ず次があることだ。そしてその次も。そしてまたその次も。

金はさしたる問題ではなかった。住宅市場が大暴落した際に、おれはフロリダ州沿岸のあちこちで抵当流れのビーチハウスを安く買い取り、ひと財産を成していた。だが夫婦で過ごす時間は？　そっちは年々減っていく一方だ。

鼻のつけ根を指でもんだ。「彼女にいくらか金を援助しよう。そこを出るための資金だ。それできみもそこから引きあげられる。きみが家に戻ってくるなら、いくらかかろうとかまわない」

「問題はそこよ。コーラはお金なら持ってるわ。ゆうべ、盗撮した映像で観たの。寝室のドアの上に隠しスペースみたいなものがあって、彼女、そこに札束を断熱材入りのビニール袋にくるんで隠していたわ。いったいいくらあるのかは見当がつかないけど、いざというときのへそくりなんていう金額じゃなかった」

おれはため息をついた。頭痛がし始めている。「で、当てようか。きみには計画がある。違うか？」

リサは大きな笑みを広げた。「ご名答」

「おれは知らないほうがいいことか？」

彼女が頭を左右に揺らす。「たぶんね」

不安が臓腑《ぞうふ》に流れ込む。「せめて合法なんだろうな？　刑事事件専門の弁護士を探しておくべきなのか？」

リサは憤慨してみせた。「合法に決まってるでしょう。わたしを誰だと思ってるわけ？」

「正直、おれにはもうわからない」

彼女はうんざりとした表情で天井を仰いだ。「そろそろわたしの話はやめにしましょう。あなたは何をしてたの？」

「仕事だ」

リサが唇を尖らせる。「それだけ？」

おれは腕時計を見おろした。「それだけだ。あと、一時間後にドリューと一杯やることになってる」

「ほんとに？　じゃあ、あなたとは口をきくようになったのね？　よかった。わたしの電話にはもう何週間も出ようとしないんだから」

「仕方ないさ。おれ同様、きみの探偵ごっこをいやがってるからな。もっとも、あいつはその件は無視することを選んだ、おれが壁に頭を打ちつけるのに慣れたのとは違って」

「あらあら、大変。愛してるってドリューに伝えて。このおたんこなす、ともね。今度わたしの電話に出なかったら二度と口をきかないって言っておいて」

30

コーラ

携帯電話が鳴りだし、ナイトテーブルをあちこち叩いて探した。時間を見て目をしばたたいた。すでに三時を回っている。

起きたばかりでもうろうとする頭で通話ボタンを押し、携帯電話を耳に持ちあげた。

「もしもし?」

「どこにいんのよ!」ブリタニーが絶叫する。

思わず携帯電話を耳から引き離した。「ちょっと、大声はやめて」

「ビルが燃えてんのよ、コーラ。あんた、どこに行ってんの?」

がばっと起きあがった。アドレナリンが駆けめぐって全身が一気に目覚める。上掛けを払いのけ、ベッドから飛びでた。「なんですって?」

「コーラ」リヴァーが寝ぼけまなこで体を起こす。

「身支度をして」小声で命じたあと、ブリタニーに問いただした。「ボヤが出たの？」

「全焼よ……。コーラ、何もかも焼けちゃった。消防車が来てる。警官がうじゃうじゃいて」声が割れてしゃくりあげる。

息が喉につかえ、手で口もとを押さえた。「どこにいんのよ？」「いまは……ホテルにいるわ」

「リヴァーは一緒？」

視線を滑らせると、リヴァーは髪をポニーテールにまとめながら、怯えた目でわたしを見つめていた。「ええ。ここにいるわ。そっちは誰がいるの？　今夜はジェニファーを除いてみんな出払っていたはずよ。全員の無事を確認しないと。ブリット、みんなと連絡を取ってちょうだい。わたしもやるから。警察にはわたしがそこへ行くまで何も言わないで。すぐに向かうわ」ベッドを振り返ると、驚いたことにからっぽだ。

鼓動が跳ねあがり、室内を見回すが、ペンの姿はどこにもない。頭が混乱した。目覚めたばかりで記憶があやふやになっているの？　いいえ、眠りについたときには彼はたしかにベッドにいた。大好きな子守歌みたいに、とくとくと響く彼の心臓の鼓動をわたしの耳が覚えている。

早起きしてランニングに出かけたのだろうか。ええ。きっとそうだ。

「聞こえてる、ブリット？　全員の所在を確認して。これからマルコスに連絡するから――」

「あいつならここだよ」ブリタニーが急いで言う。「駐車場に車がある。ダンテのもだ。まだどっちの姿も見かけてないけどね」

レンガの壁に突き当たったような衝撃を受けた。夜中のこんな時間にあのふたりがいったいなんの用？

続くブリタニーの言葉がわたしを切りつけた。

「ペンのトラックも止まってる。あんた、あの兄弟は見かけた？」

心臓が止まり、ひやりとするものが素肌を伝った。携帯電話が手から滑り落ちたことにも気づかなかった。何か考えるよりも先にわたしは廊下に立ち、向かいの部屋のドアを叩いていた。

ドリューがドアを開け、片手をあげて廊下のまぶしい明かりをさえぎった。「どうしたんだ、コーラ」

「ペンはどこ？」わたしは叫んだ。

ドリューの手がさがり、表情がこわばる。「きみのところじゃないのか？」

恐怖が暴走列車のごとき勢いでわたしに衝突する。膝からくずおれそうになり、何かにすがろうと手を前に出した。

「ママ?」リヴァーが小さく叫んでわたしのほうへ飛びだした。

ドリューがへたり込むわたしの腰に腕を回して抱き留める。

「ああ、どうしよう」パニックに襲われて胃が引きつり、吐きそうだった。

昨日のダンテの言葉が頭の中でこだまし、わたしの心をどんどん深くえぐっていく。

〝嘘には結果が伴うぞ、コーラ〟

これは現実じゃない。こんなことはありえない。

はじめにサヴァナ。次はペン。

嘘よ。

ペンはいまにも現れてわたしを胸に引き寄せ、心配することは何もないと言ってくれる。

絶対に。

「コーラ、何があった?」ドリューが問いただす。

「ビルが火事になったの」わたしはささやいた。「ペンのトラックが駐車場に止まってるって」言葉にしたくなかった。

真実であってほしくなかった。こんなこと嘘でなければ。

「ダンテとマルコスの車も」

リヴァーが息をのむ。

ドリューは悪態をついたが、こう言うだけだった。「ブーツを履かせてくれ」

ドリューとリヴァーはそれぞれ行動に走り、わたしはがたがた震えながら壁にもたれかかった。

リヴァーがサンダルをわたしの前に置いてくれたのをぼんやりと覚えている。おそらく自分でそれを履いたのだろう、ドリューにうながされてタクシーの後部座席に乗り込んだときには素足でなかったのだから。

〝なんてったって、おまえは自分が失うものをようくわかってるんだからな。違うか？〟

感覚が麻痺して考えはまとまらず、わたしは胸にさがる星を握りしめ、神様に、ニックに、全宇宙に、自分の思いすごしであるよう祈った。

車が走っているあいだ、リヴァーはわたしの手を握り、ペンはきっと無事よとささやき続けた。わたしと太腿をくっつけて反対隣に座るドリューは、無言で窓の外を見つめている。

未舗装の駐車場に車を入れたときには、まだ月は空高くかかっていた。ビルの背の高いシルエットが浮かびあがったときには、ブリタニーから電話で聞いて想像したほどひどくはないようだと希望が芽生えかけたが、消防車とパトカーの点滅するライトが現実の物語を彩っていた。

何も残っていない。外階段と黒焦げのビル、あとはがれきの山だ。

わたしはタクシーから降りると、まだいまなら目の前の光景が現実になるのをやめさせることができるかのようにビルへと駆けだした。

「おい、そこの人！」警官が叫び、張りめぐらされた立ち入り禁止のテープをくぐるわたしのほうへ突進する。

「ペン！」あたりに漂う煙にむせて咳き込み、半狂乱になりながら息を求めてあえいだ。

警官が腕を広げてわたしの前に立ち塞がるのを、わたしはなんとかかわそうともがいた。

「落ち着いてください。あなたはここの住人ですか？」

「誰か見つかったの？　わたしの……わたしのボーイフレンドが、彼が中にいたかもしれないんです。彼を助けて」警官の制服の胸もとを握りしめた。「お願い、お願い。彼を助けて」

警官がひとりの消防士を見やると、相手は小さく首を横に振った。

耐えられない痛みが火山のように内側から噴きあがる。「いやあ！」

ドリューがわたしの横に現れた。顔面蒼白だが、きっとわたしもそうなのだろう。「コーラ」ペンが何度もそうしたようにわたしのうなじに手を回し、自分の胸に抱き寄せる。

わたしは声をあげて泣いた。涙が彼のTシャツを濡らす。「ペンはランニングに出かけてるのよ。そうでしょう、ドリュー。ペンはランニングに出かけただけ。すぐに戻ってくる。きっとすぐに戻ってくる」

嘘――いまのわたしには酸素よりもそれが必要だった。

この真実を生き抜くことなどとうていできない。

愛する人をまた失った。

また、失った。

「それでは、ミズ・ゲレーロ。お引き取りになって結構です。捜査は続行しますが、ミスター・ウォーカーが設置していた防犯カメラから映像が入手できたことですし、何が起きたかはおおむね明らかになったと言えるでしょう」

わたしは警官を見つめた。彼をまっすぐ見ているが、わたしの目に彼の姿は映っていない。

ペンは防犯カメラを設置していた。そう。それはよかった。

「ありがとうございます」わたしはささやいた。

わたしは毛布にくるまれて、警察の車両の後部座席に座っていた。

途方に暮れ。

心は粉々で。

すべてを失い。

自由になって。

マルコスとダンテ・ゲレーロの遺体は焼け跡の中から回収された。もうひとつの男性の遺体は、手脚を椅子に縛りつけられたままの格好で発見されている。

わたしには見ることはできなかった。そんな姿をこの目で見ることはできない。毎夜目をつぶるたびに、銃弾に倒れたニックの姿を思い出してしまうように、ペンの最期がまぶたに焼きつくのは耐えられなかった。

遺体の確認はドリューがやってくれた。

わたしは毛布にくるまれ、警察車両の後部座席に座っていた。

途方に暮れ。

心は粉々で。

すべてを失い。

自由になって。

奇跡的に、女性たちはひとり残らず無事だった。その夜はジェニファーだけ仕事が入っていなかったが、幸運にも、彼女はクラブに出かけて踊り明かしていた。

壁に隠していたわたしの全財産は焼失した。消防調査官の調べでは、火は三階から出ており、わたしのアパートメントが火元と考えられた。五年間一生懸命節約し、自分の命を危険にさらして毎月ゲレーロの口座から横領して得た財産がひと晩で灰になった。

そういうわけで、わたしは毛布にくるまれてひとりきり、住まいをなくし、警察車両の後部座席に座っている。

途方に暮れ。

心は粉々で。

すべてを失い。

自由になって。

なぜペンが、マルコスが、それにダンテが、今夜わたしのアパートメントにいたのかはどうしても説明がつかなかった。頭の中で百もの異なる筋書きを作ってみたが、答えは見つからない。

ペンをわたしのもとへ返してくれる答えは。

ペンがここにいたはずはない。安全なベッドの中にいたのに。わたしを抱いて、息をして。それがこんな……。

わたしは毛布にくるまれて胸を切り開かれ、最後の最後にゲレーロの手で心臓をもぎ取られて、警察車両の後部座席に座っていた。

途方に暮れ。

心は粉々で。

すべてを失い。

ようやく自由になったものの、これまで以上に八方ふさがりだ。

「コーラ」ドリユーが開いたままの車のドアから腰をかがめてのぞき込み、声をかけた。指のあいだにタバコが一本挟まっている。「リヴァーがもう帰りたいそうだ」

視線をあげると、リヴァーは警察車両のボンネットに寄りかかっていた。警官たちがわたしへの事情聴取を始めるなり、リヴァーは歩み去った。続いて彼女も質問されたが、その後はずっと離れた場所にいた。

「いくつか発見されたものがある」ドリューが続ける。「何もかも水浸しで煤《すす》だらけだが、回収できるものもあるだろう。ちょっと見てくれないか？」

「見たくないわ」わたしはささやいた。

ドリューは背中を伸ばして駐車場を見回した。

ビルの住人たちは夜が明けきらないうちにひとり、ふたりと戻ってきて、売春でひと稼ぎしてきたことはおくびにも出さずに警官からの質問をのらりくらりとかわしたあと、硬い笑みをわたしに送って、またひとり、ふたりと去っていった。残っているのは消防車一台。警察車両一台。マルコスのメルセデス。ダンテのＢＭＷ。

そしてペンのトラック。

わたしは毛布にくるまれ、警察車両の後部座席に座っている。

途方に暮れ。

心は粉々で。

すべてを失い。

そして——。

「コーラ」ドリューが小声でうながす。「こんなところでぐずぐずしていても仕方ない。頼むから腰をあげてくれ。発見されたものを確認したら、タクシーを呼んでホテルへ戻ろう」

ドリューは実の兄を失ったばかりだ。わたしに何か感じることができたなら、彼を気の毒に思ったことだろう。

唾をのみ込もうとしたが、口の中はからからだ。「そうね。わかった。行きましょう」機械的に車から降り、毛布を手放して、差しだされたドリューの手を取った。

彼は、消防士がビルの中から集めてきた、あれやこれやの山へとわたしを導いた。ほとんどはわたしのものじゃない。焦げた写真アルバムを拾いあげてページを二枚めくり、山に戻した。エイヴァのアルバムだ。あとで教えてあげよう。

暮らしの残骸のかたわらにある自分の小型耐火金庫が目に入ったとき、感情が目の奥をちくりと刺激した。これで少なくとも路頭に迷うことはなくなった。中に数千ドルは入っている。それだけあればリヴァーとわたしとでこれから一、二週間は、わたしが立ち直るまでのあいだ、ホテルに泊まって食事ができる——立ち直ることが可能なのかさえもうわからないが。

しゃがみ込み、リヴァーの誕生日とわたしの結婚記念日を組み合わせた数字にダイヤルを回して金庫のドアを開けた。

そのときすべてが静止した。

地球も。

わたしの心臓も。

時間も。

中のお金は消えていた。リヴァーが赤ん坊だった頃の写真もない。ニックとふたりで撮った数少ない写真も。ビルの合鍵の束も見当たらない。リヴァーの出生証明書、それにわたしたちの社会保障カードもだ。金庫はからっぽで、入っていたのはペンのトラックのキーと〝ワン・イン。ワン・アウト。〟と記された手書きのメモだけだった。

ドリューを振り返ったが、彼もわたしと同様に困惑した顔つきだ。

「いったい……」ドリューはわたしの横から手を伸ばしてキーを取りだした。

わたしは震える手でメモをドリューのほうへ掲げた。「これはどういうこと？　ペンがここに入れたの？」

ドリューは手の中のキーを見おろし、首を横に振った。「おれにもとんと見当がつかない」彼はペンのトラックへと走りだし、わたしもそれを追った。血流がどくどくと鼓膜に響いた。

ドリューは運転席のドアを乱暴に開け、わたしは彼を回り込んで中をのぞいた。けろりとした顔でそこに座っているペンの姿を夢想した。死体袋に入れられて運びだされた焼死体ではなくて。

ペンはそこにいなかった。空から降り注ぐ一千もの錆びたナイフのようにその事実はわたしを粉微塵にした。

トラックの中は片づいていた。きれい好きなペンらしい。空のコーヒーカップがホルダーに残っていることさえない。彼の魔法のツールボックスが床に置き去りにされているだけ。

そのときそれが目に入った。

ツールボックスの上に緑色の夜光ステッカーが一枚のっている。これは天井に貼っていたわたしはすかさず手を伸ばした。目から涙が溢れでる。これがわたしに向けて、ニックの星の一枚なの？　何も特別な目印はない。だけど、これがわたしに向けて、ここに貼られたのは間違いなかった。星をつまみあげ、裏返してはさまざまな方向から眺め、このひと晩の悪夢をおしまいにする手がかり、もしくは鍵を探した。なんにも見つからず、星を握りしめた。そのあとツールボックスの留め金を外そうとしたが、期待に指が震えてなかなか外れない。

ようやく蓋が開いたとき、ふたたびすべてが静止した。

地球も。

わたしの心臓も。

時間も。

わたしは驚いて口を開けた。涙の川がふた筋、わたしの頬を流れ落ちる。

星たち。ニックの星たちだ。全部そろっている。裏側にわたしが指でこねてくっつけた粘着剤もそのまま。

その下にはわたしが持っていた写真や書類がすべてであり、中身を確認しようと端を持ちあげたとき、ペンのツールボックスには本当に魔法がかけられているのを知った。

紙幣の束。

わたしが隠していた紙幣だ。断熱材のピンク色の繊維が角に付着している。

両手で口を押さえた。自分の中のさらに深いところから涙がどんどん流れだす。

「どうして……どうして彼が知ってたの？」しゃがれた声で問いかけた。

ドリューが何か言ったものの、耳に入らなかった。なぜなら書類の上に置かれた一枚の白い紙がわたしの目を引いたからだ。それは一週間前の日付が入った銀行の伝票で、上部に〝払出〟と黒字で印刷されている。

下にある金額は、百十万、六百、八十四ドル……と、九十九セント。

「おい。おい、おい、おい、嘘だろう」ドリューのつぶやきが、彼のほうへわたしの注意を引きつけた。

運転席に寄りかかってうしろをのぞき、彼の視線をたどると、座席の裏に大きな黒いダッフルバッグがふたつ押し込まれていた。両方とも寝袋に覆われて隠れていたが、手近なほうをドリューが開けると、帯封付きの百ドル札の束が山ほど出てきた。

だけどわたしを粉々にしたのは、チャランと音をたてて落ちた、二十五セント硬貨三枚と十セント硬貨二枚、そして一セント硬貨四枚だ。合わせて九十九セント。

「きみを自由にするには何が必要だ、コーラ?」

そんな。

「つまりきみは、誰かがここへやってきて救命ボートを差しだしても、女性三十数人が乗るのは無理だから断ると言ってるのか?」

そんな、そんな。

ペンはやり遂げたのだ。代償として自分の命を失いながらも、やり遂げたのだ。

わたしのためだに。

「いったい何が起きてるの!」わたしは絶叫した。

ドリューは降参のしるしに両手をあげ、わたしに真実を答えた。「神にかけて言うが、おれにもさっぱりわからない」

31

サヴァナ

一週間後……

「まったくさ、街に出ると生き返るね」風をさえぎって火をつけた。指の爪の欠けているところを調べながらケリが言った。「おやじさん、相変わらずひどいんだ？」

「ひどいなんてもんじゃない」タバコを胸いっぱいに吸い込んだ。肺がふくらむ動きで殴られた肋骨が悲鳴をあげた。

回復するまで何日か病院で過ごしたあと、五日前にわが家へ戻された。〝わが家〟っていうのは拡大解釈ってやつだけど。役所の社会福祉課があたしの居場所と勝手に決めつけたところへ送り返された。地獄へ落ちてまで逃れたもとの場所に。

心の一部分では、あたしもあの晩、死んじゃえばよかったと思っている。いろんな意味でそのほうがよっぽど楽だった。

誰にとっても。

そのことは考えたくない。

もうどうでもいいか。

あたしは煙の雲を吐きだした。「とにかくさ、うちの母親がヘロインをくれるって言ってるんだ、今晩二百ドル用意できたらね」

ケリはあんぐりと口を開け、目を剝きだしてこっちを見た。「二百ドル？　そんな金、どこで手に入れんのよ？」

あたしはもっと谷間が見えるように胸を押しだしてから、腰を揺すってスカートをさらに数センチずりあげた。「あたしがなんのために街角に立ってると思ってんの？」

「ちょっ、ヴァナ」ケリは声を落とすと、通りに沿って目を走らせた。「ここはおまわりがうろうろしてるんだよ」

「知ってるって。でもあと十五分もすれば、どこのバーも閉店して、酔っ払ったエロおやじたちが千鳥足で出てくるだろ。お客はよりどりみどりだ」

「勘弁してよ。あたしはしゃぶるのはごめんだからね。あんたにも話したよね、あたし、これからはロニーひと筋になるって」

あたしは唇を尖らせて片方の眉を吊りあげた。「ロニーは二百ドル持ってるの？」

ケリは胸の上で腕を組んだ。「いいや。でも彼は性感染症にもかかってないよ」

あたしはあきれた顔をした。「いいよ。だったら帰って」追い払うしぐさをする。

「でも、ヘロインは分けてやんないから」

ケリは見知らぬ相手を眺めるかのように目を細くした。「あんた、頭がどうかしちゃったんじゃない。娼館のママとの暮らしが長すぎたんだよ。コーラに――」

「その口を閉じな！」あたしは彼女の顔に指を突きつけた。「彼女のことはひとことも話すんじゃない。いい？　ひとこともだ。絶対に」コーラやリヴァーのことを考えるだけで吐きそうになった。

病院で目覚めると、あたしは見捨てられてひとりぼっちになっていた。コーラが現れるのを待った。病院からこっそり連れだしてくれるのを待った。ダンテのところへ戻ることになったって、コーラがいるならかまわなかった。

だけどあたしを引き取りに現れたのは両親だった。

「いいかい？　あたしはあんたの子守じゃないんだ。帰らせてもらうよ」

「好きにしな」あたしはつぶやき、ケリが金髪を揺らして、ひび割れた舗道に黒のスティレットヒールを響かせて歩み去るのを眺めた。ケリが家に帰って、鉛筆サイズのロニーのアレにひと晩中またがろうと、こっちは痛くもかゆくもない。

帰る場所があるのはうらやましくても。

角を曲がってケリの姿が消えるのと入れ違いに、漆黒のアウディR8があたしの目の前に停車した。スモークがかかったウィンドウがさがり、深みのあるバリトンが響いた。「今夜は仕事をしてるのか?」

あたしは腰をかがめ、ダッシュボードの明かりに目を細めて相手の顔を見ようとした。「相手が誰かによるわ」

開いたウィンドウから男の手が現れ、百ドル札五枚を扇のように広げた。

正しい答えじゃん。

「オーケー、お仕事開始ね」タバコを落とし、踏み消しもしないでお札をちょうだいして、車に乗り込んだ。「ねえ、今夜はどこへ連れていってくれるの?」甘い声で問いかけながら、お金をブラの中にしまう。

「まずは」男は低い声で言ってドアをロックした。「薬物依存症のリハビリ施設だ。そのあと、きみがいるべき場所へ連れ戻す」

ぎょっとして運転席へ顔を振り向けた。

どこにいたってひと目でわかる強烈なブルーの瞳があたしをにらみつけるが、その目はたちどころにやわらかな表情になった。彼はあたしのうなじへ手を伸ばしてぎゅっと握り、それからささやいた。「また息をしてるのを見ることができてほっとした」

あたしは息をのんだ。涙が視界を覆う。「ペン?」

訳者あとがき

ホットでユーモラス、それでいてエモーショナルな新進作家として、USAトゥデイ紙ベストセラーリストで早くも常連入りを果たしている、アリー・マルティネスの初邦訳作品をここにお届けします。

マルティネスの作品はよく〝予測不可能〟と形容されますが、本作は主人公のペンが、売春組織の潜入調査をしていたフリージャーナリストの妻リサを殺害されるショッキングなシーンから幕開けします。リサはシカゴの安ホテルの一室から携帯電話のビデオ通話でペンと会話していたところを、突如部屋に押し入ってきた男たちに襲われて命を落とします。その一部始終を遠く離れたフロリダから画面を通して目撃していたペンは、売春とドラッグ取引の元締め、ゲレーロ・ファミリーがリサ殺害に関与しているのを知って復讐を誓い、ゲレーロのもとで売春をしている女たちが暮らすアパートメントにメンテナンス係として潜り込むことに。

リサの死からすでに四年の歳月が流れていますが、ペンは妻を救えなかった無力感にさいなまれ、いまも苦しみ続けています。そんな彼の前に現れたのが、アパートメントで女性たちの監督係をしているコーラ。彼女は十六の若さで周囲の反対を押し切り、ファミリーの末息子ニックと結婚したものの、ニックは抗争に巻き込まれてあえなく絶命。それ以後コーラはなかば自由を奪われて、古びたアパートメントで十年以上、女性たちの世話を任されています。

こう書くと、〝コーラはいやいやながら女性たちの面倒を見ている〟と受け取られるかもしれませんが、とんでもありません。コーラ自身、ティーンエージャーの頃は家庭に恵まれず愛に飢えていたため、社会のはみだし者である女性たちの気持ちは誰よりもよくわかっています。だからみんなの世話を焼き、この世界から足を洗いたい女性のためには、みずから危険を冒してまで力になるのです。

社会の吹きだまりのようなアパートメントでいつもユーモアを忘れないコーラは、ペンにとってはまぶしすぎる存在でした。彼ははじめの頃はいつもむっつりとして、コーラに面と向かって「おれと関わるな」とまで言うのですが、好奇心旺盛なコーラはますます彼に興味を持ちます。コーラは家出娘のサヴァナともうひとりの少女リヴァーと同居しており、親身に彼女たちの世話をする一方で、自分用のミントチョコレート・アイスをこっそり冷凍庫に隠して、「ふたりに見つかりませんように」と祈るおちゃめ（?）なところもあり、そんな彼女の魅力に抗うのはペンにとっても至難の業のようです。

さて、コーラは過去に何度もファミリーのもとから逃げようとしており、そのたびに連れ戻され、しかも麻薬所持の濡れ衣を着せられて二度も刑務所送りになっています。作品中〝ツーストライク〟という表現が出てきますが、アメリカには三振《スリーストライク》法という、重罪で二度の前科がある者は三度目の有罪で終身刑になる恐ろしい法律が存在し、コーラはまたはめられて刑務所入りになれば、二度と外に出ることはできない危うい立場にいます。ペンはコーラが望む形で彼女を自由にしようとし、そのためにある行動を取りますが……。

ここから先はストーリーの核心に触れますので、未読の方はどうぞ読後にまたお戻りくださいませ。

それでは最後までお読みになられたみなさま。はい、申し訳ございません！　お叱りの声が聞こえてきそうです……。本作品は原題〝The Truth About Lies〟、そして次作〝The Truth About Us〟からなる二部作、The Truth Duetですので、わたしも読む前から「もしかして……」とは思っていましたが、まさにものの見事なクリフハンガー、ここまで大胆な終わり方も珍しいかもしれません。最後はいったい何が起きたのかわからないまま、途方に暮れるコーラと同じ気分を読者のみなさまにも味わわせてしまい、申し訳ない気持ちでいっぱいです。もちろん、次作ではすべての謎が解き明かされます。

本作ラストでついに自由を手に入れたかに見えたコーラですが、次作ではカタリーナ・ゲレーロの夫、地方検事トーマス・ライアンズが登場し、法の手でリヴァーを奪い去ってしまいます。このトーマスが本当にイヤな男で、最後の最後までコーラを苦しめるのですが、物語は二転三転し、思いも寄らぬ結末が待っています。資産家ペンの本来の姿や、ドリューのまさかの過去、そしてペンとコーラの物語の行方と、読みどころが満載です。近いうちにぜひみなさまにお届けできることを願ってやみません。

二〇一九年九月

23 ザ・ミステリ・コレクション

夜《よる》の果《は》ての恋人《こいびと》

著者　アリー・マルティネス
訳者　氷川由子《ひかわゆうこ》

発行所　株式会社 二見書房
東京都千代田区神田三崎町2-18-11
電話 03(3515)2311［営業］
03(3515)2313［編集］
振替 00170-4-2639

印刷　株式会社 堀内印刷所
製本　株式会社 村上製本所

ISBN978-4-576-19151-5
https://www.futami.co.jp/

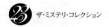